U0114196

ペン先の殺意

笔尖的杀意

日本文豪推理集

［日］江户川乱步 等著

高西峰 译

浙江文艺出版社
Zhejiang Literature & Art Publishing House

图书在版编目(CIP)数据

笔尖的杀意：日本文豪推理集／（日）江户川乱步
等著；高西峰译.—杭州:浙江文艺出版社,2023.8(2024.8重印)
ISBN 978-7-5339-7228-8

Ⅰ.①笔… Ⅱ.①江… ②高… Ⅲ.①推理小说-小
说集-日本-现代 Ⅳ.①I313.45

中国国家版本馆CIP数据核字(2023)第069621号

图书策划　柳明晔
责任编辑　邵　劼
封面设计　王柿原
营销编辑　周　鑫
数字编辑　姜梦冉　诸婧琦
责任印制　吴春娟

笔尖的杀意:日本文豪推理集

[日]江户川乱步 等著

高西峰 译

出版发行　浙江文艺出版社
地　　址　杭州市环城北路177号
邮　　编　310003
电　　话　0571-85176953（总编办）
　　　　　0571-85152727（市场部）
制　　版　浙江新华图文制作有限公司
印　　刷　杭州富春印务有限公司
开　　本　850毫米×1168毫米　1/32
字　　数　204千字
印　　张　12.125
插　　页　4
版　　次　2023年8月第1版
印　　次　2024年8月第3次印刷
书　　号　ISBN 978-7-5339-7228-8
定　　价　66.00元

导读

日本推理小说的发展脉络可追溯至明治时期。进入大正、昭和年代,随着欧美作品的大量译介,本土推理作家辈出,呈现百花齐放之景,逐步确立起独特而成熟的创作风格。本书囊括大正后期至战后的12部短篇佳作,勾勒出这一时期日本短篇推理小说的大致风貌。

《途中》(1920年1月) 作者:谷崎润一郎(1886—1965)
《竹林中》(1922年1月) 作者:芥川龙之介(1892—1927)

大正时期,"小说的故事性与艺术性"之争逐渐成为日本文学的主轴之一。两派各自高举大纛者,便是当时的两位文坛巨匠——谷崎润一郎与芥川龙之介。

就一般印象而言,作为唯美派大师的谷崎似乎应是小说"艺术性"的拥护者,但事实上,谷崎的一生足够长,其文学思想亦非一成不变。早年的谷崎反对当时流行的自然主义,十分看重小说的故事性,在与芥川的论战中曾提出:抛弃引人入胜的情节,就等于舍弃小说这一体裁的特权。(谷崎润一郎《饶舌录》)

《途中》正是这一时期具有代表性的谷崎作品,通篇基本是两名登场人物之间的对话,通过缜密的逻辑分析以展开情节,最终抽丝剥茧地揭开真相。尽管作者并不认为它是推理小说,推理大师乱步却对此评价极高,称它是"划时代的侦探小说","足可夸耀于世界",更是赞颂谷崎本人是"日本的爱伦·坡"。(江户川乱步《日本足可夸耀的侦探小说》)

芥川龙之介的《竹林中》,由于后来被改编为电影《罗生门》,其情节多为当代读者所知。与《途中》并读,不难发现《竹林中》作为纯文学的意味更为浓厚,从事件的情节上讲,并不复杂,却着力于故事讲述的手法,亦可管窥两位文豪文学观之一斑。

《琥珀烟斗》(1924年6月)　作者:甲贺三郎(1893—1945)

《心理测试》(1925年2月)　作者:江户川乱步(1894—1965)

在谷崎、芥川作为纯文学作者对推理小说领域展开探索的同时,一批专注于推理创作的新星也在冉冉升起。当时的青年杂志《新青年》率先推出推理小说征稿活动,结果却不甚理想。主编森下雨村失望地表示:

> 总体来说,(收到的稿件)以外国作品的改写居多,其中一些甚至直接抄袭侦探电影的情节,难称佳作。(《新青年》第一卷第四号《悬赏侦探小说选评》)

划破长夜的第一道光芒,正是1923年相继出道的江户川乱步与甲贺三郎。尽管后人回顾文学史,大多不会认为甲贺的成就比肩江户川,但在时人看来,两人确是一时瑜亮。

甲贺在大学修习化学,毕业后从事理工类工作,作品亦极为注重作案手法的科学性,曾批评乱步《天花板上的散步者》中的毒杀情节不符合药学原理(甲贺三郎《侦探小说讲话》)。《琥珀烟斗》是甲贺创作生涯的第二篇作品,发表于《新青年》,其中同样出现了详细的毒杀手法,算是典型的“本格派”推理小说。

《心理测试》是明智小五郎系列的第二作,同样发表于《新青年》。尽管题目便点明“心理”二字,本作并不像乱步中后期作品那样表现变态乃至病态心理,相反是一篇行文轻快,晓畅易懂的小说,以今天的观点来看,仍然是归为“本格”更为合适。

《恋爱曲线》(1926年1月)　作者:小酒井不木(1890—1929)

与甲贺相似,小酒井同样不是“正统”文人,而是医学博士,以医学研究为主业,素与《新青年》主编森下雨村相善。当一文不名的乱步投出处女作时,森下请小酒井进行评判,小酒井撰文盛赞乱步“足以比肩外国知名作家”,对其大力提携;乱步亦终生将小酒井视为恩人。

《恋爱曲线》题目不落"心理"二字,内容却绕不开"我"的心理,读罢可知甲贺对小酒井的评判殊非妄语。

此外,关于小酒井的笔名"不木",读者往往不解其意,后辈推理作家连城三纪彦将其解读为"人非木石"。然而,就像钱玄同对许广平笔名的分析一样,连城的解释也只是一场误会。小酒井在给友人的书信中提道:

> "木"字缩起,即为"不"字;"不"字冒出,便是"木"字。始而埋头蛰伏,后则昂首奋发,取其先抑而后扬之意也。

此种取名方式,直令人击节叫绝。只是小酒井年少有为,英年早逝,很难称得上"先隐后显",思来不失为一桩憾事。

《瓶装地狱》(1928 年 10 月)　作者:梦野久作(1889—1936)

梦野因创作"四大奇书"之一《脑髓地狱》而为当代读者所熟知。作为短篇,《瓶装地狱》并不像梦野的长篇作品那样充斥着晦涩的理论,而是以不通文墨的少年少女口吻构成的书信体小说,单就行文而言,甚至称得上简单;而故事真相却始终扑朔迷离,读罢,必能使读者反复回味。

《他是杀人凶手吗》(1929 年 1—2 月)　作者:浜尾四郎(1896—1935)
《新月》(1946 年 12 月)　作者:木木高太郎(1897—1969)

《他是杀人凶手吗》与《新月》都是以律师视角展开的故事。

浜尾本人法律从业经验丰富,本作也结合审讯记录、囚犯手记等形式,真实感自然非同一般。木木则更加重视对角色心理的探讨,《新月》首次出版,便是以《新月 心理侦探小说集》为名。

《不可思议的空间断层》(1935 年 4 月)　作者:海野十三(1897—1949)

海野是电气工学专业出身,被誉为日本科幻小说始祖;其推理小说自然也带有强烈的科幻色彩。

《不可思议的空间断层》的叙事方式或许存在晦涩难懂之处,作案手法本身却是十分踏实。

《海豹岛》(1939年2月)　作者：久生十兰(1902—1957)

久生倒是一位日本"正统"文人，不过《海豹岛》并不是"正统"的推理小说，更像是带有悬疑要素的冒险小说，往上可以追溯到《鲁滨孙漂流记》这类作品的一脉。本作将背景设置在冰天雪地的海外孤岛，笔力强劲，颇能给予读者身临其境之感。

《暗号》(1948年5月)　作者：坂口安吾(1906—1955)

作为20世纪30年代文坛出道的纯文学作者，安吾开始推理创作已是中年之后了，正是一名作家笔力收放自如的时期，作品自然也是一鸣惊人。

安吾对推理小说这一体裁持有爱憎鲜明的态度，否定木木高太郎等人提出的"推理小说艺术论"，坚持认为推理小说必须作为注重公平性的"斗智游戏"而存在：

> 所谓的惊悚应该存在于事实之中；文章发挥的机能，只是将这一事实确切地表现出来而已。(坂口安吾《关于推理小说》)

《暗号》通篇全无任何凶杀情节，只以淡淡的笔触描写一名男子怀疑妻子与友人有染，最终引出出人意料的真相。本作与书中所选其他作品风格大不相类，倒有几分当代"日常推理"的味道。

《被烧死的女人》(1951年9月)　作者：佐藤春夫(1892—1964)

佐藤是与芥川同年出生的文坛先驱，致力于诗歌与纯文学创作，文风忧郁而绮丽。《被烧死的女人》同样表现出这一风格。其日文原文用语考究而古朴，至于推理要素，则在艺术性之次了。

从本书副标题——"日本文豪推理集"亦不难看出，编者选篇，尽量着目于那些原本就在文学领域有所建树的作家。所以无论你是推理迷还是文学爱好者，相信这本选集都能给你带来愉悦与启发。

(何中夏)

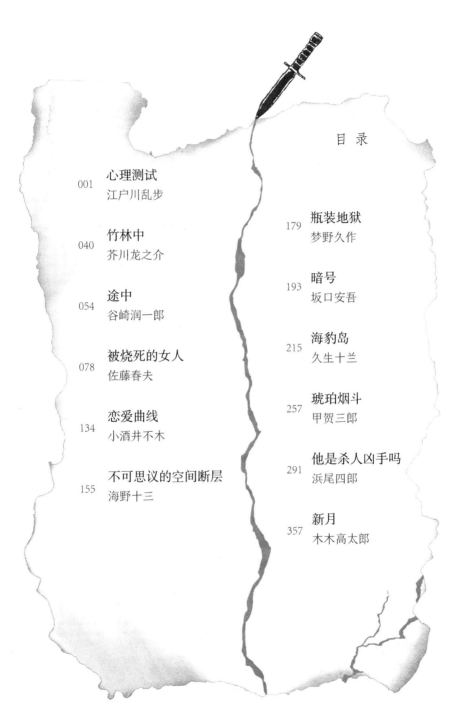

目 录

心理测试

江户川乱步

一

　　蕗屋清一郎为何要做如此可怕的事，其动机不详。不过即便了解他的动机，与本故事也没有多大关系，因此略过。他似乎半工半读，就读于某所大学。由此看来，能想象出他是因所需的学费所迫。他是天分极高的优等生，且勤奋好学。为了赚取学费，被无聊的打工占据很多时间，他不能很好地进行喜爱的阅读和思考。为此，他也确实深感苦恼。但是，因为这么点理由，人就可以犯下如此重罪吗？或许他天生就是个恶人。而且，不仅仅因为学费，或许还因难以抑制的其他种种欲望。这些暂且不论，他从计划到实施一共花费了约半年时间。其间，他犹豫再三，反复思考，最终下定决心要实施他的计划。

因为偶然的契机，他与同班同学斋藤勇亲近起来。这成为事情的起因。当然，起初蕗屋并未有任何企图，但在交往中，他开始抱着某种模糊不清的目的去接近斋藤。并且，随着交往的加深，这种模糊不清的目的逐渐清晰起来。

约莫自一年前，斋藤便在城区一带某片冷清的住宅区借宿。那房东是个年近六十的老妪，丈夫生前在政府供职，死后留下几栋房屋，老妪将其租赁出去，生活倒也富足无虞。此外，老妪膝下并无子女，平日总说"靠天靠地不如靠钱"，也给些信得过的熟人发放小额贷款，看着存款缓缓增加，对她而言乃是无上之快乐。将自家之一室租给斋藤，一方面当然有女性独居的担忧在，另一方面也是乐见每月多出一小笔固定收入。据传言，那老妪还有一个习惯：存款放在银行只是表象，另有一笔巨额现金秘密藏在家中某处。此种习惯近年来少有耳闻，但守财奴的心理，古今中外总有相通之处。

蕗屋深受这笔钱的诱惑。他心想，这个老东西要那么一笔钱有何意义呢？如果把这笔钱用于像我这样前途无量的青年身上，不是才极其合理吗？简单说来，这便是他的想法。于是，他通过斋藤尽可能地打探老妇人的情况，试图探听到那笔巨款的秘密隐藏地点。不过，在蓊屋听说斋藤有次偶然发现隐藏地点之前，他邪恶的念头终究只是若隐若现。

"你说，那老太婆能想到这主意，可真让人佩服啊。一般来说，藏钱之处肯定是地板下或天花板上，但老太婆藏的地方却有些出乎意料。在内厅的壁龛上摆着一个很大的枫树盆栽吧，就在那个花盆底部，钱就藏在那儿。因为无论什么样的窃贼，也绝不会料到钱竟藏在花盆里吧。这个老太婆，说起来还真是守财奴中的天才啊。"

当时，斋藤如此说着，愉快地笑了起来。

自那以后，蓊屋的想法逐渐开始具体起来。他盘算着如何将老妇的钱转变为自己的学费，并设想了每种全身而退的方法，试图想出最万无一失的计划。此事比预想中困难得多。与之相比，无论多复杂的数学题，都算不了什么。正如之前所述，他仅仅为了使想法演变成具体可操作的步骤，就耗时半年。

毫无疑问，难点在于如何免予刑罚。伦理上的障碍，即良心的苦责，对蓊屋来说，都不是什么问题。他认为拿破仑大规模的杀戮并不属于罪恶，甚至值得赞美；与此相同，他认为有才能的青年为了培养其才能，牺牲这个一只脚早已踏进棺材里的老东西，也是理所当然的事。

老妇极少出门，整日默默地窝在内厅。即便偶尔外出，也会命乡下来的女佣留在家里认真看守。尽管蕗屋煞费苦心，但老妇那边不露任何破绽。蕗屋一开始想瞅准她和斋藤都不在的时候，诱骗女佣出门办点事儿，趁机从花盆底部盗走那笔钱。不过，这是个很轻率的想法。即便是很短的时间，一旦被发觉那间屋里只有他一个人的话，仅这一点不就足以让人怀疑了吗？于是，蕗屋不断在脑中构思，想到一个方法后放弃，再想到后又放弃，足足耗费了一个月。他又想弄个诡计，假装成是斋藤或女佣所偷；或是在女佣独自一人时，静悄悄地潜入房中，盗出钱财；再或者半夜趁老妇人熟睡时采取行动。各种能想到的方法，他都想遍了。但无论哪种，都很有可能被发现。

无论如何，都要杀了老太婆，除此之外，别无他法。他最终得出这一恐怖的结论。虽不知道老太婆有多少钱，但种种迹象表明，那绝非是要冒杀人风险的金额。就为了这有限的钱财去杀害一个无辜之人，未免太过残忍。可是即便在一般人看来不是太大的金额，对于贫穷的蕗屋来说，也都让其十分满足。不仅如此，按照他的想法，问题不在于数额的多少，而是绝对不能被人发现犯罪。为此，无论付出多大的代价，他都在所不惜。

杀人似乎看起来比单纯的盗窃要危险好几倍。但这不过是一种错觉罢了。当然，如果预想到被人发觉，杀人定是所有犯罪中最危险的。然而，若不论犯罪的轻重，而是以被发现的难易度为标准来考量的话，根据情况（例如类似蓣屋的情形），盗窃反倒更具风险。与之相反，杀死目击者的方法虽残忍，但不必担心罪行曝光。自古以来，罪大恶极之人杀人不眨眼，很是干净利落。他们之所以难以被抓获，反倒是拜这种胆大妄为所赐。

那么，若杀了老太婆，到底是否能避开风险呢？关于这个问题，蓣屋考虑了数个月。这期间他是如何完善计划的呢？随着故事的推进，读者就会明白，所以此处先省略不谈。总之，他通过细致入微的分析和综合，想出了一个普通人怎么也想不到的方法，且此方法万无一失、绝对稳妥。

现在，只需等待时机的来临即可。岂料，这时机却早早地到来了。某日，斋藤前往学校办事，女佣则被差遣外出办事，蓣屋已确定二人傍晚前绝不会回到家中。这正巧在蓣屋做好最后准备的第二天。所谓的最后准备（这一点需要事先说明一下），就是曾经从斋藤那里探听到巨款的隐藏地点后，半年之后的今天有必要确认一下钱是否还藏在原处。那天（即杀害老太婆的两天前），他去拜访斋藤，顺便进入到老妇人的房间内厅，与她闲聊了一阵。他逐渐将闲聊的话题引向一个方向，且屡次提及老妇人的财产，说起她将钱藏匿在某处的传闻。他每次说到"藏匿"这个词的时候，都会暗自观察老妇人的眼神。于是，正如预期的一样，她的目光每次都会悄悄地落到壁龛的盆栽上（那时已不是枫树，换成了松树）。蓣屋反复试探了多次后，已经确定了巨额现金就藏在此处。

二

终于到了案发当日。蓣屋身着大学的制服，外披学生披风，手戴常见的手套，朝着目的地走去。他思来想去，最后决定不乔装。如若乔装，就需要购入乔装衣物，还要考虑换装的地点及其他许多因素，这些都将会留下线索致使罪行败露。结果只会使事情复杂化，却毫无效果。在不必担心被发现的范围之内，犯罪手法应尽量简单直接，这是蓣屋的犯罪哲学。关键是，他进入目标家中时不能被发现。即便被人知道他经过房前也无妨，因为他常在那一带散步，所以只需说当天刚散完步，便可搪塞过去。同时，从另一方面来看，如果在途中被熟人看见（这点必须提前考虑到），是装扮成奇奇怪怪的样子好呢，还是像往常一样的着装呢？结论不言自明。关于犯罪时间，蕗屋也知道只要等到方便下手的夜晚就好，毕竟那时斋藤和女佣都不在家中，但他为何要选择更危险的白天呢？这与着装的情况相同，就是为了减少犯罪中不必要的掩饰，让犯罪手法简单化。

然而，当蕗屋站在那栋房子前时，即便他再精密谋划，也如普通的盗贼般，不，恐怕比他们更慌张，环顾四周的眼神也更鬼祟。老妇人家的宅子独栋而建，与两边的邻居以树篱隔开。对面是某富豪的宅邸，高高的水泥墙一直延伸，长达一町。因为是人迹罕至的住宅区，即便在白天，有时也完全不见行人。蕗屋挣扎走到目的地时，街上连条小狗都看不到。若像平常那样开门，格子门定会发出很响的金属声。于是，蕗屋尽量悄无声息地将门打开又关上。然后，他在玄关处用极低的声音呼叫屋主（这是为了防止邻居听到）。老妇人出来后，他又借口说要谈谈斋藤的私密之事，便进入了里面的客厅。

两人刚坐定没多久，老妇人便为"偏巧女佣不在家"而致歉，起身去沏茶招呼客人。蕗屋正等待着此刻的到来。他趁老妇人微微弯腰拉开隔扇时，冷不防从背后按住老妇人，

双臂使尽全力勒住（虽然戴着手套，但为了尽量不留指纹）
她的脖子。只听老妇人喉咙处发出"咕"的一声，并未做太
多挣扎。不过，因太过痛苦而乱抓的手指碰到了立在旁边的
屏风，留下了一道轻微的刮痕。这是一扇对折的古色古香的
金色屏风，上面绘有五彩缤纷的六歌仙①，那道刮痕正巧就
在小野小町的脸部。

确定老妇人已经断气后，蕗屋将尸体放平，他似乎有些
担心地望着那扇屏风的刮痕。但仔细想想，又觉得完全不必
担心。这点刮痕不可能当作任何证据。于是，他走到壁龛前，
抓住那棵松树的根部，连根带土一下子从花盆中拔起。果然
不出所料，花盆底部放着一个油纸包裹的物件。他从容地打
开那包裹，从自己右侧的口袋中取出一个崭新的钱包，将一
半左右的纸币（足有五千日元之多）放入其中，然后将钱包
放回口袋中，把剩余的纸币用油纸包好后，放回花盆底部。
当然，这是为了隐藏偷钱的证据。老妇人的存款金额只有她
自己知道，所以，即便只剩一半，也不会有人怀疑。

然后，他将榻榻米上的坐垫揉成一团，贴在老妇人的胸
前（这是为了防止血液飞溅），从左侧口袋中掏出一把折叠

---

① 六歌仙，指《古今和歌集》的序文提到的六位歌人，即在原业平、僧正
遍昭、喜撰法师、大友黑主、文屋康秀、小野小町。

刀，拉出刀刃，对准老妇人的心脏扎了进去，再使劲一剜后将刀拔出。随后，用同一块坐垫将刀上的血迹擦拭干净，又放回原来的口袋里。蓣屋觉得仅仅勒死，还有可能苏醒，因此有必要进行这最后一步，也就是俗话常说的给以"致命一击"。那么，为何一开始不用刀呢？这是因为他担心血迹有可能溅到自己的衣服上。

此处必须先对他装入纸币的钱包和刚才的折叠刀作一说明。他正是为了此次行动，在某个庙会的摊贩上买来这两样东西。蓣屋看准庙会当天最热闹的时候，挑选了顾客最多的摊铺，按价目牌丢下几个零钱，拿了东西后便迅速消失在人群中。摊主自不必说，众多的顾客也无暇记住他的长相。而且，这两样东西都极为平常，没有任何特别之处。

蓣屋又仔细检查了一遍，确认未留下任何线索后，慢慢走出玄关，临走时没忘记关上隔扇。他在门口一边系鞋带，一边考虑着足迹的问题。不过，这点更无须担心。玄关处的土间①地板是坚硬的灰泥材质，屋外的街道路面因连日的晴好天气也干燥无比。只剩下拉开格子门走出去了。不过，若在此稍有闪失，所有苦心都将化为泡影。他侧耳倾听，耐心

---

① 土间，指日本传统住宅中屋内没有铺地板的地面或只是土铺面的地方。

地聆听屋外街道上的脚步声……街道上一片宁静，并无其他声音，只有从某处宅院内传来的若隐若现的琴声，悠扬至极。蘖屋下定决心，静悄悄地拉开格子门，若无其事地以刚同主人告辞的客人般，走到街上。果然，街上空无一人。

这一带的区域都是十分冷清的住宅区。距离老妇家四五町的地方有座不知名的神社。破旧的石墙面朝街道一直延伸。蘖屋确认没人看见后，从石墙的缝隙中将凶器折叠刀和沾有血迹的手套塞进石墙的空隙中。然后，蘖屋轻松地走向附近的小公园，这是他平日散步时中途落脚之地。他坐在公园的长椅上，久久地望着孩童在秋千上玩耍，完全是一副怡然自得的神情。

回家路上，他顺道去了一趟警察署①。

"刚才，我捡到这个钱包，因为里面有很多钱，便送了过来。"

蘖屋一边说着一边将钱包递了过去。面对警察的询问，他回答了捡到钱包的地点、时间（当然，都是看似可信的谎言）和自己的姓名住址（这些倒是真实信息）。然后，蘖屋领了一张失物招领单，写上自己的姓名和拾到的金额。的确，

---

① 警察署，日本都道府县警察的下属机构，办理其管辖区内警察事务的官署。

这无疑是非常迂回的方法。不过，从安全角度来看最为稳妥。老妇人的钱财（没人知道只剩下一半）还好好地存放在原处，所以这个钱包的失主是绝不可能出现的。而一年后这钱包毫无疑问将落入蒎屋之手。然后，他就不用忌惮任何人，可以毫不顾忌地使用这笔巨款了。蒎屋深思熟虑后，采取了这个迂回的手段。若将这笔钱藏匿在某处，很有可能偶然被他人夺去。若自己持有，自不必想，这就更加危险了。不仅如此，若采用此法，即便老妇人的纸钞有连号的话，也丝毫不用担心（不过蒎屋对此已尽可能打探过，基本上可以放心）。

"竟然有人把自己偷来的物品交给警察，真是神不知鬼不觉啊。"

他强忍笑意，在心中自语道。

翌日，蒎屋在租住的屋里，与往常一样从安睡中醒来，他一边打着哈欠，一边打开刚送达的报纸，浏览着报纸社会版面①。他发现了一个令人意外的报道，着实有些震惊。不过，这绝不是他所担心的新闻，反倒是他意想不到的幸运。报道称好友斋藤被当作犯罪嫌疑人逮捕了，而怀疑他的理由

① 社会版面，指日本报纸主要刊登社会一般事件的报纸版面，俗称"第三版"。

就是拥有与其身份不符的巨款。

"我是斋藤最要好的朋友，此时去警察署追问一番，方才显得自然。"

蒋屋快速换好衣服，匆匆忙忙赶去警察署。与昨天上交钱包的是同一个地方。为何不把钱包交到不同辖区的警察署呢？不，这亦是他奉行独特的无技巧主义而刻意为之的。他恰如其分地做出一副担心模样，请求警方让他与斋藤会面。然而，如预想的一样，要求未被准许。于是，他一再询问斋藤被怀疑的原因，并在某种程度上弄清了事情的梗概。

听完警方的描述，蒋屋试着想象当时的情形：

昨日，斋藤比女佣先到家，那时正是蒋屋达成目的离去后不久。随后他自然就发现了老妇人的尸体。不过，在立即报警之前，他一定是突然想起某事，便是那个花盆。若是盗贼所为，那里面的钱会不会不见了呢？或许是出于好奇心，他检查了那个花盆。然而，没想到包裹着钱的油纸包还在。见状后，斋藤起了贪念，虽说他做法草率，但也合乎情理。没有人知道藏钱地点，大家一定会给出这样的解释——钱财是被杀害老妇人的凶手盗走的。这种情况对任何人来说，一定都是难以抗拒的强烈诱惑。在那之后他怎么样了呢？据警察说，斋藤若无其事地跑到警察署，报告说有人被杀了。但他也太轻率了，竟然把偷来的钱放在腹带里，带着这些钱到警察署报案。也许斋藤根本没料到会被当场搜身。

"不过，等等。斋藤到底会如何辩解呢？事件发展下去，不会给我带来危险吧。"针对这个问题，蒟屋设想了各种状况。斋藤被发现身上藏钱时，或许会辩称"是我自己的"。的确，没人知道老妇人财产的数目与藏匿地点，所以他的辩解或许能够被接受。不过，对他而言这笔现金的金额实在太过巨大。那么，最终他有可能陈述事实。然而，法官会相信吗？出现其他嫌疑人也就罢了，只要没出现，几乎不会判他无罪。事情顺利的话，有可能会判他杀人罪。那样的话可太好了……不过，话说回来，法官在审讯他的过程中，或许会弄清各种事实。例如，他发现藏匿地点时和我说过此事，或是案发两日前我曾进入老妇人房中，又或者我穷困潦倒而为学费发愁，等等。

所幸，这些问题在制订计划之前，蒟屋都已事先考虑过。而不管他怎么想，也想不出从斋藤口中会带出对他更不利的事实。

蒟屋从警察署回来后，吃了顿有些迟的早餐（和当时送早点来的女佣讲了讲该案件），之后和往常一样去了学校。学校里都在谈论着斋藤的事。蒟屋颇为得意地成为谈论的中心人物，且喋喋不休。

三

诸位读者，通晓推理小说性质的你们肯定都了如指掌，故事绝不会就此结束。确实如此。说实话，到此不过是故事的引子罢了。作者希望诸位阅读的是之后的部分，即蕗屋精心策划的犯罪是如何被发现的。

担任本案的预审法官是颇有名气的笠森先生。他不仅是普通意义上的知名法官，更因具有稍稍与众不同的爱好而闻名。他是位业余心理学家，对于用普通方法无法作出判断的案子，最后均用丰富的心理学知识加以审理，且频频奏效。他虽资历浅、年纪轻，但作为地方法院的预审法官确实屈才。所有人都认为此次的老妇人谋杀案只要经由笠森法官之手，一定会轻而易举告破。就连笠森先生本人也这么认为。他计划同往常一样，要在预审庭上彻底厘清本案，以便在公审时不留任何麻烦。

然而，随着调查的深入，笠森渐渐感受到了本案的难度。警方一味主张斋藤勇有罪，而笠森法官也承认该主张有些道理。这是因为从老妇人生前曾出入过她家的人来看，无论是她的债务人，还是房客，抑或是熟人，均被传唤并进行了细致的调查，却没有一个可疑对象；自然，蕗屋清一郎也是其中之一。既然没有发现其他嫌疑人，目前只能判定有最大嫌疑的斋藤勇为罪犯。不仅如此，对斋藤最不利的，是他与生俱来的懦弱性格——立刻就感受到了法庭的恐怖氛围，对于质询也无法做出干脆的回答。他头晕脑涨，屡屡推翻之前的陈述，要么忘记理应记住的事情，要么申述些不言自明的不利事项，他越是着急，嫌疑就越是加重。之所以如此，是因为他有偷老妇人钱财的把柄，若无此事实，斋藤这种聪明人，就算再怎么懦弱，也不会做出这种蠢事。他的处境确实值得同情。不过，要说仅凭这些事实，就能认定斋藤是杀人犯，笠森先生也并无自信，目前他还只是怀疑。斋藤本人自然不会供认，也没有其他值得一提的明确证据证明他是无辜的。

就这样，案发后过了一个月，预审仍未结束。笠森有些着急起来。恰在此时，管辖老妇人谋杀案的警察署长从别处听到了有价值的报告。案发当日，有人在距老妇人家不远的街区，捡到一个装有五千二百多日元的钱包，而送交人正是嫌疑人斋藤的好友，一个叫蕗屋清一郎的学生。由于负责此事的工作人员的疏忽，直到如今才发觉。从这笔巨款的失主一个月都未现身来看，署长怀疑这两者似乎有所关联，为慎重起见，特将此事报了上来。

一筹莫展的笠森法官接到这份报告后，就好似看到了一线光明。他立即办理了传唤蕗屋清一郎的手续。然而，尽管笠森信心满满，但对蕗屋的询问却未获得有价值的信息。当笠森法官询问他在调查案件当日状况时，为何没有陈述捡到巨款的事实。对此，蕗屋回答说因为他觉得与杀人案件无关。这样的答辩确实理由充分。因为老妇人的钱是在斋藤的腹带中发现的，所以又有谁会想到除此之外的钱，特别是遗失在路边的钱竟是老妇人财产中的一部分呢？

但这是偶然吗？案发当日，在离现场不远的地方，更何况还是第一嫌疑人的好友（根据斋藤的陈述，蕗屋也知道钱藏在花盆里）捡到了这笔巨款，这果真是偶然的吗？法官冥思苦想，试图发现其中的某种关联性。但最令他遗憾的是，老妇人并未有记录纸币号码的习惯。若她生前这么做，即刻就能判明这笔可疑的现金是否与本案有关。

"哪怕再细小的事情，要是能抓住一条确凿的线索就好了。"笠森罄其才智，绞尽脑汁。至于命案现场，已经反复进行了多次勘查，也彻查了老妇人的亲属关系，但还是一无所获。如此又白白地过了半个月。

如此便只剩下一种可能性了。笠森推想，蕗屋偷走老妇人的一半存款，将剩下的放回原处，他再将偷来的钱放入钱包，装作在路上捡到。不过，能有这种违背常理之事吗？针对这个钱包，警方已进行了充分调查但并未发现任何线索。况且，蔽屋也很镇静地陈述了当日散步途中，经由老妇人家门前的事实。更重要的是，最重要的凶器仍下落不明。警察搜查了蔽屋租住的房间，结果并未找到任何证物；但要说到凶器方面，怀疑斋藤的证据亦显不足。那么，究竟谁才最有嫌疑呢？

本案中尚无任何确凿的证据。正如警察署长等人所说，若怀疑斋藤，似乎凶手就是他。不过，若怀疑蔽屋，也确实有可疑之处。但通过这一个半月的搜查，唯一可以确定的是，除了这两个人之外，不存在其他嫌疑人。无计可施的笠森法官终于到了使出了绝招的时刻。他决定对两个嫌疑人实施以往屡获成功的心理测试。

四

蔽屋清一郎在案发的两三天后第一次接受传唤时，已得知负责此案的预审法官是著名的业余心理学家笠森，当时便料想到自己或将难逃嫌疑，不免有些惊慌。他没有想到的是，日本居然也有心理测试，尽管那只是笠森个人的兴趣爱好。所谓心理测试究竟是何种事物，蔽屋通过平日的大量阅读，早已知之甚详。

　　面对如此巨大的打击，蕗屋早已失了从容，无法佯装镇静地继续学业了。他声称有病，将自己关在租住的房间里，思考着如何能渡过这个难关。其周密及热心谋划的程度，正如他实施杀人计划之前，或者更甚。

　　笠森法官究竟会实施什么样的心理测试呢？无法预知。因此，蕗屋就回忆起自己所了解的方法，然后想方设法逐一击破。然而，心理测试原本就是为了揭穿虚伪的陈述而产生的，所以要在此基础上继续作伪，理论上似乎是不可能的。

　　根据蕗屋的想法，心理测试根据其性质可分为两大类：一类是依靠纯粹的生理反应，另一类是通过语言来进行。前者是由测试者提出各种有关犯罪的问题，用相应设备记录被测验者身体上的细微反应，以此方法获取普通审问无从知晓的真相。该方法基于以下理论：人即便能在语言或面部表情上说谎，却无法掩饰神经的兴奋，它将作为肉体上的细微征兆显现出来。此类方法需要借助自动记录仪（Automatograph）等设备，发现手或眼球的细微变化；用呼吸记录器（Pneumograph）测定并计算呼吸的深浅快慢；用脉搏记录器（Sphygmograph）测量脉搏的强弱快慢；用体积记录器（Plethysmograph）测量四肢血液的瞬间流量；用电流计（Galvanometer）记录手掌心细微的出汗情况；轻击膝关节以观测肌肉的收缩程度；此外，还有诸多与上述类似的方法。

例如，如果突然被问到："是你杀了老妇吧？"蕗屋有自信能够镇静地反问："你这么说有何证据？"不自然地脉搏加速、呼吸急促，这种情况是绝对不可能防止的。他假设了各种情况，在心中暗暗测试自己。但不可思议的是，自己提出的审问，无论多么尖锐突兀，都不会引起身体上的变化。当然，没有测试身体细微变化的仪器，因此也不能判断出确切的情况。但神经兴奋与肉体变化乃是因果关系，既然无法感知到前者，那么后者产生的概率也微乎其微。

就这样，蕗屋在进行各种实验及推断的过程中，总结出一套理论——反复练习可能会干扰心理测试的结果。换句话说，对于同一个问题，第二次会比第一次神经反应减弱，而第三次则比第二次更弱。也就是说，会逐渐习以为常。与其他情况比较，这是可信度很高的推测结论。自己对自己的提问没有反应，归根结底与此同理。这是因为在发问前，早已有了心理预期。

于是，他一字不漏地查阅了《辞林》中的数万个单词，把有可能会被问到的词语都摘录下来。之后，花了一周时间有针对性地"练习"神经反应。

第二类是通过语言进行测试的方法。这倒无须太过担心。不，倒不如说正因为是语言，所以才更容易蒙混过关。语言测试也有很多方法，但最常用的是联想诊断，这与精神分析学家诊断病患时所使用的方法相同。例如，将"拉窗""桌子""墨水""笔"等一些无关紧要的字词按顺序读给被测验者听后，让对方尽量不假思索地快速说出由这些字词所联想到的字词。例如，听到"拉窗"会联想到"窗户""门槛""纸""房门"等。任何回答均可，要让对方说出瞬间直觉想到的字词。然后，在这些无意义的词语中，在不被对方察觉的情况下混入"刀子""鲜血""钱财""钱包"等与犯罪有关的词语，以测试被测验者由此产生的联想。

首先，就这个杀害老妇人的案件而言，思考最为不周之人，对"花盆"一词，或许会冒冒失失地回答"钱"。这是因为他印象最深之事，便是从"花盆"底部盗走"钱"。这就等于他供认了自己的罪状。然而，若是考虑较为周密之人，即便脑中浮现"钱"这个词，也会克制住，或许会做出例如"陶瓷"这样与案件无关的回答。

测试一方对付上述伪装有两种方法。一种是测试一轮字词后，间隔少许时间再重复测试一次。如此一来，自然作答就会大多数情况前后无差异，但故意作答则十有八九与最初有所不同。例如，对于"花盆"一词，第一次回答"陶瓷"，第二次则有可能回答"泥土"。

　　另一种方法是用某种设备精确地记录下从发问到回答的时间，根据快慢来判断。例如，尽管从听到"拉窗"到回答"房门"的时间为一秒，但从听到"花盆"到回答"陶瓷"的时间却是三秒（其实测试并非如此简单），这是因为被测验者听到"花盆"后，压抑最初浮现的联想词而试图找到其他字词，因而会需要更多时间作答，那么可以推断该受测者就有嫌疑。这种时间上的延迟，有时不出现在当前的字词上，而是出现在此后无意义的字词上。

　　另外，还有一种方法是将案发时的情况详细地说给被测验者听，并让他复述。若是真正的犯人，复述时会在某些细节之处不自觉地随口说出与听到内容相悖的事实（对于了解心理测试的读者，进行过于烦琐的叙述，必须致以歉意。但若略去这些，故事整体则变得含糊不清，因此实在是迫不得已）。

　　对于此类测试，自然需要进行和前一种类型相同的"练习"。但比"练习"更重要的是，以蓆屋的角度来看，就是要单纯，不玩弄画蛇添足的技巧。

　　对于"花盆"一词，索性毫不掩饰地回答"钱"或"松树"反倒更为安全。这是因为蕗屋明白，自己即使不是犯人，但通过法官的调查及其他消息来源，自然也会在某种程度上知悉犯罪事实。况且，花盆底部藏钱的事实是近来最令人印象深刻之事，所以触发这样的联想效应也是理所当然的。（同时，若被要求复述犯罪现场的情况，使用这种手段也很安全。）唯一的问题就是反应时间，这点仍然需要"练习"。听到"花盆"时，要做到毫不犹豫地答出"钱"或"松树"，这就需要事先"练习"。他为了这个"练习"又花费了数日。至此，准备工作完全就绪。

另一方面，蕗屋算定一件对自己有利的事情。如此想来，即便面临不可预知的审讯，甚至对预料中的审讯做出了不利的反应，也根本无须担心。这是因为被测试的并非只有蕗屋一人。那个神经过敏的斋藤勇再怎么清白，面对各种审问，他真能做到平心静气吗？斋藤能够做到的最好反应，恐怕也比不上自己。

蕗屋越想越放心，不禁哼唱起歌来。如今，他甚至反而开始期待笠森法官的传唤了。

五

笠森法官是如何进行心理测试的呢？神经过敏的斋藤又

对此作何反应呢？蒢屋是如何从容应对的？这些繁冗的细节，在此就不一一赘述了，还是直接进入到结果部分吧。

心理测试后的第二天，笠森法官在自家书房中，正对着写有测试结果的文件思考之际，女佣送来明智小五郎的名片。

读过《D坂杀人事件》的读者，或许多少知道这个明智小五郎是何人物。从那以后，他在疑难案件中屡屡发挥其非凡才智，办案专家自不必说，就连一般社会大众也非常认可他的才能。因为某个案件，他也和笠森法官熟识起来。

由女佣带路，明智微笑着走进笠森的书房。本故事发生在《D坂杀人事件》数年后，如今的他已不是从前的那个书生①了。

"可真卖力啊。"

明智看了一眼法官书桌上的资料，说道。

"哎呀，你来啦。这次这个案件可真难办啊。"

法官转身朝向来客应答道。

"就是那个杀害老妇人的案件吧。怎么样？心理测试的结果如何？"

案发以来，明智曾多次与笠森法官会面，听取案件的详

---

① 书生，指寄宿在他人家中，为家中主人做些杂务以糊口的学校学生。此
　种学生多见于日本明治、大正时代。——责编注

细情况。

"唉，结果倒是很清楚。"笠森说道，"但我总觉得有些难以认同。昨天进行了脉搏试验和联想诊断，蓲屋几乎没有什么反应。虽说脉搏试验的数据有待进一步商榷，但和斋藤相比，问题少得不值一提。你看看这个。此处有提问事项与脉搏的记录。由这项记录来看，斋藤对关键词所需的反应时间显然更长。看看对'花盆'这个刺激语的反应时间就能知道。蓲屋对此的回答时长，反倒比其他无意义的词反应时间更短，而斋藤竟然用了六秒。联想诊断也呈现相同的结果。"

法官出示的联想诊断的记录如图所示：

刺激语	蓲屋清一郎		斋藤勇	
	反应词	所用时间（秒）	反应词	所用时间（秒）
头	头发	0.9	尾	1.2
绿	蓝	0.7	蓝	1.1
水	热水	1.1	鱼	1.3
歌唱	唱歌	1.0	女人	1.5
长	短	0.8	绳子	1.2
○杀害	小刀	0.9	犯罪	3.1

续表

刺激语	蕗屋清一郎		斋藤勇	
	反应词	所用时间（秒）	反应词	所用时间（秒）
船	河	0.8	水	2.2
窗	门	0.8	玻璃	1.5
料理	西餐	1.0	刺身	1.3
○钱	纸币	0.7	铁	3.5
冷	水	1.1	冬	2.3
疾病	感冒	1.6	肺病	1.6
针	线	1.0	线	1.2
○松	盆栽	0.8	树	2.3
山	高	0.9	河	1.4
○血	流	1.0	红	3.9
新	旧	0.8	和服	2.1
厌恶	蜘蛛	1.2	疾病	1.1
○花盆	松	0.6	花	6.2
鸟	飞	0.9	金丝雀	3.6
书	丸善①	1.0	丸善	1.3

① 丸善，指丸善书店。1869 年创立于东京。

续表

刺激语	蔀屋清一郎		斋藤勇	
	反应词	所用时间（秒）	反应词	所用时间（秒）
○油纸	隐藏	0.8	包裹	4.0
朋友	斋藤	1.1	聊天	1.8
纯粹	理性	1.2	语言	1.7
箱子	书箱	1.0	人偶	1.2
○犯罪	杀人	0.7	警察	3.7
满足	完成	0.8	家庭	2.0
女人	政治	1.0	妹妹	1.3
绘画	屏风	0.9	景色	1.3
○盗窃	钱	0.7	马	4.1

（标有○处为犯罪相关字词，实际使用了一百多个字词，更细分了两三组，接连进行了测试，此表为了让读者易于理解而做了简化处理）

"你看，这很明显了吧。"笠森等明智浏览完记录后继续说道，"从这张表可以看出，斋藤故意耍了很多花招。最明显的就是反应时间过慢，这不仅是与案件相关的字词，紧跟其后的字词，连带之后的第二个字词都受到影响。还有，听到'钱'回答'铁'，听到'盗窃'回答'马'，都是些很不合理的联想。之所以在'花盆'上花的时间最长，或许是因为要克制住'钱'和'松'的联想而占用了时间。与此相反，蕗屋却回答得很自然。听到'花盆'回答'松'，听到'油纸'回答'隐藏'，听到'犯罪'回答'杀人'，那些联想，真凶一定会千方百计隐瞒下来，他却坦然答出，毫无迟延。倘若他就是杀人犯，做出如此反应，那他定是个超级低能儿。但实际上，他是大学的学生，成绩还很不错呢。"

"可以那么解释。"

明智若有所思地说道。但笠森却完全没有注意到他那意味深长的表情，继续说道："不过，尽管蕗屋的嫌疑可以排除，但对斋藤还是存在疑惑。测试结果确实清晰明白，但要说真凶确属斋藤，我没法下此断言。当然了，预审毕竟不是最终判决，我给斋藤一个有罪，那也没什么。但你也知道，我这人性子总是不服输，公审时，如果我的想法被推翻，就会很恼火。因此，我其实有些困惑。"

"查看此表，实在有趣啊。"明智将记录拿到手中开始说道，"听说蕗屋和斋藤都是好学之人，两人对'书'一词都回答了'丸善'，由此可见一斑。最有趣的是，蕗屋的回答都似乎是物质的、理智的，与此相对，斋藤的回答则看上去是温和的、抒情的。例如，'女人''和服''花''人偶'

'景色''妹妹'等回答，总的来说，会让人认为他是个多愁善感、弱不禁风的男子。还有，斋藤肯定疾病缠身。这不是听到'厌恶'回答'疾病'，听到'疾病'回答'肺病'吗？这就是他平日里担心自己患上肺病的证据。"

"你的看法也有道理。联想诊断这玩意儿，越是深入分析，越是会出现各种有趣的判断。"

"可是，"明智稍稍改变腔调说道，"你，是否考虑过心理测试的缺点呢？德·基罗斯①曾经评论过心理测试倡导者明斯特伯格②的观点，他认为此法虽是为了替代拷问而想出来的，但其结果仍与拷问相同，有时会陷无辜者为有罪，使有罪者成为漏网之鱼。而明斯特伯格本人则坦承，心理测试真正的功能，也仅限于能够准确地判断出嫌疑人对某场所及人物的了解程度。将其用在其他场合就有些风险。跟你说这些或许有点班门弄斧之嫌，但我却觉得十分重要，你怎么看？"

"若往坏处想，或许如此。我当然知道这点。"

笠森有些神情不悦地答道。

---

① 德·基罗斯，即康斯坦西奥·贝纳尔多·德·基罗斯（1873—1959），西班牙法学家、犯罪学家。
② 雨果·明斯特伯格（1863—1916），德国著名心理学家、美学家，"应用心理学之父"。

"不过，这种糟糕的情况却出乎意料地近在眼前。是否可以这么说呢？例如，假定一个极其神经过敏的无辜男子有某种犯罪嫌疑。他在犯罪现场被抓获，也对犯罪事实非常了解。在此情况下，他究竟能否冷静地面对心理测试呢？'啊！这是在考验我吧，要怎么回答才不被怀疑呢？'因焦虑而变得疑神疑鬼不是理所当然的吗？因此，在此种情况下进行的心理测试，难道不会成为德·基罗斯所说的'陷无辜者为有罪'吗？"

"你在说斋藤勇吧。哎呀，我也隐约有这种感觉，因此正如刚才所言，我也有些茫然失措。"

笠森越发一脸苦相。

"那么，如果斋藤无罪（不过，盗窃钱财之罪不可免除），究竟是谁杀害了老妇人呢？"

笠森中途打断明智的话，粗暴地问道："若是如此，你认为，犯罪嫌疑人另有其人吗？"

"有。"明智微笑答道，"从这份联想测试的结果来看，我认为蕗屋就是犯人，但尚不能确切地断定。他已经回家了吧？怎么样？能否不露声色地把他叫到这儿？若能叫来，我定会查明真相。"

"什么？你这么说是有确凿的证据吗？"

笠森很惊讶地问道。

明智并未露出得意之色，详细地说了他的想法。听过后，笠森深感钦佩。

笠森接受了明智的请求，差人去了趟蕗屋的住处。

"您的朋友斋藤先生很快要被定罪了。就此想和您聊聊，所以想劳烦您来寒舍一趟。"

借此理由传唤了蕗屋。他正好刚从学校回来，听闻后立即赶到笠森家中。他对此喜讯兴奋不已。也许是太过高兴了，完全未意识到这其中存在的可怕陷阱。

六

笠森法官大致说明了判定斋藤有罪的理由后，补充道："当初怀疑您，实在抱歉。其实今天请您过来，我想在道歉的同时，顺便和您好好聊聊。"

随后，笠森命人给蕗屋沏了杯红茶，在极为放松的状态下闲聊起来。明智也参与其中。笠森介绍说，明智是他熟识的律师，受死去的老妇人的遗产继承人的委托，负责处理一些债务催缴问题。此言当然是真假参半，根据死者亲属会议的决定，老妇人确实有一个外甥，会从乡下赶来继承遗产。

三人从斋藤的传闻开始，聊了各种话题。彻底卸下心防的蕗屋，在三人中最是健谈。

闲聊中，不知不觉已过多时，窗外暮色降临。蕗屋猛然发觉时候不早了，一边做着回家准备一边问道："那么，我该告辞了，没有其他事情了吧？"

"哎呀，我差点忘得一干二净了。"明智的语气很是轻松，"其实也不是什么大事。正好顺便……不知您是否知道，那个发生凶杀案的房间里立着一扇对折的金色屏风。因为那上面有一处刮痕，引起了纠纷。由于那屏风不是老妇人的，是作为借债的抵押品存放在那里的，物主说定是杀人时弄坏的，要求赔偿。而老妇人的外甥，也是和老妇人一样的守财奴，辩称或许原本就有刮痕，怎么也不答应赔偿。其实也不值一提，但却让人很为难。不过，那扇屏风似乎很值钱。话说，您经常出入她家，或许知道那扇屏风。说不定您还记得以前是否有刮痕，怎么样？可能您并未特别注意到屏风那种东西吧。其实我们也问过斋藤这件事，但他太过敏感，不甚了解。而女佣又回了老家，即便写信询问，也问不出个所以然，有些难办……"

屏风确实是抵押品，但其他的自然都是明智编出的假话而已。蕗屋听到"屏风"一词，不由心中一惊。

但仔细一听，并不是什么大事，因此完全放下心来。

"有什么好提心吊胆的，案子不是已经了结了吗？"

该如何应对呢？他稍作思考，认为还是和以前一样，如实回答是最为稳妥的。

"法官先生应该很清楚，我只到那房间去过一次，而且还是在案发的两天前。"

他窃笑说道。这种说话方式让他愉快至极。

"不过，那扇屏风，我还是记得的。我看到时确实没有任何刮痕。"

"是吗？您没记错吧？在小野小町的脸部，仅有一个细微的刮痕。"

"对对，我想起来了。"蔀屋装出一副刚刚回忆起来的样子附和道。

"那是幅六歌仙的图。我还记得小野小町。不过，如果那时有破损的话，不可能没有注意。因为色彩浓艳的小町脸部若有破损，一眼便可看出。"

"那么，能否劳烦您做个证？毕竟屏风的主人是个贪得无厌的家伙，不好应付啊。"

"好吧，当然可以，随时恭候您的召唤。"

蔀屋颇为得意，答应了他深信是律师的男子的请求。

"谢谢。"明智用手指挠了挠乱蓬蓬的头发，愉快地说道。这是他略感兴奋时的一个习惯动作。"其实，一开始我就觉得你肯定知道屏风的事情。这是因为在昨天的心理测试的记录中，对于'绘画'的提问，你给出了'屏风'这个特殊的回答。问题就在这儿。出租屋里不太会配置屏风这种东西的，除了斋藤，你似乎并没有特别亲近的朋友，因此，我就猜想你大概是因为某种理由，才对摆放在老妇人房间内的屏风留下了深刻印象。"

蒋屋有些吃惊。事实确实正如这位律师所言。但他昨天为何顺嘴说出"屏风"呢？而且，令人不可思议的是直到现在都未察觉，这岂不是很危险？然而，危险在何处呢？当时，他不是仔细检查过那处刮痕，确认过不会留下任何线索吗？没事儿，镇定！镇定！他大致盘算后，总算放下心来。

不过，实际上蒋屋丝毫未意识到，他已经犯了一个再明显不过的大错。

"是这样啊。我一点都没发觉。确实如您所说，您的观察相当敏锐啊。"

蒋屋始终没有忘记无技巧主义的策略，沉着应答。

"哪里哪里，偶然发现而已。"装作律师的明智谦虚地说，"不过，说到发现，其实还真有另外一件事情。不，不，绝不是您担心之事。昨天的联想测试中隐藏着八个关键字词，而你都顺利通过了。实际上，甚至有些过于完美。若心中无事，也不会回答得如此圆满吧。那八个字词，都画了圈。就是这个。"明智说着向他展示了记录纸："不过，你回答这些字词的反应时间，都会变得很快，虽说只比其他无意义的字词快一点。例如，听到'花盆'回答'松'，只花了 0.6 秒。这种直线式的反应还真少见啊。在这三十个字词中，或许最容易联想的首先是'绿'对'蓝'，但你连回答如此简单的词都花了 0.7 秒呢。"

蕗屋开始感到不安。这个律师，究竟为何如此纠缠不休呢？

是好意，还是恶意？是否有更深的图谋呢？他竭尽全力试图捕捉对方的意图。

"无论是'花盆'，还是'油纸'，抑或是'犯罪'，以及八个关键字词，都绝不会让人觉得比'头'或'绿'这样平常的字词更容易联想。但你反倒快速答出更难联想的词语。这意味着什么呢？我所发觉的便是这一点。我猜一下你的心情吧，如何？这也是一种乐趣。若是说错了，还请见谅啊。"

蕗屋浑身打战。然而，他自己也不明白自己为何会有如此反应。

"你，或许熟知心理测试对你造成的威胁，事先做了准备。可能你在心中早已谋划好，关于犯罪相关的字词该如何应答。不，我绝非指责你的做法。实际上，心理测试这东西，有时是非常危险的调查方式。我不能断言它不会让有罪者脱逃，让无辜者蒙冤。然而，准备得太过充分，你就对那些词语做了快速回答。当然，你或许也没打算答得那么快。这确实是个重大失误。你，只是担心不要迟疑，却未意识到过快也面临着同样潜在的危险。不过，这种时间差非常微小，所以若非观察入微之人，就会一不留神看漏这个细节。总之，伪造之事，总会在某处露出破绽。"明智怀疑蕗屋的证据就在于此，"然而，你为何要选择'钱''杀人''隐藏'等容易被怀疑的词语来回答呢？不言而喻，这正是你刻意表现出的单纯之处。如果你是罪犯，是绝不会对'油纸'回答'隐藏'的。能够冷静地回答出如此危险的词语，就证明了你对这起凶杀案完全问心无愧。哎，是这样吧？如我所说吧。"

蕗屋呆呆地注视着明智的眼睛。不知为何，他竟无法将视线移开。接着，他感到从鼻子到嘴巴周围的肌肉变得僵硬，甚至无法做出哭笑、惊讶等任何表情。

当然，他也无法讲话。如果勉强开口的话，他定会立即发出恐怖的惨叫声。

"这种单纯，也就是刻意不玩弄小花招，反倒成为提醒我你就是凶手的最直接证据。因为我知道了这一点，才向你提出了那样的问题。哎，你明白了吗？就是那扇屏风。我深信你会单纯地如实回答。实际也是如此。不过，我想问问笠森先生，这扇六歌仙的屏风是何时搬到老妇人家中的？"

明智佯装不知，询问法官。

"案发前一天，也就是上个月四日。"

"哎？前一天？这是真的吗？不是很奇怪吗？刚才蓙屋君不是清楚地说案发两天前，在房间里看到屏风了吗？感觉不合理啊。一定是你们二人中有人记错了。"

"一定是蓙屋君记错了吧。"笠森窃笑着说道。

"我清楚地记得，四日傍晚前那扇屏风还在它真正的主人家中。"

明智饶有兴味地观察着蓙屋的表情。眼前的这张脸不自然地皱成一团，就像快哭出来的小孩。

这是明智最初就设计好的陷阱。他已从笠森那里得知，案发的两天前老妇人家并无屏风。

"真让人想不通啊。"明智好似在用懊恼的语气说道，"这可是无法挽回的重大失策啊。为何你要说看到了根本不可能看到的东西呢？自案发两日前去过一次老妇人家后，你肯定再没去过那里。不是吗？特别是记住了六歌仙的图，那可是致命伤啊。恐怕你在告诫自己，要讲真话，要讲真话，却无意中说了谎话。哎，对吧？你案发两天前进入客厅时，注意到那里是否有屏风吗？自然是没注意到吧。事实上，那和你的计划毫无关联，即便有屏风，如你所知，那种古色古香的暗淡色调，在其他各色家具中也并不是特别显眼。因此，你自然会认为案发当日在那儿看到的屏风，或许还和两天前一样放在那里。而且，我就是为了让你那样想，才故意询问的。这似乎是一种错觉，但仔细想来，在我们的日常生活中屡见不鲜。然而，若是普通的罪犯，绝不会像你那样回答吧。他们一定会想着只要隐瞒就好。不过，对我有利的是，你比一般的法官和罪犯有着聪明十倍、二十倍的头脑。也就是说，你有一个信念：只要不切中要害，就尽可能坦白说出，这样反倒更安全。这是反其道而行的对策啊。于是，我就再次将计就计。你怎么也不会料到，与本案毫不相干的律师，为了让你招供而设计了圈套吧。哈哈哈！"

蓼屋脸色苍白，额头渗出汗珠，一直默不作声。他觉得事已至此，越是辩解越是漏洞百出。

正因为蓼屋聪明，所以他很清楚自身的失言已然成为强有力的供述。令人不可思议的是，在他脑海中，孩提时代的种种往事，如走马灯般快速闪现又消失。

长时间的沉默。

"听见了吗?"明智过了一会儿说道,"你听,听到沙沙、沙沙的响声了吗?那是笔在纸上划过的声响哦,从刚才开始就有人在隔壁房间把我们的谈话都记录下来了……好,已经可以了,把记录拿到这里吧。"

明智话音刚落,隔扇门应声拉开,一个书生模样的男子手持一沓洋纸①的卷宗,走了出来。

"请把这个念一遍。"

听从明智的命令,该男子从头开始朗读。

"那么,蕗屋君,在这里签个名,然后再按个手印,用拇指即可。你该不会拒绝吧。你刚才可约好随时都可为屏风之事作证的。不过,或许你没有想到会以这种形式做证。"

蕗屋十分清楚,即便此时拒绝在此签字,也没有任何意义。他抱着认可明智惊人的推理能力的佩服心理,签名按了手印。而此刻,他像个彻底死心之人似的垂头丧气。

"正如方才所述。"明智最后说明,"明斯特伯格曾说过,心理测试真正的功能,仅限于准确地测试出嫌疑人是否知道某地、某物或某人。拿此案来说,就是蕗屋君是否看到过屏

———————

① 洋纸,指日本明治初年引进机器制造的纸,区别于日本传统手工制造的和纸。

风这点。除此之外，无论进行多少次心理测试，恐怕都无济于事。因为像蕗屋君这样的对手，凡事都会进行预判和周密的准备。另外，我想说的另一点是，心理测试这东西，未必如书中写的那样，仅使用固定的刺激语，必须使用特定的设备才能进行。如同现在我通过实验给大家呈现的这样，即便通过极其日常的会话也可以达到相同效果。很久以前有名的法官，例如像大冈越前守①这样的人物，都很好地运用了最近心理学研究出来的方法，只是他自己没有意识到而已。"

---

① 大冈越前守，即大冈忠相（1677—1752），江户时代中期的幕臣、大名。曾任越前守一职。

竹林中

芥川龙之介

检非违使①审讯樵夫

没错，发现那具尸体的正是小人。小人今早和往常一样，去后山砍伐杉木，结果在山阴处的竹林中发现了那具尸体。

---

① 检非违使，平安时代设置的令外官，属于检查京城内违法行为的官职，后来还掌管诉讼、审判。

大人问具体位置吗？大概距离山科①的驿路②有四五町③的路程。那片竹林中夹杂着低矮的杉树，人迹罕至。

那具尸体身着缥蓝色水干④，头戴城里人的古雅乌帽，仰面朝天地倒在地上。虽说只挨了一刀，但因刺在胸口，尸体旁的竹子落叶已被浸成黑红色。不，血已经不流了。伤口好像也干了。而且，伤口处有只马蝇，似乎听不到小人的脚步声，紧紧地叮在上面。

大人问我看到太刀⑤或别的凶器了吗？没有，什么都没看见。只是在旁边的杉树根处，留下一根绳子。此外——对了，除了绳子，还有一把梳子。尸体周围只有这两样东西。不过，杂草及竹子落叶都被踩得乱七八糟。由此可见，那男子在被杀前，定有一番恶斗。什么？大人问有马吗？那地方，马根本就进不去。因为能跑马的大道，还隔着一片竹林。

检非违使审讯云游僧

贫僧昨日确实遇到过那个死去的男子。昨天——哎呀，

---

① 山科，现京都市东部的区，是连接京都和大津的交通要地。
② 驿路，沿途设有驿站的大道。
③ 町，日本的距离单位，1 町约为 109 米。
④ 水干，日本古时为地方武士、庶民的便服。
⑤ 太刀，一种日本弯刀，刀身长 1 米至 1.5 米。

大概是中午吧。地点是从关山①去往山科的路上。那男子与一个骑马女子，朝关山方向走来。女子头上垂着面纱，贫僧没看清她的脸。只看见她穿着好似紫色的衣裳。马是带有桃花色的——记得鬃毛被剃得又短又齐。大人是问马有多高吗？有四尺四寸吧——贫僧乃出家之人，所以不太了解这些俗事。那男子——不，他既佩带着太刀，又携有弓箭。特别是黑漆箭囊里，还插着二十多支箭，贫僧至今还清晰记得。

真是做梦也没想到那男子竟会有如此结局。人之性命，真是如露亦如电②啊。呜呼哀哉，真是可怜，让人无以言表。

检非违使审讯放免③

大人是问小人抓到的那男子吗？他确实就是多襄丸，是个出了名的盗贼。不过，当小人抓住多襄丸的时候，他正在栗田口④的石桥上发出阵阵呻吟，大概是从马上摔落的缘故。时间吗？是在昨晚的初更时分。上次小人差点抓住他的时候，

---

① 关山，即逢坂山。位于现京都府与滋贺县交界，是从东部地区入京的重要关口。

② 指如同梦一般快，如同闪电一般快。用来比喻人生短暂。化用自《金刚经》："一切有为法，如梦幻泡影，如露亦如电，应作如是观。"

③ 放免，供职于检非违使厅的下人，均为刑满释放之人，负责协助搜寻、押送犯人。

④ 栗田口，位于京都市京都府东山区，是东海道入京的入口。

他也是身着这件藏青色的水干，佩带着雕花太刀。只不过这次，如大人所见，他还带着弓箭。是吗？那个被杀的男子也带着这些东西——那凶手定是多襄丸。缠着皮革的弓、黑漆箭囊、十七支鹰羽箭——这些都是被害人的携带之物吧。是的，正如大人所说，马是桃花色的短鬃。多襄丸被这畜生甩落在地，定是某种因果报应。那时马正在石桥的稍前方，拖着长长的缰绳，吃着路旁青青的芒草。

这个名为多襄丸的家伙，在出没于京城的强盗中，也算得上是好色之徒。去年秋天，在鸟部寺宾度罗①殿所在的后山，有个像是来参拜的宫中女官和使女一同被杀害，据说就是这家伙所为。若是这家伙杀了那男子，那骑着马的女子究竟去了何处，就不得而知了。恕小人多嘴，还望大人明察。

检非违使审讯老妪

是的，那死者正是小女的丈夫。但他不是京城人，而是若狭国府②的武士。名为金泽武弘，二十六岁。不，他性情温和，不可能招人忌恨的。

---

① 鸟部寺，京都的法皇寺。宾度罗，十八罗汉之一，全名宾度罗跋啰惰阇。
② 若狭国府，若狭为位于现福井县西部的日本令制国旧国名。国府为律令制下，设立在各国的政厅。

大人是问小女吗？小女名叫真砂，年方十九。她刚强好胜，不输男人。但她除了武弘之外，不曾与其他男人好过。小女瓜子脸，肤色浅黑，左眼角上有颗黑痣。

武弘昨日与小女一起动身去若狭的。却未料到会发生这样的事，真是走霉运啊！不过，即便女婿已然无望，但小女究竟怎么样了？很是担心。老身此生的愿望就是请大人务必找到小女的下落，哪怕是搜遍一草一木。不管怎么说，最可恨的就是那个叫什么多襄丸的强盗。他不但杀了我女婿，就连小女也……（随后便泣不成声）

多襄丸的供述

杀死那个男人的是我。可我没杀女人。她去哪儿了？我也不知道。且慢，大人。不论您怎么拷问我，不知道的事情我也答不上来。况且，事已至此，我也不打算再卑怯地隐瞒下去了。

昨天正午刚过，我就遇见了那对夫妻。那时，正巧一阵风吹过，将女人头上的面纱吹起，我隐约看到她的脸，却也只是一瞬之间，瞥到一眼。或许正是这个原因，在我看来，女人的脸长得如女菩萨一般。我顿时下定决心，即便杀了男人，也要把她夺到手。

　　什么？杀死一个男人，并不像你们想象的那样了不得。反正，要想把女人夺到手，就必须杀死男人。只不过我杀人时会用腰上的太刀，而你们却不用太刀，只用权力、金钱，甚至用假仁假义的话来杀人。的确，杀人不见血，那家伙也活得很好——但即便如此，终究还是杀人凶手。考虑到罪孽的深浅，是你们坏，还是我坏？还真说不定。（讥讽地微笑）

　　然而，若不杀男人就能把女人夺到手，那自然是再好不过了。不，其实按照当时的想法，就是决心不杀男人而把女人夺到手的。不过，在山科的驿路上，是无法得逞的。于是，我就设法将那对夫妻引入山里。

　　这也并非难事。我和那对夫妻结伴同行后，就告诉他们对面山中有座古墓，我挖出来一看，竟有许多古镜和太刀，我把这些东西悄悄地埋在山后的竹林中。如果有买家的话，随便哪件，都打算便宜出手——男人不知不觉对我的话开始动心。然后——大人您看，贪心这东西实在可怕。接着，不到半个时辰，那对夫妻就掉转马头，和我一同进山了。

　　走到竹林前，我对他们说，宝物就埋在里面，来看看吧。那男人利欲熏心，自然答应。但那女人连马也不肯下，说在此等候。竹林那么茂密，也难怪她会这么说。老实说，这也正中我的下怀，于是便将女人独自留在那儿，我和男人一起钻进了竹林。

在竹林中行走的片刻，只见茂密的竹子，但行至半町左右处，便有一片稀疏的杉树林——要达到我的目的，此处再合适不过了。我边拨开竹丛，边煞有介事地骗他说，宝物就埋在杉树下面。他听我这么一说，就拼命朝着透过低矮杉树可以看到的地方走去。不久便走到竹子稀疏处，几棵杉树并立在眼前——刚走进这里，我就一下子将他撂倒。男人到底是佩刀的，似乎力气也很大。但被我突然袭击，便招架不住了。我立即将他绑在一棵杉树下。大人是问绳子吗？绳子可是强盗的法宝，不知何时要翻墙越户，所以牢牢地系在腰间。当然，为了不让他喊出声来，我还在他嘴里塞满了竹叶。除此之外，便没有什么麻烦事了。

我收拾完男人后，便又来到了女人面前，跟她说男人好像得了急病，让她过去看看。自不必说，这次也被我料中。女人摘下斗笠，被我拽着手，走到了竹林深处。但她到地方一看，只见男人被绑在杉树下——女人看过一眼后，嗖的一声竟从怀中拔出一把锃亮的小刀。我还从未见过如此烈性的女人。当时要是稍不留神，很可能被她一刀刺穿侧腹。不，虽说我闪身躲过，但她一阵乱砍，也说不定哪里受了点伤。不过，我是多襄丸啊，所以无须费力拔刀，就将她的小刀打落在地。再怎么刚强的女人，没了武器也是无计可施。我终于如愿以偿，不取男人性命，就把女人弄到了手。

我没取那男人的性命——不错，事成之后我也没打算杀他。不过，当我要丢下哭倒在地的女人，逃往竹林外面时，那女人突然发疯似的紧紧抓住我的胳膊，断断续续地叫嚷道："不是你死，就是我丈夫亡，你们两个得死一个，让两个男人看我出丑，比死还痛苦。"接着她又气喘吁吁地说："哎，不论其中哪一个，谁活下来我就情愿跟谁走。"这时，我才猛然对那个男人起了杀意。（阴郁地兴奋着）

听我这么一说，或许你们把我看得比你们更残忍。但那是因为你们没看到那个女人的脸。尤其是你们没有看到那一瞬间她那炽热的目光。我和女人眼神交织时，心想即便被雷劈死，也要娶她为妻。娶她为妻——我心里只有这个念头。这绝非你们想象的那种下流的色欲。如果当时除了色欲，别无他图的话，我早就将她踢倒，逃之夭夭了。如此一来，我的太刀也不会沾上男人的血了。但是，当我在昏暗的竹林中，凝视女人表情的刹那间，我就下定决心：不杀这个男人，誓不离开此地。

然而，即便杀他，我也不想用卑鄙的手段。我为男人解开绳子后，命他用太刀跟我一决高下。丢在杉树下的绳子，就是那时随手一扔，忘在那里的。男人勃然变色，拔出了那把粗太刀。他猛然二话不说地愤然向我劈来——决斗的结果如何，就不必说了吧。战至第二十三回合，我的太刀刺穿了他的胸膛。第二十三回合——请不要忘记。我至今还因此事十分佩服他。因为能和我打到二十回合以上的，全天下只有他了。（快活地微笑）

就在那个男人倒下的同时，我拎着鲜血淋漓的太刀，回头望向女人。结果——怎么回事？哪里都不见她的踪影。她逃到哪里去了？我在杉树丛里找了找。但竹子的落叶上，未留下任何疑是她的蛛丝马迹。即便我又侧耳倾听，也只能听见男人喉咙里发出的断气声。

也许是在我们刚开始用刀决斗之时，那女人为了寻求援助，钻出竹林逃走了——如此一想，这可关乎自己的性命，所以我便夺过太刀和弓箭，立即又回到了原来的山路。女人的马还在那里静静地吃着草。之后的事，再说只是白费口舌。只是在进京前，我把那把太刀卖掉了——我的供述就这些。我想这颗头终归是要挂在楝树枝上的，请处我极刑吧。（态度昂然）

女人在清水寺的忏悔

那个身穿藏青色水干的男人把我奸污后，注视着被绑的丈夫，发出鄙夷的嘲笑声。我丈夫内心该有多悔恨啊。但无论他如何挣扎，浑身捆绑的绳子只会越勒越紧。我不由得连滚带爬地跑到丈夫的身边。不，我是想要跑到他身边。但被那个男人猛然踢倒在地。正在此时，我察觉到丈夫眼里闪着无以言表的光芒。无以言表的——我一想起那个眼神，至今都禁不住浑身发抖。丈夫一句话都说不出来，但在那一刹那间的眼神中，传递了他心中的一切。而且，他那闪耀的目光，既不是愤怒，也不是悲伤——只是蔑视我的冷漠目光。那眼神比那个男人踢倒我更令我备受打击，我不禁大叫一声，终于失去了意识。

不久，我总算清醒过来，发现那个身着藏青色水干的男人已经不知去向。只有我丈夫还被绑在杉树下。我从落满竹叶的地上艰难地撑起身体，注视着丈夫的脸。然而，他的眼神和方才一样，没有任何变化。冰冷的蔑视下，依然可见他那憎恶的神色。羞耻、悲伤、愤怒——我当时的内心，不知该如何表达。我摇摇晃晃地站了起来，走到丈夫的身旁。

"官人，事已至此，我是没法和你在一起了。我已决意去死。不过……不过你也去死吧。你已看到了我的丑态，我不能就这样让你独自存活于世。"

我拼尽全力说出这些话，但我丈夫只是憎恶地盯着我。我抑制住快要炸裂的胸膛，去找他的太刀。不过，那把刀可能被强盗夺走了，别说太刀了，竹林里连弓箭都没找到。但幸好小刀正掉落在我脚下。我挥起那把小刀，再次对丈夫说道："那么，让我先要了你的命，我随后来陪你。"

我丈夫听到这些话时，终于动了动嘴。当然，因为他嘴里塞满了细竹的落叶，完全听不到他的声音。可我一看，便立即领会了他的意思。丈夫依然鄙视我，说了一句"杀死我吧"。我几乎是在神志不清的状态下，用小刀扑哧一下刺透了他那缥蓝色水干下的胸部。

此时，我大概又晕了过去。当我终于能环顾四周时，我丈夫仍被绑在那里，但早已断了气。一抹夕阳透过竹子和杉树错杂的丛林，投射到他苍白的脸上。我忍住哭声，解开尸体上的绳子。然后——然后我怎么样了？唯有这一点，我已无力讲述。总之，我已没有了去死的力气。我用小刀刺喉咙，跳进山脚下的池塘，试了各种办法，可就是死不了。如此苟活人世，实在是不光彩。（凄凉一笑）像我这般不争气的女人，或许连大慈大悲的观音菩萨都不肯度我。可我这个杀

了丈夫的女人，被强盗奸污的女人，该如何是好呢？究竟我……我……（突然剧烈地抽泣起来）

亡灵借巫女之口所做的供词

强盗奸污我妻子后，就坐在那里用各种办法宽慰她。我自然是说不了话，身体也被绑在杉树下。但我其间屡次对妻子使眼色，想暗示她不要对这个男人所说的话信以为真，无论他说什么，都只当是谎言。可是，我妻子却悄然坐在细竹落叶上，呆呆地望着自己的膝盖。那副神情好似对于强盗的话，听得很入迷。我只觉妒火中烧。但强盗还在挖空心思，巧舌如簧。最后他竟厚颜称，女子一旦失身，再难与丈夫修好，倒不如从了自己，胜过与此等丈夫度日；又说自己是对她太过怜爱，才做出此等荒唐之事。

听强盗这么一说，妻子竟陶醉地抬起头。我从未见过妻子如此美丽。但这个美丽的妻子，那时当着被捆绑的丈夫的面，对强盗作何回答呢？尽管如今我身处冥界，但每当想起妻子的回答时，仍然无法平息内心的愤恨。我妻子确是这么回答的："那么，你随便带我去哪儿都行。"（沉默良久）

我妻子的罪孽还不只如此。如果仅是一番话，我也不至于在此幽冥之地如此神伤了。但我妻子却如梦如痴。强盗牵着她的手，正要往竹林外走时，她突然惊慌失色，用手指着杉树下的我，发疯似的连连叫喊："杀了他！如果他活着，我就不能和你在一起。"

"杀了他！"——这句话如狂风般，即便此刻也能将我倒着刮进黑暗的深渊。如此令人憎恶的话，有谁能说得出？如此恶毒的话，又有谁曾听过？哪怕只有一次——（突然迸发出一阵冷笑）听到此话时，连强盗都大惊失色。妻子紧紧缠住强盗的胳膊，叫道："杀了他！"强盗盯着我妻子，没回答她杀不杀——转瞬间，妻子被强盗一脚踢倒在竹叶上。（又迸发出一阵冷笑）强盗镇静地双手抱胸，看着我说："你打算怎么处置那个女人？杀了她，还是放过她？你只要点下头就好。杀了她？"

——就凭这一句话，我就想饶恕强盗的罪行。（又沉默良久）

妻子在我犹豫之际大叫一声，随即跑向竹林深处。强盗立刻猛扑过去，但似乎连她的衣袖也未能抓到。我似乎身处幻境一般，注视着这一情景。

妻子逃走后，强盗拿起太刀和弓箭，把我身上的绳子割断一处。我记得强盗消失于竹林外时，曾这样自言自语："这次该轮到我逃命了。"之后，四周一片寂静。不，似乎听

见有人在哭泣。我一边解开身上的绳子，一边侧耳倾听，却发现那声音不正是我自己的哭声吗？（第三次沉默良久）

我勉强从杉树下撑起筋疲力尽的身体。妻子落下的小刀在我面前闪闪发光。我捡起它，一刀刺进了胸膛。我的嘴里涌出一股血腥味，但没有丝毫的痛苦，只是胸口渐渐发凉，四周越发寂静。啊，真安静啊！在这山阴处的竹林上空，连只小鸟都不来此啼鸣。唯有杉树和竹子的枝头上，飘荡着寂寞的光影。而那光影——也渐渐变弱了。已看不见杉树与竹子了。我就躺在那里，被深深的寂静所包围。

这时，有人蹑手蹑脚地来到我的身旁，我想看看是谁。但不知何时，我的四周已薄雾弥漫。不知是谁——这个人用一只我看不见的手，悄悄地拔出了我胸口的小刀。与此同时，我嘴里再次血潮喷涌。我自此永远地坠入冥界的黑暗之中……

途中

谷崎润一郎

临近十二月的某日傍晚五点左右，东京 T. M 股份有限公司职员、法学学士汤河胜太郎，正沿着金杉桥的电车道悠闲地往新桥方向散步。

"喂，喂，冒昧打扰了，您是汤河先生吧?"

正当他在桥上走过多半时，有人在后面打招呼。汤河回过头——只见那里有位他素不相识却风度翩翩的绅士，正殷勤地摘下礼帽走到他的面前。

"是的，鄙人是汤河……"汤河一副天生老好人般的惊慌模样，眨着小眼睛。如此这般，如同自己面对公司高层干部时惴惴不安地答话。这是因为该绅士仪表堂堂，完全就像公司高层干部，汤河看他第一眼的瞬间，就立即收回了"马路上乱搭话的无耻之徒"的想法，不由得暴露出工薪族的劣根性。绅士看上去是位肤色白皙的四十来岁发福男子。他身着一件毛茸茸的黑色拉毛大衣（推测外套下可能穿着晨礼服），海獭皮衣领，面料如西班牙犬的皮毛般。他下穿条纹裤，手持圆柄象牙手杖。

"啊，突然在这种地方把您叫住实在失礼，在下是干这行的，带着您朋友渡边法学士开具的介绍信，刚去拜访过贵公司。"

绅士说着，递过来两张名片。汤河接过来后拿到路灯下看。一张毫无疑问正是他朋友渡边的名片。名片上有渡边亲笔题书："兹介绍安藤一郎。此人为小生同乡，多年来与小生交往甚密，欲对贵公司某在职人员进行身份调查，望面洽并予以照顾为盼。"再看另一张名片，只见上面写着：

私家侦探　　　安藤一郎

事务所　　　　日本桥区蛎壳町三丁目四番地

电话　　　　浪花①五〇一〇号

"那您，便是安藤先生了——"

汤河站在那里，再次打量着绅士。"私家侦探"——这职业在日本还不常见，汤河倒是知道东京有五六家侦探所，但今天还是第一次真正见到侦探。他心想日本的私家侦探竟比西洋侦探风采照人。汤河爱看电影，所以常在影片中见到西洋侦探。

"对，在下正是安藤。而名片上写着的事情是这样的，听闻您正好在贵公司人事科就职，因此刚刚去了贵公司想与您面谈的。您看如何？百忙之中甚是惶恐，不知您能否抽出点时间？"

"绅士"用一种符合其职业特征的、强有力的金属声干脆地说道。

"哎呀，已经闲下来了。所以，无论何时我都可以……"

汤河听到对方是侦探后，说话时便把"鄙人"换成了"我"。

"只要我知道的，定会悉数回答。不过，事情很急吗？

---

① 浪花，此处指东京日本桥地区电话局的名称。

如果不急，明天如何？当然，今天也可以，但如此在大街上谈话也挺不合常理的……"

"哦，您说得对。但明日起公司是放假吧，也没必要为此事特意去府上打扰，所以，尽管给您添麻烦了，我们还是在这附近边散步边聊会儿吧。况且您不是也喜欢经常这么散步吗？哈哈哈。"

"绅士"说完便轻快地笑了起来。笑声如同政治家装模作样时经常发出的声音般，很豪放。

汤河明显露出为难的表情。这是因为他口袋里暗藏着刚从公司领到的月薪和年终奖。那笔钱对他来说数额不小，所以他暗自为今晚的自己感到幸福。接下来要去趟银座，购买前些天妻子缠着他索要的手套和披肩——她很洋气，得买配得上她容貌的厚重的裘皮货——然后早点回家让她高兴一番——他就在边想边走时遇见了安藤。因为这个素不相识的安藤，非但愉快的空想被打碎，更让他感到今夜难得的幸福也有了裂痕。即使这些可以忽略不计，但他却知道自己喜欢散步，还从公司追过来，即便是侦探，也是十分讨厌了。这个男人为何认得自己的呢？汤河想到这就感到不愉快，况且他还很生气。

"您看如何？不打算耽误您太久，能否就稍稍聊一会儿？

在下也是为了深入调查某个人的身份信息。因此，与其在公司面谈，还不如在马路上更方便。"

"是吗？那就先往那边一起走走吧。"

汤河无奈地和"绅士"并排又朝着新桥方向走去。"绅士"所言不无道理，并且他也意识到等到第二天，有人拿着侦探的名片来家里问询会更麻烦。

没走几步，"绅士"——侦探从口袋里掏出雪茄抽了起来。然后走了一个街区，这期间他一直在抽着雪茄。自不必说，汤河感觉受到了愚弄，心急如焚。

"那么，我问一下您所说的事情吧。您说要调查公司某职员的身份，是要调查哪位呢？只要是我了解的，悉数奉告……"

"当然，我想您是清楚的。"

"绅士"又默默地抽了两三分钟雪茄。

"是不是这种情况，比如某个男性员工打算结婚，所以就要调查他为人如何？"

"是的，没错。正如您所猜的那样。"

"我在人事科，所以常有人来为此事调查。那个男人究竟是谁呢？"

看上去汤河至少想对此事产生点兴趣，于是充满好奇地问道。

"哎呀，是谁呢——被您这么一问倒有些难讲了。其实那人就是您啊。有人委托在下清查您的历史。我觉得这种事与其从别人那里间接地打听，还不如直接问您来得快，因此就前来拜访了。"

"不过我——您或许还不清楚，我已经结婚了，您是不是弄错了?"

"不，没弄错。在下知道您是有太太的。不过，您还未办完法律上的结婚手续吧。而且事实上，您考虑最近，可能的话尽早办完手续吧。"

"啊! 是吗? 我懂了。如此说来，是我妻子的娘家人委托调查的吧。"

"受谁委托，碍于在下的职业规矩，难以告知。或许您也大概心里有数，这点还请您多多包涵。"

"嗯，当然可以。毫无问题。如果是我本人的事情，请尽管问。比起被间接调查，这样我也更安心——您能采取这种方式，我深表感谢。"

"要您感谢实不敢当——我（'绅士'也开始用起来了'我'）在调查婚前情况时都采用这种方式。对品格高尚，又有地位之人，现实中直接接触是不会错的。而且，因为有些问题若不询问本人，是无从知晓的。"

"是啊，当然。"

汤河欣喜地表示赞同。不知不觉间，他又恢复了刚才的好心情。

"不仅如此，我对您的婚姻问题深表同情。"

"绅士"瞄了一眼汤河那愉悦的神情，笑着继续说道："您要让您太太入籍，就必须让您太太和娘家人尽早和解。如若不然，您太太到二十五岁，还必须等个三四年。^① 不过，要达成和解，比起您太太，实际上更需要让对方了解您的情况。这比任何事都重要。因此，我也会尽力而为的。权当为了此目的，还请您毫无保留地回答我的提问。"

"好的，这个我很清楚。因此，请您不必客气——"

"那么好的——听说您和渡边君是同年入学的，大学毕业应该是大正二年（1913）吧。那就从此事问起吧。"

"对，是大正二年毕业。然后毕业后马上进入到现在的T. M公司。"

"没错，毕业后马上进入了现在的 T. M 公司——这些我都了解，您和之前的太太是什么时候结婚的？应该是进公司

———————
① 日本战前的法律规定，女性二十五岁之前结婚须征得父母同意。

同时结的婚吧。"

"是的，没错。九月份进的公司，十月份结的婚。"

"大正二年的十月——（'绅士'边说边扳起指头算了起来）如此说来，两位共同生活的时间刚好满五年半。您之前的太太患伤寒离世，应在大正八年（1919）的四月。"

"是的。"

汤河虽作了回答，但感到有些不可思议。"此人说是不对我进行间接调查，但却已打探到了各种信息。"——因此，他脸上再现不悦之情。

"听说您很爱之前的太太。"

"是的，我曾深爱过她——不过，并不是说因此就没那么爱现在的妻子了。在前妻去世后的一段时间里，我当然还恋恋不舍，但幸好这份依恋并非难以治愈，现任妻子抚慰了我的悲伤。因此从这点来看，我也有义务必须尽快和久满子——久满子是现任妻子的名字，我想不用事先说明，您便早已知晓——正式结为夫妻。"

"是啊，您说得对。"

"绅士"轻微地搪塞了一下他那热忱的口吻，继续说道：

"我也知道您前妻的名字，是叫笔子吧——还有，我还了解到笔子体弱多病，患伤寒去世之前也时常患病。"

"真令人惊讶！不愧是专业人士，尽在您掌握之中啊。既然您都了解得那么详细了，也就没什么值得您再调查了吧。"

"啊哈哈哈，被您那么一说，我都不好意思了，毕竟我是靠这吃饭的。好了，请您别再调侃我了——那么，我们聊聊笔子的病情，她在患伤寒前还得过一次副伤寒①吧……嗯，大概是大正六年（1917）的秋天，十月左右。听说她得了很严重的副伤寒，一直高烧不退，因此您非常担心。然后到了第二年的大正七年（1918），她正月时又感冒了，卧床五六天，对吧？"

"啊，是的是的。好像是有那么回事。"

"接着，七月份又有一次，八月份有两次，出现了任何人都容易得的腹泻的情况。这三次腹泻中，其中有两次似乎很轻微，所以未到需要休养的程度；但有一次比较严重，卧床了一两天。而那之后，到了秋天，和往常一样暴发了流行性感冒，笔子得过两次。即十月份得过一次轻微的，第二次则是第二年大正八年（1919）的正月吧。听说当时还并发了肺炎，曾出现过病危状态。好不容易把肺炎治好，却没过两

① 副伤寒，一种由副伤寒菌经口感染而引起的疾病，症状类似伤寒。——责编注

个月就因伤寒离世了。——事情是这样吧？我说的应该没错吧？"

"嗯。"

汤河回应后便低头若有所思起来——此时二人已过了新桥，走在了岁末的银座大道上。

"您前妻可真可怜。之所以如此说，是因为她离世前仅仅半年之间，不仅两次身患性命攸关的大病，还在此期间时常遇到让人心惊胆战的危险——那个窒息事件是什么时候发生来着？"

面对提问，汤河沉默不语。"绅士"只好独自颔首继续说：

"那是在您太太肺炎痊愈后，再过两三天就能下床之时——却因病房的煤气炉发生故障，既然用煤气，所以好像还是天冷的时候，是二月末吧。因为煤气阀松了，导致您太太半夜里险些窒息。不过，所幸没出什么大事儿，但为此您太太在病床上多躺了两三天，这些都是事实吧——对了，对了，那之后不是还有类似事件发生嘛。您太太乘坐公共汽车从新桥去往须田町的途中，公共汽车与电车发生碰撞事故，差点就……"

"等会儿，您等会儿。我从刚才开始就对您的侦探慧眼很是敬佩，但究竟有何必要用尽各种方法调查那些事呢?"

"哦，确实也没什么必要。大概是我的'侦探癖'太过强烈了，所以才不禁彻查那些不必要之事，来吓唬吓唬别人。自己也知道这是个坏毛病，但就是怎么也改不掉。我们马上就要进入正题了，所以先请您稍微忍耐听一下——那么，当时您太太因公共汽车的车窗被撞坏，玻璃碎片伤到了额头吧。"

"是的。不过，笔子处事其实颇为淡定，没有那么惊慌失措。况且，虽说受了伤，也不过是擦伤而已。"

"但我觉得，就那次撞车事件而言，您多少有些责任的。"

"为何?"

"说到理由，之所以您太太乘公共汽车去医院，是因为您叫她不要坐电车，要求她坐公交汽车去的吧?"

"是这么说过——或许吧。我可记不清那些琐碎之事，但的确，我是如此说过。好吧，好吧，或许确实说过。可其中是有这么个缘故的。当时，笔子已两次患流行性感冒了，且那时报纸上说乘坐拥挤的电车是最易传染上感冒的，所以我觉得，比起乘电车，坐公共汽车更安全。因此我才吩咐她不要乘电车。却没想到走霉运，笔子所乘坐的公共汽车会发生事故。我不可能有什么责任。笔子也不觉得责任在我，甚至还感谢我的忠告呢。"

"当然，笔子时常感谢您的关怀，直到离世前还感恩戴德。不过，我认为唯有那场车祸，您是有责任的。您或许是考虑到太太的病情才吩咐她那样做的，定是那样的。尽管如此，我仍然认为您是有责任的。"

"为什么？"

"您若不明白，那我就来说明一下吧——您刚才似乎说没想到那辆公共汽车会发生碰撞。但您太太并非就那一天乘坐公交吧。那段时间，您太太刚生完大病，仍需要看医生，隔天会从位于芝口的家中去万世桥的医院。而您最初就知道这样的情况会持续一个月左右。之后这期间您太太总是乘坐公共汽车，也就是那段时间发生了碰撞事故。没错吧。对了，另一件值得注意的事情是，那时正值公共汽车刚开始运行，经常发生碰撞事故。稍微有些神经质的人都会很担心事故的发生。顺便提一下，您就有些神经质。因此，您竟让您最爱的太太如此频繁地乘坐公共汽车，这种疏忽大意是不是不符合您的性格呢？如果一个月里每隔一天就要坐公共汽车往返，就相当于将此人置于三十次车祸的风险之中。"

"啊哈哈哈。您竟能想到这点，真比我还神经质啊。的确，您这么一说，我倒是逐渐想起了那时候的事情，那时我并非没有意识到这一点。不过，我是这么想的。乘公共汽车相撞的危险和坐电车传染感冒的危险，哪个概率更大？还有，假设两者概率相同，哪个更危及生命？考虑到这些问题，我认为终究是坐公交更安全。要说为何，诚如您所说，假设每月往返三十次，如果乘电车，就会想到那三十辆电车的某辆肯定有细菌。那时是蔓延最为厉害之际，所以如此考虑最妥当。如果已存细菌，那么在电车上感染也并非偶然。但公共汽车的事故完全是偶然的灾祸。当然，每辆车都存在撞车的可能，却和一开始就明显存在祸因的情况有所不同吧。再者，我这么说也是有理由的。笔子得过两次流行性感冒，这也证明她比起常人来是易感体质。因此，如果乘坐电车，她在众多乘客中定是最特殊的那个。坐公共汽车的话，乘客承受的危险是均等的。不仅如此，就危险的程度而言我曾如此思考过。她若第三次再得流行性感冒，定会又引发肺炎，那样的话或许就没救了。我听说患过一次肺炎的人容易再次得肺炎，再加上那时她还未完全从病后的虚弱中恢复，所以我的担心并非杞人忧天。但是再看车祸，车祸并不一定会致死吧。不是太倒霉的话，也不会受很严重的伤，也很少会因伤情严重而丧命。所以说，我的考虑没有错。您看，笔子在三十次往返中只遇到一次车祸，且仅是擦伤而已。"

"我听明白了。如果只听您所说，还算有些道理。听起来似乎无懈可击。但您刚才未作说明的部分中，其实存在不可忽略的地方。刚才谈到电车和公共汽车危险概率的问题嘛，公共汽车比电车危险率低，即便有危险，其程度也较轻，且乘客均担风险，这似乎是您的高见。但我认为，至少以您太太的情况，即便是乘公共汽车，其风险也和电车相同，绝不可能和其他乘客承担同样的风险。也就是说，公共汽车相撞之时，您太太处于如此一种命运，即她比任何人率先受伤，且恐怕比任何人更易负重伤。这点您不可忽略。"

"为何那么说？我不太明白。"

"哈哈，您不太明白？这太不可思议了——但您那时对笔子这么说过啊，您说乘坐公共汽车的时候要总是尽量坐在最前方，那是最安全的方法。"

"是的，我所说的'安全'其实是这个意思——"

"哎，等等，您所说的'安全'是这个意思吧：即便是在公共汽车内，还是多少存在感冒病菌。因此，您的理由是为了不吸入病菌，尽量让太太待在上风方向吧。如此说来，即便公共汽车没有电车那么拥挤，但也并非说毫无传染感冒的危险。您刚才似乎忘了这个事实吧。除此之外，您又添了一个理由，也就是坐在公共汽车前方震动小，您太太尚未摆脱病后疲劳，所以最好尽可能不让身体震动——有了这两个理由，您便劝说太太坐到前面。与其说是劝说，倒不如说是严格命令。您太太那么忠厚老实，心想可不能辜负您的关怀，所以留心尽量遵命执行。于是，您所言之事被切实执行了。"

"……"

"我说得没错吧。您一开始并未将公共汽车上传染感冒的风险考虑进去。尽管未考虑在内，但还是以此为借口让太太坐在前方。此处有一个矛盾。之后还有一个矛盾，那便是最初考虑到的车祸危险，那时却全然不顾了。坐在公共汽车的最前方——如果考虑到车祸因素，或许没有比这更危险的了。占据此位之人，便是最终被危险选中之人。所以您看，当时受伤的不是只有您太太嘛。即便那种轻微的碰撞，其他乘客都平安无事，可只有您太太擦伤了。若是更严重的碰撞，其他乘客擦伤，只有您太太身负重伤。更严重的情况是其他乘客负重伤，只有您太太丧命——车祸这种事，不必说肯定是偶然的。但这种偶然发生之时，您太太的受伤就不是偶然，而是必然了。"

两人走过了京桥，但"绅士"和汤河都似乎忘记了他们当时走在何处。一人在热情讲述，而另一个人则默默倾听，两人径直走着——

"所以，您是将太太置于某种程度的偶发危险之中，然后在偶然范围内引发必然的危险，其结果就是使她陷入更大的危险之中。这与纯粹的偶发危险的意义不同。如此看来，我们无法得知公共汽车是否比电车更安全。首先，那时您太太刚从第二次流行性感冒中痊愈。因此，认为对此病具有免疫力是最为合理的。让我说的话，当时您太太绝对没有被传染的危险。非要说特殊，那也是她比其他人更安全。而患过一次肺炎的人会容易再次患病的说法，是指隔一段时间之后。"

"当然，我并非不知道免疫力一说，虽然十月份得过一次，但我觉得不太能指望产生免疫力……"

"十月与正月间隔两个月。但当时您太太尚未完全康复，还有点咳嗽。比起被别人传染，倒是会传染给别人。"

"还有呢，您刚才说的车祸危险。因为车祸本身就是非常偶然的，可说到其范围内的必然，难道不是极为罕见的吗？偶然中的必然与纯粹的必然，其含义是不同的。何况构成这个必然的要素，仅是必然会受伤，并非是说必然要丧命。"

"但是可以说偶然发生严重车祸，必然会丧命吧。"

"对，或许可以这么说。不过，玩这种逻辑游戏又有何意义呢?"

"啊哈哈哈,逻辑游戏吗? 我倒是很喜欢,所以一不留神就得意忘形而深陷其中了。哎呀,真是失礼了。我们马上进入正题吧——那么,进入正题前,先处理一下刚才的逻辑游戏吧。虽然您嘲笑我,但事实上您似乎也很喜欢逻辑,在这方面或许您是我的前辈,所以我想您也并非完全没有兴趣吧。估计您也已经察觉到了,要是将刚才有关偶然与必然的探讨,与某个人的心理结合考虑时,又会产生新的课题。逻辑就已经不是最纯粹的逻辑问题了,您没有意识到这一点吗?"

"哎呀,变得越来越复杂了啊。"

"哪有什么复杂的。某个人的心理就是指犯罪心理。某个人利用间接方法试图秘密地将某个人杀害——若是'杀害'这个词不恰当,就用'致死'吧。于是,为了达到此目的,尽量让对方暴露在更多的危险中。此种情况下,此人为了隐瞒自己的意图,也是为了不知不觉地引对方进入其中,他除了选择偶发的危险之外别无他法。不过,若是这种偶然中存在不太引人注目的某种必然,则更称心如意了。因此,您让太太乘坐公共汽车一事,不是从表面上看起来正巧与该情况一致吗? 我说的是'从表面上看起来',请不必生气。

当然，我并不是说您有这种企图，但您也理解那种人的心理吧。"

"您的职业习惯会让您思考些莫名其妙的问题啊。从表面上来看是否一致，我也只能任由您判断，但只在一个月内，仅仅三十次公共汽车的往返，就有人认为在此期间会夺人性命的话，那此人可能就是傻瓜或疯子。没有人会利用这种靠不住的'偶然'吧。"

"没错，如果仅坐三四次公共汽车，可以说'偶然'的命中率会很低。但要是从各个方面找出各种危险，将'偶然'不断累积在对方身上——如果这么做，也就是说会增加几倍的命中率。无数的偶发危险汇集，形成一个焦点，再将此人引入其中。如此一来，此人所遭受的危险不是'偶然'，而将成为'必然'。"

"按您的说法，比如说他会怎样行事呢？"

"比如说啊，此处有一男子想要杀害他妻子——想要将其致死。而他妻子天生心脏衰弱——在心脏衰弱这一事实中，就包含了偶然性危险的种子了。那男子为了增加危险性，就创造条件让她心脏越发恶化。比如说这个男子想让妻子养成喝酒的习惯，就劝她喝酒。起初劝妻子每天临睡时喝一杯葡萄酒，然后逐渐加量多喝一杯，劝其饭后务必饮酒。如此一来，就让妻子逐渐熟悉酒精的味道。但妻子原本并无嗜酒的倾向，所以她未能成为丈夫期望的酒鬼。于是，作为第二个手段，丈夫劝妻子吸烟。他说'即便是女人，没这点爱好怎么行'，便买来好闻的进口香烟让妻子抽。不过，这个计划倒是完美成功，大约在一个月里，她就成了真正的烟鬼，已经到了想戒也戒不掉的地步。接下来丈夫探听到洗冷水澡对心脏虚弱者有害的消息，便让其践行。这个男子看似很亲切地对妻子说：'你属于易得感冒的体质，所以你要每天早晨勤于洗冷水澡。'妻子打心底相信丈夫，便马上执行了。于是，妻子的心脏状况越发恶化，但她却一直浑然不知。但仅就这些还不能说丈夫的计划已充分施行。事先使妻子的心脏状况恶化，接着再给心脏予以打击。也就是说，尽可能将妻子置于易患持续高烧的疾病——伤寒或肺炎等状态之中。这个男子开始选择的是伤寒。他为此目的，频繁让妻子吃些看似带有伤寒菌的食物。他称'美国人吃饭时喝生水，赞美水为最佳饮品'，让妻子喝生水，吃生鱼片。还有，在他知道生蚝和凉粉中有大量细菌后，便让妻子食用。当然为了劝说妻子，丈夫自身也必须食用。但丈夫以前曾患过伤寒，所以已具有免疫力。丈夫的这个计划虽未给他带来预期结果，但几乎成功了七成。因为妻子虽未患上伤寒，却得了副伤寒，结果持续一周都饱受高烧的痛苦。不过，副伤寒的死亡率只有一成左右，不好说是万幸还是不幸，心脏衰弱的妻子得救了。而丈夫便借助这七成成功之势，其后也是一如既往地努力规劝妻子食用生食，因此妻子一到夏天，就经常腹泻。丈夫每次都提心吊胆地关注着事态的发展，但不凑巧，妻子并未轻易患上他所希望的伤寒。那之后不久，丈夫终于等来了求之不得的机会。那便是前年秋季到第二年冬季流行的恶性大流感。丈夫在此期间谋划着定要让她患上感冒。刚入十月，妻子到底还是患上了感冒——要说为何会得，是因为她那时弄坏了嗓子。丈夫命她漱口来预防感冒，故意调制了高浓度的双氧水，一直让妻子用此水漱口。因此，她患上了咽喉黏膜炎。不仅如此，正赶上亲戚中有位女性长辈得了感冒，所以丈夫再三让她去探望。妻子第五次探望回来后就开始发烧。不过，所幸当时痊愈了。然后到了正月，这次病情加重，终于引发了肺炎。"

如此说着说着，侦探做了一个不可思议的动作——看似要轻轻弹落雪茄的烟灰般，他在汤河的手腕处轻敲了两三次——这无言的举动似乎包含了对汤河的提醒。随后两人正好来到日本桥的桥头，侦探从村井银行前向右拐，朝着中央邮局方向走去。当然，汤河也必须紧跟着他。

　　"第二次感冒也是丈夫的精心谋划。"

　　侦探继续说道。

　　"当时，妻子娘家有孩子得了很严重的感冒，住进了神田的 S 医院。于是丈夫就让妻子去医院陪护，尽管并未被委托。他的理由是：'这次感冒容易传染，所以不能随便找人陪护。因为内人之前刚得过感冒，已经具有免疫力，所以最适合陪护。'妻子也觉得有道理。但在护理过程中，再次患上了感冒，而且妻子的肺炎还相当严重，出现多次危险状况。这次丈夫的计谋可是充分奏效了。因为自己的疏忽让妻子患上大病，丈夫在妻子的枕边为此道歉，但妻子并不怨恨丈夫，只是感谢这一生丈夫对自己无微不至的关爱，平静地等待死亡降临；眼见距离鬼门关就差一步，谁料妻子又一次死里逃生。站在丈夫的角度来看，那真是'为山九仞，功亏一篑'了。于是，丈夫又开始谋划起来。仅是生病还不行，还必须让妻子遭遇生病以外的灾难——如此考虑之后，他便先谋划利用妻子病房里的煤气炉。当时，妻子已经好了许多，所以不再需要护士的陪护，但还需要和丈夫分房睡一个星期左右。有一天，丈夫偶然发现了这样的情况：妻子入睡时考虑到用火安全，会关闭煤气炉后睡觉。煤气炉的开关就在从病房进入走廊的门槛边。妻子有半夜去厕所的习惯，而那时必跨过门槛。因为妻子拖拉着长睡袍的下摆行进，所以过门槛时五次中有三次下摆会碰到煤气阀。如果煤气阀不是很紧，下摆触碰之时阀门必将松动。病房虽为日式，但门窗都很严实，密不透风——尽管'偶然'，但此处已具备了相应的风险要素。在此，丈夫意识到，要将这种'偶然'引向'必然'，只需稍做手脚即可。那便是事先将煤气阀弄得更松。某日，他趁妻子睡午觉之时悄悄地给阀门上了油，致使阀门变得更加润滑。他的这个举动本该极其秘密地进行，但不幸的是，他并不知道已被别人发现——目睹这一切的便是当时家中的女佣。这个女佣是妻子出嫁时从老家跟过来的，对妻子忠心耿耿，也很机灵。好了，这些事不谈也罢。"

侦探和汤河从中央邮局前走过兜桥，又过了铠桥。二人不知不觉已走在了水天宫前的电车大道上。

"那么，这次丈夫又成功了七成，却还是败在了剩下的三成上。妻子险些因煤气泄漏而窒息而亡，但幸好在未酿成大祸之前醒过来，半夜时分乱作一团。为何煤气会泄漏，没过多久便查明了原因，结果被说成是妻子自己的疏忽大意。接着丈夫选择了公共汽车。正如刚才所述，妻子因要乘坐公共汽车去看医生，而丈夫不会忘记利用所有机会来实施计划。所以，当公共汽车计划以失败告终之时，丈夫又抓住了新机会。这次给他机会的人是医生。为了妻子的病后疗养，医生建议换个地方，劝其去个空气清新的地方疗养一个月左右——因为有了医生的建议，丈夫就对妻子这样说：'因为你一直都在生病，所以与其换个地方疗养一两个月，还不如索性把整个家都搬到空气更清新的地方。话虽如此，但又不能搬去太远的地方，那在大森附近置个家如何？因为那里离大海也近，我上班也方便。'妻子立即表示赞成。不知您是否有所了解，据说大森这个地方饮用水的水质很差，或许由于这个原因，传染病也十分猖獗——尤其是伤寒——也就是说这个男人一见事故全然不奏效，就再次开始瞄准疾病。因此，搬到大森之后便更加猛烈地给予妻子生水与生食。还一如既往地鼓励妻子洗冷水澡，劝说吸烟。此后修整庭院，植入大量树木，挖水池建水塘，又说卫生间位置不佳，将其改成夕阳照射的方向。这些都是为了在家中滋生蚊蝇的手段。岂止这些！他朋友中出现伤寒患者，他便称自己具有免疫力，所以时常去探望，偶尔也让妻子同去。如此一来，他原本是耐心等待结果的，却不承想此计谋出其意料地早早见效，搬家后还不到一个月的时候，这次终于满意地得逞了。在他去探望那个患上伤寒的朋友不久，这期间又使用了怎样阴险的手段，就不得而知了，总之妻子患上了这种病，并且最终因此死去。怎么样？您的情况仅就表面上来看，不是完全与之吻合吗？"

"嗯——那，那仅就表面上——"

"啊哈哈哈，没错，到目前为止还'仅就表面上'。您爱着您的前妻，总之'仅是表面上'爱她。但与此同时，您自两三年前就背着前妻，爱上了现在的妻子。这就不是停留在'表面上'的爱了。因此，综合刚才所说的事实再加上这个事实，刚才的这些情况适用于您的程度，就不仅仅是'仅就表面上'吻合了吧。"

两人从水天宫的电车道向右拐，走进一条狭窄的胡同。胡同左侧挂着写有"私家侦探"的巨大招牌，这里有一栋看似事务所的房子，装有玻璃窗的二楼以及楼下都灯火通明，走到这栋楼前，侦探"啊哈哈哈"地高声笑了起来。

"啊哈哈哈，已经没希望了。想再瞒也瞒不住啦。您从刚才开始就不就一直在发抖吗？您前妻的父亲，今晚就在我家等着您。哎呀，不用那么害怕，没事的啦。您还是进屋吧。"

"绅士"突然抓住汤河的手腕，边使劲用肩膀顶开大门，边将他拖进明亮的屋里。汤河被电灯照得脸色刷白。他丢了魂般摇摇晃晃，一屁股瘫坐在摆放在那里的椅子上。

被烧死的女人

佐藤春夫

> 将胸中堆积的薪火烧成一团，
>
> 在火影中笑着死去。
>
> ——森鸥外

六月七日。

一到这个时候，就连寒冷国度信浓①的小县、筑摩一带的山区也刮起了春风，长时间被积雪覆盖的山野上，草木也

---

① 信浓，日本旧令制国国名之一，辖区相当于现在的长野县全境。

开始萌芽。采集其中可食用的野菜是山村百姓的乐趣，也是
生活之需。他们经过半年冬眠般的生活后，渴望新鲜的蔬菜
和阳光。

这一天，东筑摩郡入山边村的一个名叫 N. Y 的五十二岁
农夫早早吃过午饭后，带着家中的三个孩子去村子的后山采
蕨菜。

苍术草和沙参早已发芽，路边款冬的花茎已长得很长，
湿地处的水芹和向阳处的蕨菜当季生长，新绿映满山野。看
上去，此时还无人踏入山中的任何一个角落，那是摘野菜的
好兆头。哪里都可以尽情采摘。沐浴着暖阳的老幼因抢先到
达此山而更加振奋。他们决定在别人动手前，到去年蕨菜采
摘量最高的那个地方去。去年已是落于人后，但仍能采很多，
因此路途遥远都不是问题。他们商量着，已经一步一步地朝
着那个方向进入了深山。

虽说是靠近村落的外山①，但此处是临近武石岭的山村，
即使是外山，却与深山相连，海拔 2000 米左右的群山连亘。
从松本到上田要翻越山岭，但近年也开通了公共汽车。N. Y
老人或许还不知道，近年来年轻的登山者很喜欢这个山区，

----

① 外山，指边上的山，相对于深山的日制汉语词，尤其指离人住的村庄较
　近的山。

有时也会很时髦地称之为"筑摩阿尔卑斯"。

　　山峰层峦叠嶂，沿着山脊的路很平坦，在平缓的坡上绕个大弯，再蜿蜒而上，不知不觉已来到海拔 1700 米的高度。他们没带地图，或许还浑然不觉。山村的老幼在此山路上走个一二里①，就如同饭后散步般轻松，只是专注地匆匆赶往目的地。过了王鼻峰后，下面的武石、裤腰等山峰左右相迎，他们从武石山主峰下经过，在去该山的山坳途中，又在通往裤腰峰后山的林间小路上，沿着积雪消融的溪流向上走了一会儿，然后互相提醒着越过溪流，快速登上对岸的防水坡，只见山背后呈现出原野的景象，阳光充足，缓缓的斜坡中间稍稍隆起，在视线将被挡住处稀疏地长着三棵落叶松，可以看到前方微风拂动的白桦树梢。目标就是这个草场。孩子们蜂拥而入，刚来到落叶松下，就异口同声地发出恶作剧般的尖叫声，停下了脚步。就在此时，走在最后的老人迟来一步，也走到了这里。他在前方发现了意想不到的异物，和孩子们一样停住脚步。

　　在孩子们看来，眼前的像是某个不知名故事中山妖遭到剿灭的场景；而老人却明白那是现实，其恐怖更胜传说，自

---

① 里，日本距离单位，1 里约为 3.9 千米。

然吓得两腿动弹不得。他先是怀疑自己看错了，待再次上前确认后，不由得大喊：

"这里不行，去那边！"

老人不悦地指着原来的林间小路赶走孩子们，他们不断回望。待孩子们离开后，老人独自留在原地，再次目不转睛地看向此处，当他意识到大事不妙后，又观察了周围的状况，待确认一番后又凝神看了看那异物，这才终于移开视线，心里嘀咕道："真是个傻瓜……"随后只觉一股怒火涌上心头，他不知所措，马上去追赶孩子们，跑进林间小道后不断高喊孩子们的名字。孩子们并未走远，与遥远的山间回声一同回到老人身边；老人带着他们，像是被追赶着一般，朝山下而去。

一切都如一场噩梦。老人惊愕之余看到了不祥之物，这让他深感厌恶，同时又无意间发现了一个秘密。素不相识的傻瓜留下的秘密，究竟应当如何处理？但愿此事不会牵扯到自己身上。老人尽力压抑着犹疑与不安，只是加快脚步。别的怎样都好，首先要尽快远离那个异物。

老人采摘蕨菜的兴趣已荡然无存，而孩子们则小声地问：

"那是什么啊？"

"怎么了？"

老人则呵斥道：

"没什么。"

"我不知道。"

"我怎么会知道？"

他为了制止孩子们的提问而拒绝回答，还告诫孩子们别多说话，命令他们不要在村里讲山上看到的一切。

孩子们年纪虽小，却也隐约能够理解父亲为何发起无名火，为何下达封口令。在孩子们看来，山上所见所闻埋藏在心里，也带来某种异样的雀跃感，有一种向人诉说的冲动。不过，难得上山采一次蕨菜，若因那异物烦扰，两手空空回去，孩子们便觉是白走一趟，于是提出在回家路上，另找些旁人尚未踏足的地块，稍微采些，也算弥补没能在第一候选地采摘的遗憾。老人最终执拗不过，为排解内心烦闷，自己也动手采摘起来。

随着沉重的思绪重上心头，老人鼓励小儿子加快步伐，拉着他的手匆匆下山。此时山中的阳光还很明亮，但村子已完全暗了下来。

回到家中，似乎一切都是因为空腹而致，老人先吃好饭，但奇怪的是，他又很郁闷地陷入了沉思。

孩子们将五个篮子里的蕨菜汇集到一起，累积的数量倒是有些出乎意料，看得出他们很高兴，但老人只是瞥了一眼，点了点头。

为何要为与己无关的他人之事如此烦恼呢？老人心想着或许这也是某种因缘际会，顿感心情沉重，难以平静。

这位老人迄今为止还未和警察打过交道，报纸他倒是看的，但战败①后更是没去过警察署，偏巧村里负责人又不在，所以他不知道究竟要向何处报告。一把年纪了，他也不想为这种事询问他人。老人并没有为一个陌生人的命运而伤感，他只是对自己的困境不知所措。

无论如何，他终究缓慢地向村公所走去，心里不禁嘲笑自己的愚笨，之前都没想到要去那里。就在他磨磨蹭蹭的时候，才意识到村公所的人可能已经下班了。不过，好在村公所中的众人，自己都认识，或许有人留下来值夜班呢。不管谁在都行，先过去看看吧。老人发现那里确实有人在。不知为何，那名村干部紧紧盯着老人的脸说：

"你应该尽早报案。"

虽然听到村干部的建议，但老人对去哪儿报案这事看似不太自信。即便如此，村干部还是坚持说：

---

① 指日本在第二次世界大战中战败。

"你可以用村公所的电话向松本市的东筑摩警察署报案。我帮你呼叫吧。"村干部帮老人接通了电话，老人却说：

"能不能请你顺便替我报案呢？"

"这事最好还是你来说。"

N.Y老人见他不肯代为传达，便自己接过了电话。

尽管报完案后依然不安，老人却感觉肩上的担子放下了几分。这位正直的老人此刻的心情就如供认了自己并未犯下的罪行一般。

松本地区警察署的时钟指向七点十五分。

据说入山边村的村民借用村公所的电话，报告了一起出人意料的重大奇案：报案人带着孩子在采摘蕨菜的途中，在山中发现了一具年轻女子的裸尸，该女子双脚被绑在伐倒的白桦树上，并被烧死，年龄大约二十岁。

"你是碰巧目击到杀人现场的吗？"

"俺没看到杀人现场。"

"那么，你看到凶手逃跑了吗？"

"也没看到。"

"那就是说你只发现了尸体，是吧？"

"是这么回事儿。"

"发现尸体的时间？"

"俺出门差不多是十一点半吧，那么算一算应该是下午一点或者一点半。现在俺是刚从山上回来。"

"是在山里的什么地方？在哪一带？除了地名，就没有什么标记吗？"

"是袴腰峰滑雪小屋附近的草场。"

警察观察到报案人想要更详细地说明，但又似乎难以启齿，便说："地点一事先说这些吧，我们已经知道了，所以就不必再说了。然后请您再慢慢地说一遍您的住址和姓名，让我们记录下来。"

"好嘞。东筑摩郡，入山边村东桐原3646①——没错，是3646。俺叫N. Y，五十二岁。"

"谢谢。如再有需要，或许还得麻烦您来警察署，请求您的协助，到时请多关照。谢谢您的帮助。"

因为警察秉持民主原则且很礼貌，所以N. Y老人也轻松回应着："好的，好的。"不过，他心里还是觉得在农活如此繁忙的季节，自己还是被牵连进去了。他用手掌擦去半秃额头上的汗水，心想："哎呀，若是这么简单，就该早些报案了。"

----

① 此处数字表示门牌号码。

　　警察放下电话后进入了署长室，汇报了案情后等待指示，署长先让人拿出地图，查看后命令道："照实转达给本乡村警察署，顺便告诉他们如有需要，可以提供支援。"

　　因为袴腰峰位于小县郡和东筑摩郡的分界线上，所以地形错综复杂。若在滑雪小屋附近，则可能属于本乡村管辖。实际上，情况确实与署长的记忆相符。

　　本乡村是浅间温泉的所在地，与松本市毗邻，因为电车和公共汽车通行方便，所以有人感觉它属于松本市郊，但其实是个独立的村庄。因为有闻名于世的温泉，人口也密集，旅客络绎不绝，考虑到此处大概率会发生各种事件，便在此设置了自治警察署。

　　松本的东筑摩地区警察署打给本乡村警察署的电话，将案情更正概括为：接到有人报案，在袴腰峰滑雪小屋附近的草场坡地发现一具烧焦的年轻女子的尸体，该女子的双脚被绑在伐倒的白桦树上，而后又追加了发现者的住址和姓名。发现的时间为下午一点或一点半左右，报案时间就在刚才。还说明了报案者带孩子去采摘蕨菜，好像耽误了下山的时间，于是一下山就立刻报了案。

　　接到通报的本乡村警察署署长 S 的手表显示七点二十五分左右。因为室内昏暗，看不清准确的时间。迟归的春日也已暮色沉沉，唯有那落日的余晖依旧停留在高高的云朵间。说到袴腰峰滑雪小屋，要走十二三公里的山路，现在去可能也无济于事。下午一点发现的案情，直到现在才报案，署长听取说明后，为错失良机感到遗憾的同时，也认为计较是非对错已无意义。即便发现时死者尚未断气，也已过去好几个小时，更何况当时已是一具尸体——如此看来，克服困难而连夜赶赴现场或许也是徒劳，更何况尸体也不至于一夜之间就消失吧。与其急着赶赴现场，倒不如赶紧做好搜查犯人的准备才更为重要。因为认为他杀的嫌疑很大，所以基于上述判断，警衔为警部①的署长命令部下做好联络工作，附近一带的警察署自不必说，考虑凶手翻山越岭后藏匿的可能，也必须联系好小县郡的各个要道关卡处。就这样一夜过去了。

翌日清晨，验尸的一行八人——本乡村自治警察五人加上松本地区警察三人，大清早就驱车赶往现场。他们在途中绕了些路，先是拜访了入山边村东桐原的报案的 N.Y 老人，请他在地图上指明现场的位置。但老人在放大镜下仔细寻找地图上的地点，却怎么也指不清楚，所以干脆请他带路，老人似乎有些犹豫，但随即改变主意，轻松地站了起来，精神

———————

① 警部，日本警察的警衔，级别在警视之下，警部补之上。

饱满地带头走在昨天同样的山路上。

虽然都是山路，但很开阔。路上很多行人，先后有四五个男女跟领头的老人颔首打招呼，之后便急匆匆地走到一行人前面去了。

如今包括 N. Y 老人在内的一行九人为了不妨碍行人走路，由老人带头排成一列纵队，往山路的一侧躲闪。山里人烟稀少，但山脚村落中的很多人在山沟里有耕地，所以在春暖花开的好天气时他们要去田间劳作。

在山脚下仰视时，也许是因为太阳尚未升起，峰峦都被白云笼罩着，如今来到山中一看才发现，山上明媚的阳光不逊于前一日，处处都有黄莺和知更鸟等在啼鸣。

到达现场的时间是十点三十分。

现场距林间小道只有五六间①的距离，中间除了稀疏的树丛外没有任何遮挡，因此别说是大声叫喊，即便有争吵声，也必定会被林间小道的行人听到。只是该地势在草场中央隆起的坡地背后，所以从林间小道是看不见的。但此处为高山地带的较为平缓的斜坡，所以从山麓一带的平原看起来离得很远，但无论从何处都能马上望见这片开阔之地。

―――――――

① 间，日本长度单位，1 间约为 1.82 米。

该草场位于美之原西北，与之形貌气质相仿，简直像是美之原的飞地①。它在海拔约 1725.9 米的袴腰峰的西北山脚，从山顶步行到此处大约 100 米，可推知此高地约 1700 米。沿着林间小道画出了一个宽约六十间、长约七八间的长方形区域。向西稍偏北形成了一个大约三十度的倾斜面。因为冬季有积雪，还有合适的坡度及面积，所以近年来被用作了滑雪场，原本用作放牧地的草场也成了长着白桦树的自然林。最近为了植树造林，砍伐了白桦树，种上了落叶松树苗。现在此处还可以看到伐木剩下的树桩，还有尚未砍伐的两三棵白桦树和三棵落叶松，松树就在开阔地的中央，而白桦树则在稍远的位置。虽说是山峰的北侧，但东西侧均无遮挡，光照充足，小草轻柔，鲜花盛开，杜鹃花木繁茂，蝴蝶翩然而至，因为昆虫很多，小鸟也聚集于此。在这片堪称"小美之原"的草场，于脚下还能看到去年冬天枯萎了的稀疏芒草。放眼望去，东南方向遥远平原上的人烟尽收眼底，仿佛在证明它高达 1700 米。西方则是飞弹山脉的一部分——从穗高岳、枪之岳到乘鞍岳一带的残雪，都清晰地映入眼帘，也令人赏心悦目。从北面刮来的山风虽然寒冷，但在春日明媚的阳光照

———————————

① 飞地，指隶属于某一行政区管辖却不与本区毗连的土地。

耀下，此处与其说是杀人的场所，莫如说看起来更像情人甜蜜幽会之地。

　　然而，沿着这美丽的矩形草场的斜坡向西边一隅走去，突然发现一具可怕的尸体滚落在一片枯草上，仰面向天，与周围氛围格格不入，乍一看极其怪异。

　　死者那被火烧得肿胀的皮肤，呈现出不自然的光泽，烧焦的鼻翼已裂开，微微张开的嘴唇中央的棱角处也被烧焦，左右两侧的第二颗门牙上的金牙套更增加了怪异的氛围，上下齿之间稍稍露出黑色的舌尖，在临近正午的日光直射下，那被烧得歪裂的鼻孔则直接暴露在众人面前。N.Y老人再次感受到了昨日的惊恐。难怪孩子们将之看作被消灭的山中妖怪。当然，他们的父亲则对比妖怪更恐怖的现实感到惊慌失措。

　　素来淡定自若的警察一行也不愿再多看一眼，虽然他们被这凄惨的景象所震撼，但同时也受到职业意识和职务以外的好奇心的驱使。这个异常的案件让他们感到很棘手，大家面面相觑。

　　利用天然地势的浅坑，将它挖得更大更深一些，大概去年有人用一种叫"小火炭"的杂木树枝在此烧木炭，因此，表土被熏得漆黑。坑里残留着烟熏的白桦原木的一端，以及燃烧殆尽的杜鹃花、落叶松小树枝上的灰烬和原封未动的燃烧残渣，都表明这是新近燃烧的痕迹。在此之中，仰卧着一具从胸部到腹部，直到大腿都裸露的女尸，她的下肢微微张开，右脚踝被粗草绳子系在一棵被砍倒的白桦树上，左脚被丢进了余烬中，也留有被粗绳捆绑的痕迹。

死者双手半开，轻轻握成拳状，僵硬地搁在脸的两侧上方。若说这是一种痛苦的状态，或许看上去确实如此。当再次观察死者那张在斜坡低处扬起下颏的脸时，能看见被熏黑的肿胀而又紧绷的皮肤恰似有着黑色光泽的木雕，死者看不出年龄，也难以让人想象出她生前的相貌，那张毫无表情的脸看起来更加凄惨。死者眼球的异常不仅是死因造成的，同时还是尸体腐败的征兆。在寒冷的高山上之所以会出现这种现象，可能是因为尸体被长时间遗弃，案件发生已有两三天了。

与其说尸体是裸体，毋宁说是半裸体更为准确。可以肯定，死者裸体并非是最初的状态，是穿着衣服被焚烧后，因为衣服被烧毁，这才露出了肉体。这点通过缠住或粘在尸体小腿、胸部和腹部的那些尚未烧毁的衣服便可明白。

尸体周围除了余烬之外，还有四五根长短不一的白桦伐木，似乎各有深意般地错落有致。

观察完大致情况后，警察一行人先是绘制出现场的地图、尸体的位置、姿势，尸体与伐木状况的示意图，然后从认为有必要的各个角度拍摄了现场的地形和尸体状况，连续拍了十五六张。

拍摄过程中，从山下的闹市区传来了十一点半的汽笛声。

拍摄结束后，一行人决定去草场南角的滑雪小屋吃盒饭。这间小屋除了滑雪季以外无人居住。这间长四间、宽两间的小屋容纳一行九人，还是稍显拥挤。在入口处左边的土间里，发现焚火坑周围还留有尚未烧掉的白桦树般粗细的薪柴。于是，众人议论说，尸体附近的树木可能原本是在这个草场林子中的，被砍伐后当作小屋的燃料而保存，后来又拿出来使用的。那绳子之类的东西也可能之前就存放在小屋里。

吃过饭后，众人立刻移开尸体周围的树木，测量其长短及粗细，记在示意图上。

散落的木头中，唯有落在尸体胸前的那根是落叶松木，其余的均为白桦木；和右脚绑在一起的那根，直径大约二寸五分，长度为十二尺，是最大的一根。还有一根系着粗草绳的树木，长度为十二尺，直径比二寸五分要稍细些，好像和绑右脚的是一对，估计是用粗草绳绑住女人左脚的。这对树木都还带着长有树叶的小树枝。另外的两根树木周长各为四寸，树种不同，长短不一，但各有一端有埋在地下三寸左右的痕迹——其中一根就是压在死者胸前的落叶松木。还有两根直径约一寸的树木，但其长度不尽相同，被用粗草绳绑在一起，形成一个上短下长的"X"状，上面的浅叉处张开约一尺。上面有个固定的结扣，这组树木就倒在距离尸体头部较远的上方。从这组树木的树杈和尸体的位置关系来看，这个树杈似乎是给死者枕脑袋用的。若要进一步发挥想象，这些散乱树木的尺寸和绳索使人不难想象，这里曾在烧火前搭建起过一张临时床铺，在完成它的使命后才崩塌散乱的。也就是说，在埋入地下的两根木头的高处绑上两根长木头，把女人的左右脚分别绑在这两根木头上，让她枕在"X"状的木头上，这些木头载着"活祭品"被烧毁后崩塌四散。从现场具备的材料就能让人做出上述推断。倘若补充思考这张床底托必要的部分（比如用来支撑腰部的横木等），可推测是焚烧后化为了灰烬。即使没有相关痕迹，也没有证据，仅靠眼前这些木头，也能完全证明它已够搭成一张临时床铺——这些都只是假设。不过，推断这里的树木原本就是这片草场杂木林中的树木，从这些木头的切口、尺寸与不久后在周围发现的树桩是一致的这一点就可以证明，而警察们还可以逐一指明每棵树原本的位置。树桩已经饱受风雨洗礼，树木的切口亦枯干许久，说明木材显然不是最近砍倒的。

关于尸体，首先引人注目之处便是脚被绑着。右脚腕绑着临时赶制的细绳，但又不是草绳，双股缠绕，左一圈是活结，脚与木头之间大约间隔十厘米，绑得非常松。看得出是用现场附近的机纺粗绳绑住了膝盖下方，但绳索已被烧断。仍被捆绑着的以及留有捆绑痕迹之处都只局限于双脚，双手及其他部位均未被捆绑。

接着便是着装。上衣是当时所谓的标准服汗衫，上面的衣带就系在胸前的乳房附近，还未被烧毁。此处的结扣与脚腕的结扣一样，也是向左一圈的活结。她下身似乎穿着劳动裤①，未被火焰烧着，脚腕、小腿和下腹以上的部分还留在身上，腰带还系在腰间，没有被烧毁。此处亦是左一圈的活结。劳动裤脚腕处的结扣已被烧毁，打结法尚不明了。腰间缠了一条类似围巾的布条，布条里面才是劳动裤的腰带，里面还束着残留的汗衫的下摆部分。汗衫由蔓藤花纹和白花纹相间的花布制成，领口处用手织条纹布补过——这块补丁恰巧后来成为证明死者身份的有力证据。

且不论相貌的美丑，就连被烧毁身体的高矮胖瘦等信息

---

① 劳动裤，旧时日本农村妇女劳动时穿的裤子。

都无法准确判断，尸体起初给人的总体印象很普通：从门牙上的金制牙套来看，其他牙齿可能也修补过，所以这也算好不容易找到的一条重要线索。无法推测出死者的年龄。触摸尚未被烧毁的冰冷皮肤，检查后发现虽有些松弛，但看起来女子还没有那么老。不过，报案的老人推断死者为二十岁左右的年轻女人，似乎只是主观上的臆测，还找不到任何根据。从缺少脂肪的营养状态、硕大的手脚的形状、皮肤皲裂的程度、指甲缝里的泥土以及着装等因素来判断，死者只可能是附近农村的一名妇女。

　　乍一看，尸体的臀部、腰部、背部、右腋下和左大腿上部等处的烧伤最为严重。当然，身体的前面也被烧伤，但这是被背部燃烧的火焰包围所致，两肋、脖颈、肩上、胯间等处都饱受烈火的侵袭，从尚未燃尽的衣物便可明显看出。左大腿的鼠蹊部到胯部中央部位的表皮开裂，让人联想起火舌在这一带烧得最为猛烈。背部大都已经炭化，尤其是后脑勺的头发和头皮已被烧尽，露出了骨头。另外，双手的上臂也被严重烧伤，两侧的上腕骨大约露出了三分之一。综合考虑上述状态，可以推断出女人靠着两肋的支撑，稍稍向右倾斜仰卧，而火则是从背后烧起来的。警察们猜测死者可能把双臂搭在两根木头上，以仰卧的姿势全身悬空，让人猜想火可能是从下面燃起的，由此可以自然地联想到，将尸体周围散乱的几根木头用作火焰上的临时床架的假设即使不完全正确，也应该是八九不离十。

尸体的此种状态，让人很难推测出死者生前是否被强奸。但死者身上尚有劳动裤的碎片，从还系着腰带（而且多半是自己亲自系上）这一点来判断，可以认为几乎没有这种可能。

即便如此，究竟是烧死活体，还是焚烧尸体？

现在，随着疲劳的加剧，警察们的好奇心和厌恶之情也逐渐淡薄，只是凭着职业上的冷静与干劲继续努力地调查。

最初所有人都想当然地认为死者为他杀，但一看到现场的地势，这种想法就开始动摇了，验尸越是仔细，自杀的疑点就越大。

首先，引人注意的就是被绑住的脚，这种松散的捆绑法真是凶手所为吗？凶手为何只绑住双脚，而不紧紧绑住双手及其他部位呢？被害者没有立即挣脱出那么松的活结，也令人费解。若是烧掉尸体，就无须事先绑住双脚了吧。只要将尸体往烈火中一扔，任其焚烧足矣。再说，凶手也没有理由非得进行如此麻烦的火葬之法来焚尸。将尸体埋在树林中，应该是最简单且又能保守秘密的有效方法。凶手为何愿意在这种容易被人发现的地点轻率地烧毁尸体呢？还有，想象一下此类凶手焚尸的企图，通过常识推断，从背后焚烧和让尸体俯卧从下面焚烧，哪种方法更加自然呢？一般认为让死者俯卧，烧毁其面容，大概既能满足凶手的杀戮心理，又能使被害者身份不明，是一种很有效的毁尸灭迹之法。若是让其仰卧，无论是活体，还是尸体，都只能烧毁背面，而正面却完全烧不到，那么凶手这么做的理由何在呢？更何况残留的衣服和焚烧的余烬都没有任何使用油性物质的痕迹，以不用油的方法作为烧掉活体或尸体的方法，未免有些太过奇怪了。以上净是令人费解之事。一切都令人无法理解，难道不是源于某种根本性的唯一的误解吗？若看作他杀，就会疑点重重。但若看成是自杀，那么大部分疑团都能解开。

如此想来，对右脚腕松散系着的结扣本身就产生了一个疑问。脚腕上的结扣与汗衫、劳动裤的绳结一样，都是左一圈的活结，这一系列的偶然或许是不容忽视的现象。警察们自然会联想到，汗衫、劳动裤的活结和脚腕上的绳结或为同一人所打。此想法便可让人推断是死者生前绑住了自己的脚腕，也就是说，将死者看作是自杀身亡的。女人生前或许就有左一圈打活结的习惯。通过假设想象一下：若一个自杀的女人将身体放在火焰上企图烧死自己，在身体下点燃，就需要在上面搭建一个适合安卧的木架。她可能先在木架上试着固定自己的身体，进而又担心因预想的痛苦而导致移动身体，为了防止此类情况的发生，便把双脚绑在木架两侧的木头上，但这能办到吗？即便不可能绑住双手，但绑住双脚自然是能办到的，因为她还活着。先是上半身坐起，屈身绑住自己的一只脚，其实是很容易做到的。然后仰卧着，将双臂搭在两侧的木头上，最后才向上举起双手，被火烧死。这绝非不可能或难以办到。可是，谁又会通过某种宗教审判处以自己火刑这一极刑呢？从常识上讲，很难相信会有人置身火焰之上企求一死。然而，人类会将所有看似不可能之事尽可能办到。既然有人想出了投水自尽的方法，那么自焚也不足为奇了。不过思来想去，因为此类方法很痛苦，所以并不多见，或许模仿者也不多。世上也有投井自杀者，其心中所想之事固然难以理解，但方法却是极其简单，无任何不合理之处。那么，这个女人是点燃后爬上木架仰卧的呢，还是事先设置好燃烧装备，仰卧在放有燃料的木架上，然后翻身伸手点燃的呢？这早已超出了众人的想象。

　　不过，如此一来自杀的假说基本可以成立。此处有一事令人费解，就是为了点火而自然要用到的火柴盒，却没有在她周围发现。就连警察们希望发现的一两根燃烧过的火柴梗，都没有在火堆灰烬及周围的任何地方找到。即便认为火柴盒和火柴梗都在大火中被彻底烧毁，但至少应该能看到它们的痕迹。

幸运的是，数日来这个地区连续晴天，现场的焚烧痕迹既没有被雨淋过，也没被风吹散，被完整地被保留了下来。尽管从验尸的角度来看，是极为有利的，但最终还是没能找到燃烧过的火柴。或者她并未使用火柴，而是用打火机之类的东西。因此，警察将这一情况也记在脑中。

紧接着火柴的问题，有一个警察发现死者没有穿木屐，虽然搜遍四周，但当日最终也没能找见。由于当时此物贵重，所以可能被他人捡走。但如此一来，就会自然产生这样的一个疑问：在报案者之前或许还有人发现了尸体——N.Y老人声称发现时未曾注意到死者是否穿有木屐。

现场验尸所得出的结论只有一个：任务十分艰巨，须从自杀、他杀两种可能性入手，慎重地对案情作出思考与调查。至于焚烧的是活体还是死尸，尚无法判断。

尸体不能总这样放在这里，应该尽快处理，所以到傍晚时分，必须将尸体暂时运到警察署里，待法医解剖后得到鉴定结果，千万不能被盗走。

无论如何，必须尽快开展常规的搜查工作。但是，如此棘手的案件仅靠十名地方警察是忙不过来的，所以还是要请求国家警察支援。现场勘查暂且到这里，回去的时候，署长S再次环顾了山上的情景，似乎在此焚烧定会升起浓烟。署长S心里想着一定会有人看到过烟雾，便焦急地下了山。

本乡村公所职员督促民工们于当晚七点左右把尸体移至本乡村警察署，停放在二楼。警察立即开展行动。除了原有的十名警察外，还有应邀来支援的二十五名国家警察，共三十五人被派往各处，首先想方设法查找符合死者特征的离家出走者，当晚最远的甚至奔赴大町。但是，东筑摩地区和小县地区都没有相关人员的线索，搜查工作一开始毫无进展。

九日在早晨的报纸上，记者抢先夸张且煽情地报道了此案。当日午后，隔壁寿村有个名为S.K的三十四岁的男子现身于本乡警察署。

他的妻子E子今年二十九岁，于五日清晨的早饭前和他发生了口角，之后便离家出走，他每天都盼着妻子回家。另一方面，他寻遍妻子有可能去的地方，但都未果。E子过去也有过离家出走后去娘家的先例，此男子便以为妻子可能又回娘家了，但若直接去又难免尴尬。他想着E子也许会去其姐姐嫁入本乡村的姐夫M.M家，便在八日到访了M.M家，结果发现E子也不在那里，E子的姐夫知道她好像也没回娘家后很是担心，商量着由他报案，请警察搜寻离家出走者。据说直到今天早上看到报纸，S.K 心想不会就是她吧，担心有此可能，便赶来警察署一探究竟。

被问及为何要劳烦连襟提出搜索请求，S.K 说他想着妻子可能在娘家或某个地方，早晚会回来。在此情况下若因提请搜寻而闹得沸沸扬扬，大家都尴尬。听了这番话，警察才想起八日夜里受理过 M.M 要求寻找失踪妻妹的案件。正巧那时忙于现场调查，署里分不出人手去处理，所以就将此事缓办处理了，这才造成了灯下黑的局面。

总之，警察决定先带 S.K 去二楼辨认尸体，S.K 证实确实是他的妻子 E 子。警方还希望有个证人，于是叫来了 E 子的亲弟弟作为娘家的代表，E 子的弟弟一看到尸体甚是激动："这可能是姐姐，但面貌发生了如此巨大的变化，终归难以辨认。谁马上能辨认出来，反倒令人不可思议。"

E 子的弟弟不但否认了 S.K 的指认，似乎看上去还对该认定提出了抗议。与 S.K 黯然神伤时的沉着冷静相比，E 子的弟弟却很激动，这只是因为两人性格的差异，还是立场不同？抑或是原本隐藏在 E 子婆家和娘家之间的矛盾趁此机会露出了端倪？当然也可能是亲弟弟身为亲属，不愿承认姐姐的这种异常死亡状态及死法。署长 S 思忖着，眼前的一幕给他留下了深刻的印象，他理解亲弟弟的立场和主张，立即让他回去了。随后 S.K 说作为第二证人，可能让他母亲——E子的婆婆——来辨认 E 子离家出走时的衣着比较合适。警方同意后，叫来 S.K 的母亲让其辨认。老妇先是不忍直视，不知对尸体喃喃自语地说了什么，然后仔细看了看死者身上的衣服，便断言死者就是 E 子，还特别指着汗衫衣领下的补丁说："若是那块补丁，家里应该还有同样的碎布。"说罢，便约定过一会儿回家取来。此外，她还提供证词说 E 子离家出走时，应该是穿着她给的那双木屐——红色的木屐带，有烙画①图案。

根据这些证词和她随后提交的条纹碎布，判明死者就是寿村 S.K 二十九岁的妻子 E 子。为了慎重起见，那双木屐再次成为关注的焦点。警方认为再调查 E 子离家出走后的去向，自然会发现木屐。

只要查明尸体的身份，自然就会限定搜索范围，解剖也可以马上进行，也能很容易区别是自杀还是他杀，还能加快查找凶手的进度。

当然还存在诸多困难，但搜查总部最初遇到的疑题，现

————————

① 烙画，用烧热的烙铁在纸或桐木薄板等上面烧制的绘画。

在似乎大都解决了。

＊

当时，笔者居住在轻井泽①附近的山村。这一年，该地区罕见地多雨，从穿蓑衣插秧的时节起，就有各种事件的消息传来，比如熊之平隧道塌方，造成三十多名施工中的民工被活埋，以及因在前一年秋天的台风凯蒂②中被卷走后重建的村中小桥再次被洪水冲走。在各种各样的话题中，还夹杂着在靠近上松公路附近的山中，发现一具烧焦的年轻女性裸尸的传闻。裸尸一事扑朔迷离，且地点距离我最远，对日常生活也无丝毫影响——但或许正是因为如此，于我而言，反倒成了不可思议且印象最为深刻的事件。

乡下报纸打出"年轻女人的烧焦尸体"的标题和用二号铅字排版的副标题"双脚被绑在武石岭白桦木上"，正文中为了吸引读者的阅读兴趣，煽情且夸大其词地进行了报道，如"有很大的他杀嫌疑，可视为罕见的猎奇事件""从左大腿内侧有一尺左右的巨大刀伤，可判断疑似遭遇强奸"等等。"猎奇"一词是我作为"curiosityhunting"的译语而生造

---

① 轻井泽，日本长野县东部佐久郡的城市，以避暑胜地和别墅住宅区闻名。
② 台风凯蒂，指1949年席卷关东地区的台风。

的，不知何时竟被如此使用，正因为起初没有料到会有这种用法，所以一看到，我就忍不住生气。

"色情、怪诞、荒谬"这些大正①末期的流行语，让我觉得这是近代日本浅薄地模仿他人的文明并进入颓废期的征兆。如今这家报纸的这篇报道掌握了色情、怪诞的具体材料，看起来扬扬得意，却极其让人讨厌。

诚然，该事件似乎多少有些色情、怪诞的色彩，不过，要说荒谬，那可谈不上。不知何故，我倒觉得它意味深长地象征着时代的虚脱与不安。正好我的内心也并不平静，听说一具被烧死的裸体女尸被扔进了太平无事的山中，就更让人受不了了。自己与此事毫无关系，也无须负责，但我总希望它能同这段时期梅雨季那令人讨厌的天气一起快点过去。也就是说，这或许是因为我对此案产生了一种兴趣，但非是其有色情和怪诞色彩，也不是因为其荒谬。确实，这就是一起名副其实的猎奇事件，具有令人想要了解其真相的价值——我想起曾经在奥地利维也纳发生的一个事件：在一个公园内发现了一具被固体酒精烧死的女尸，她的情人——犹太人绅士被视为杀人嫌疑犯，从而引起轰动。

---

① 大正，日本年号，时期为1912年7月30日至1926年12月25日。

　　而我尽管完全不相信报纸上的新闻，却也会每天留意新闻报道，这绝非仅因为待在山中感到无聊。我以研究者自居，探究恶魔与神的混血儿——人类的本性，可称为近代文学者中的无名鼠辈。

　　报纸是国民生活文化程度的体现，也是时代常识的代表。报社以无畏的自信，将民众的文化程度和时代常识作为标准来衡量一切的工作，并将报道视为自己的使命。因此，这与老人在山中发现尸体后，未充分了解真相就认定尸体为二十岁女子的心理相似，乡下报纸在报道山中烧焦女尸时，竟然想单纯地定性为女人被强奸后而惨遭杀害。这是根据以往常见的犯罪类型而进行的通俗性解释。不巧的是，读者的同感会让其产生先入为主的偏见，但他们却没有得到反省的余地，因为报纸只讲究报道的速度。然而，查明尸体身份后，得知死者是一农夫的妻子，这回报纸又把事件写成因家庭不和，农妇被丈夫杀害的新闻。或许是因为比起被流氓残忍杀害，这种写法更能让人以一般常识来接受。

　　如今，流氓强奸女子后将其杀害、情夫杀死情妇、丈夫杀死老婆已不是什么稀奇的主题了。报纸以异常形式对此类出现的消息加以报道，与通俗小说中重复同一主题且只以异常情节为乐的写法极为相似。新闻报道总会因为版面关系而

不断简化，若自始至终强调常识而不传达科学的真谛，自然
不能完成报纸的使命，搞不好连世俗的真相也不能传达。把
一切都换成浅显易懂的情节，试图用大众小说的语言来取悦
读者。对于这种多余的"服务"，我总是不愿接受。

　　尽管当时接连看到"流氓强奸虐杀""丈夫烧死农妇"
"烧毁尸体"等标题的报道，但实际上我还是无法理解。的
确，流氓、情夫、丈夫都会心怀杀意。我知道奥斯卡·王尔
德曾作过这样的诗：

> 　　　但人人都杀心爱的人儿——
>
> 　　　愿这话人人能听见——
>
> 　　　有人用的是难看的脸色，
>
> 　　　有人用蜜语和甜言，
>
> 　　　怯懦的胆小鬼是用亲吻，
>
> 　　　勇敢的才是用刀剑。①

　　三十五年前，我并不理解这些诗句，但如今我不仅知道

---

① 　出自《雷丁监狱之歌》，译文采用中国文学出版社《王尔德全集》2000
　　年版。引文第三行，英文原文为"Some do it with a bitter look"，佐藤将
　　其译作"若き顔つき"即"年轻面容"，似不确，此处以英文原文为准。

这是王尔德从托尔斯泰的《克鲁采奏鸣曲》[①] 中的引用来的，而且也自以为大致读懂了诗的真意。然而，流氓自不待言，情夫及丈夫杀人，可能大多是一时冲动，才会用简单明了的方法行凶的吧。或许凶手如此细致地焚烧尸体并未怀有复杂的憎恶感。若是为了隐瞒罪行，他又为何偏偏选择这种徒劳无益、极其拙劣的方法，又为何半途而废呢？

　　虽然这只是从简单的新闻报道中推测出来的，但或许正因为报道太过简单，才有许多地方让我怎么也无法接受。在我看来，反倒是报纸上轻描淡写说警察认为的自杀一说，虽未给出根据，却更像是真的。

　　不知为何，我从一开始就对此案抱有一种莫名其妙的兴趣——或许是出于对异常本身的喜好。当然，于公于私，我都与本案毫无关联，只是一个纯粹的旁观者。因此我能非常冷静地分析此案。我自然不知道详情，所以只能粗略地进行抽象思考。我只是为了得到一个推论而试着进行推理。

　　本案的最大特点是什么？那就是足以迷惑我的这些异常事态。

---

① 《克鲁采奏鸣曲》，列夫·托尔斯泰的小说，发表于 1887 年至 1889 年。小说以丈夫自白的形式叙述他因嫉妒而杀害与情夫合奏克鲁采奏鸣曲的妻子的过程，探讨性爱和结婚的问题。

一般来说，一个人的异常性格势必会酿成异常的案件，反之亦然。这起异常案件的背后一定隐藏着一个性格异常的主角。本案必然是个身份不明的性格异常者所为。这种异常的性格本身或许就是本案产生的原因。若将山中的尸体试着复原成这个性格异常者，再从其生活环境开始调查，或许一切都会迎刃而解。这种性格异常者的日常生活总是比较引人注目，所以调查起来非常容易。

那么，作为本案特点的异常内容又是什么呢？这是一种充满执拗的、恶毒的、残忍无知的、憎恶的方法。也就是说，它表明凶手的激昂感情使其丝毫不忌惮天地良心，可谓是不可救药。在此尽情释放的强烈憎恶，或许可以看作是与之成正比的莫大的、变态的爱。

这具尸体的主人出于何种理由，从谁那里得到了如此程度的厚爱（即便说成憎恶也是一样）呢？如今已查明尸体的身份，或许一切也都渐渐明了。她的肉体真有那么美丽吗？性格真有那么可人吗？我认为大概不会超过一般女子。如此说来，凶手对被害者的异常强烈的憎恶（即便视作莫大的爱也一样），难道不是在告诉我们凶手是谁吗？究竟是谁会对这个农妇表达如此大的关心呢？恐怕是她的情人、丈夫，或是亲属中的哪一位。不，若是这些人，难道不是太过分吗？

除此之外，一定还有比他们更关心她的人。有，确实只有一个人。没有人不关心自己。在这一点上，都市贵妇人与农村野丫头或许是没有区别的。她一定也是对自己非常关心的人。世上没有比自爱、自我崇拜更极端的爱了。她（他也没有多大差别）的自我意识越强，自我崇拜就越强烈，而反面的自我嫌恶或许也更极端。世上恐怕没有比自我厌恶更深刻的憎恶了。我大致按照这样的推理顺序，设想了一个陌生的歇斯底里的女人。若将此案想象成歇斯底里的女人的自杀，就可以解释尸体及火堆被还原后的现场的情形了。或许这是唯一的解释。

在我的脑海里，找到了一个与本案有关的性格异常且歇斯底里的女人。如果她有什么厌恶自己的原因，又不能与人商量，或者即便找人商量也无济于事时，她就会更加憎恨自己，比其他人因某事憎恶她更强烈，再加上强烈的个性，就使她无法自我怜悯和感伤，那么就势必会酿成袴腰峰山中那样的惨剧——在我看来，本案的被害者同时也是加害者，也就是说，看起来死者是自杀的。

在此，我无缘无故地把一个与事实毫无关系的歇斯底里的女人想象成是自杀。不知不觉间，自己已无意识地脱离了事实，好似开始构思起了一部虚构的小说。

当天的报纸讲述了尸体解剖与死者生前的状况。报道称E子是个花匠，无论是她送到批发店的花束上，还是留在家里成捆的花束上的绳结，其结扣都是左一圈的活结。报道还说当局认为山中烧焦的尸体为他杀，E子的丈夫S.K被当作疑犯而拘留审讯。我想，也许S.K不久就会被判明为清白之身而获释。报纸虽然写得有些含蓄，但似乎依然坚持是他杀。

不管事实如何，我以作家的意识和欲望，让自由的想象旁若无人地展翅高飞。

……若她被令人厌恶的体臭所困扰，那么做花匠或许是为了忘记体臭。如果因为体臭而得不到丈夫的爱，她不会怨恨丈夫，恐怕会厌恶自己，会诅咒自己的肉体。我想可恨的恶臭也许是从胯股间散发出来的，这种想象是基于火焰在烧焦尸体的腰部到胯股大腿部燃烧得最猛烈的这一事实。若进行创作，是否可以将这个虚构的歇斯底里的女人的自杀原因如此处理呢？不过，若非必须忠实记录事实，我并不喜欢这种自然主义风格，更何况完全是一种虚构。即便如此，我还要尝试着将想象安上翅膀，让其飞向碧空。

她的祖先是八岳的山窝人①（诗人的创作往往爱用这样

---

① 　山窝人，靠在山间迁移过程中采集山野菜、渔猎或编簸箕、竹筐等竹工艺品为生的流浪者。

的传说），如今身在山村，她作为一名普通且勤劳健壮的农妇，性格与容貌看上去也都很平常。结婚嫁到婆家后，在深层次的人情与风俗习惯方面也有些不和谐，她觉得通过自己和他人的努力，很难消除这夫妻间的不和谐。虽然她在别人的善意中倒也生活得自在，但这种孤独感只能在非常时期的后方①意识中和山野中的艰苦劳动中勉强得到慰藉。战败后国内开始弥漫着虚脱感和不安感，这让她的孤独感变成为更加复杂的情感，她就像一个极度疲劳想要入睡的人一样，近来她竟无缘无故地向往死亡，呈现出一种为死而想死的病态。正巧那时一个偶然的机会，她走进平时喜欢的山中，这里也是她孩提时代经常玩耍的地方，选择了一个不为人知的安静之处，出于一种不接受且不施与的要强性格（她自己不会不知道正是这种性格使她深陷孤独之中），为了死后不麻烦别人，她决心自杀后将尸体焚毁。于是，她就像小孩子玩过家家般欢快地捡来用于焚尸的树枝和树枝条上的落叶，将它们堆在一起，又在火堆上准备了一张能够躺着死去的床铺。她在木柴堆上点火，确认火焰慢慢燃烧起来后，便平静地躺在床上，屡次尝试后，终于找到了最安稳的方式。在静谧的高

---

① 后方，指日本在战争中不直接参战的一般国民，或代指远离战场的日本国内。

山与和煦的阳春的拥抱中，她的心平静了下来，耳边传来候
鸟的啼鸣声，放眼望到远方群山上的残雪。她以特有的顽强
忍耐的精神，忍受着背后强烈的刺痛，犹如得到净化般令人
心情舒畅。在此期间，她的灵魂徘徊于万里晴空之上，一股
强烈的睡意来临时的快感让她莞尔一笑。舒畅的窒息突然而
至。火堆尽情地燃烧着，火焰充分地舔舐着她，几乎将她吞
没。但与尸体主人的愿望相反，在还未烧毁她的大部分身体
时，火焰就自然熄灭了。

　　我所草拟的拙劣的小作文可以结束了。

　　　　将胸中堆积的薪柴烧成一团，

　　　　在火影中笑着死去。

　　这首诗是从森鸥外的《常盘会咏草》中找到的。诗流行
于世界各地，绝非诗人独有。当试图用诚实摆脱巨大的悲哀
时，诗便公平地来到万人之中。

　　山村农妇与大文豪产生了同一诗情（即生活感情）也不
足为奇。只是质朴的农妇还不懂得诗人以一首诗歌来抒发全
部感情的简易妙法，而是直接从生活中体验。如此说来，这
种性格异常者脱离人生轨道的死法，不也可称之为一种崇高

的诗性行为吗？她已身处善恶的彼岸，在她死后，她超越了丈夫、孩子和朋友为之困惑的那微不足道的人情世故，所以不必留下任何遗书。

试图将这种高度的精神套用在"强奸""痴情""家庭不和"等各种常见的庸俗模式上理解，本来就是一种亵渎，且终究会将本案变得不可理解。因为诗神守护着自己的圣域，防止常识的潜入。虽然 E 子是非正常死亡，但她只是将诗人的诗情付诸行动而已，当然不是疯狂之举。若她发疯，或许就无法点起火堆，也不可能在火堆上设计出一张床铺了。一切的诗性行为原本在世俗人的眼中似乎都是疯狂的。

置身于火焰之上，需要什么？难以想象她会充分忍受被火烧死。或许人们会说这是难以置信的行为。而弗里德里希·尼采①说过："唯有当事者理解。"

我没有任何义务解开山中焚尸这一疑案，也不带有此目的。只是为了处理一个仿佛被扔进自己心中的凄惨之物，哪怕只是写出一篇小作文就感到很满足了。若这篇文章能使那个孤独的自焚者感到自我满足，并能慰藉她的幽魂，那我更是喜出望外了。尽管如此思忖着，但心中还是暗自得意起来，

---

① 弗里德里希·尼采（1844—1900），德国哲学家，著有《悲剧的诞生》《反时代的考察》《强力意志》等作品。

本案终究只凭我的诗意想象就能掌握些许真相，而搜查总部也最终发表了S.K之妻E子自杀的结论，来了结这件悬案。

事已至此，既非自己的推理也非空想的结论，与偶然一致的事实究竟在多大程度上类似呢？为了验证这一点，我想亲自去一趟本乡村，开始期望至少能了解这个尚存疑惑的、自杀史上罕见的女人的性格。

同年十月，恰逢一位友人带我去了本乡村，没想到在村民的好意安排下，在浅间温泉放松身心，又欣赏了"筑摩阿尔卑斯"的新雪，随后也见了本乡村警察署的署长S，他一边展开当时的办案记录，一边回忆起了过往的情景。趁还没忘记，我亲手记录下了他的回忆内容，并加以整理，添加在以虚构为主的本节前后。其中难免会有记忆的偏差和整理中搞错的地方。

本篇小说虽然与事实相似，但并不是事实记录。这是一部受到事实启发而写成的小说。若一般的小说是把虚构之事写得像真的一样，那么本作品就是试着将真实事件写成小说。如果说前者是弄假成真，那么后者或许就是基于事实的虚构。

*

寿村村民S.K的妻子E子是里山边村的农户，娘家姓谺。

E子是个外表很普通的新娘，但性格要强，胜过男人，也很能干。新婚第三天就传出夫妻吵架的传闻，据说起因是E子嘲笑丈夫字写得不好看。她自己似乎字写得很漂亮，有资格嘲笑丈夫的字。

以至于在她死后，婆婆都说："无论是让她写字、干农活，还是做生意，我等都比不过她，是个凡事都让人称道的儿媳妇。"丈夫S.K也说："可能她不结婚，一个人过反而更幸福。不，或许她应该生成男人。"

因为她的性格不像一般的女人，所以和丈夫的关系不太融洽，但不久后有了一个孩子，与世间普通夫妻关系无异，也并没有特别不和。恰逢战争时期，身为陆军步兵伍长①的S.K应征入伍，此后从田间劳作、家庭杂务到全部收入支出均由E子一手操持，三年间未让一家老少感到任何不便。她的工作状态也备受乡邻好评，称她为"后方妻子"。

战败后不久，S.K复员了。在丈夫出征期间，农活全部全权委托给E子，凡事都必须随她的心意。S.K为了避免和妻子产生矛盾，便在庭院的一隅搭建了温室培育花苗，还利

①　伍长，日本旧制陆军的军衔，军衔在军曹之下，兵长之上。

用宅基地附近的田地种植了牡丹和康乃馨，开始将花卉园艺当作自己的工作。战败后因物价暴涨、税金增加等，许多人生计困难，眼见着切花①需求量大且价格上涨，于是便用切花（种花的是她的丈夫，而不是她）的收入来贴补家用，所以这一家虽不富裕，但足以维持中等农户的生活水平。

丈夫复员后不久，第二个孩子便诞生了。用当地的话说，就是"盼孕儿"。E 子并不爱孩子，而是更重视工作。因为她忙得不可开交，也顾不上孩子，便把孩子托付给婆婆照看，因此两个男孩子（案发时分别为六岁和两岁）也并非疏远母亲，只是自然地更亲近祖母和父亲。

在这个家庭里，婆婆负责带孩子，妻子干农活挣钱，丈夫种花，每个人都有固定的工作场所。一家人的日子过得也算顺畅，并没有什么困难。在这个崇尚个人主义的地方，这个家庭与世间的普通家庭的和睦生活还是有些不同，或许这也是主妇性格的一种反映吧。

虽说三人各司其职，但临时的互帮互助也是理所当然的，只要看到 E 子用习惯性的打结法帮丈夫把荷花束捆扎好送到批发店的行为就能知晓。

---

① 切花，指连带着枝、茎被剪下的花，主要用于日本插花艺术。

丈夫复员后，E子此次是第三次离家出走。第一次是在1946年6月左右，E子因农活的事与丈夫发生口角，在傍晚离家出走，翌日清晨突然回来，几天后面对丈夫的质问，E子回答说自己本打算去死的，抱着投河自尽的目的去了大约三里外的入山边村第四发电厂，但犹豫之时已故父亲的面容浮现在眼前，便想回家了。第二次是在1948年左右，同样是因为夫妻吵架跑了出去，丈夫和邻居合力将她从三十来米远的地方强行拖回了家，而第三次就是这一回了。

据说她最近把莨菪①当饲料喂给了自己养的绵羊，导致绵羊中毒。当她被家人责备时，她对邻居说，如果绵羊死了，她也打算去死。以前有一次传出某人被车轧死的消息时，她曾明确地说过，若是自己，就不会暴露如此丑陋的尸骸而死。虽都是些微不足道的小事，但不也表现出她的一些异常性格吗？

E子在S村的娘家姓谿，这个姓在这个地区很少见。村内也仅此一家。据村里的老人说，E子的祖父以前是身背装有佛像的藤箱的修道者，擅长巫术，经常来S村，之后就定居了下来。或许是这个缘故，一家人多少都对宗教抱有热情。

---

① 莨菪，即天仙子，别名羊蹄躅，一种草本植物。——责编注

实际上，E 子的姐姐也是虔诚的日莲宗①信徒。她从"满洲"②撤回后，把娘家当作讲堂③传起佛法，召集信徒。E 子和她的二弟也跟着姐姐热衷于宗教。丈夫并不知道 E 子热衷宗教及亲近娘家的情况，但这些事成了吵架的导火索。邻居们传言，两人还在田埂上起过争执，丈夫曾把 E 子扔进泥田里。不过，他们或许只见过事实，却不明其内在原因。村里的人们一遇到事情就会散布各种不负责任的流言，所以当然不能全都相信。例如，报纸上曾这样报道过，据说 E 子在案发前开始爱打扮了，这种带有暗示意味的传闻也不过是村民们毫无根据的闲言而已。

E 子祖父之事居然与我对山中情况的想象略微相似，这让我有些担心，读者不应该把我的想象与事实混淆。我只是想将这些当作 E 子希望死在山中的一个伏笔，至于 E 子的祖父是修行者，及 E 子有宗教热情等情况，其实都是来到本乡村警察署后才听闻的。

即便如此，在山中发生的这起异常事件，是否意味着某种仪式、礼仪、信仰心理或宗教幻想？对于这点，我不得

① 日莲宗，日本佛教主要宗派之一，在镰仓时代中期（约 13 世纪）创立。
② 指伪满洲国。
③ 讲堂，佛教寺院中进行讲义、说经的佛堂。

而知。

据说在警察署，当 S. K 被责怪为何两三天都不关心离家出走的妻子时，他回答说前两次离家出走都是六月，似乎 E 子一到插秧时节就会犯这种病，因此他想着这一次早晚也一定会回来的。她最后一次离家出走是在六月五日那天。

按照当地惯例，六月五日是农历五月初五的端午节。这天早饭前，她和婆婆、丈夫各吵了一架后便离家出走了。

婆婆想在端午节给孙子们做小豆糯米饭，但却找不到蒸笼的笼屉，很是焦急。她想起两三天前使用蒸笼时，让媳妇去收拾笼屉的，就让儿媳妇拿来，但 E 子一直没有取来。

E 子为了去除前几天粘在一起而未能取掉的饭粒，前一天将笼屉浸泡在泉水中，一夜之间笼屉被流水冲走，沉入水底找不到了。她这才好不容易找到，正拿到洗碗池边清洗。

而在此期间，婆婆已迫不及待了，将大笼屉的周围裁剪缩小后使用，然后又将 E 子骂了一通。就在这场风波尚未平息之时，夫妻俩又因 E 子拜托他人用马耕地一事发生了争吵。

"你这是'懒人节日工作忙'吗？何必什么事都要特意在今天做呢！"

被丈夫说成"懒人"，不甘示弱的 E 子抗议道："若今天不做，人家就没空了，所以非得今天干不可。耕地太晚就会误了季节，这是我和人家根据双方的情况商量后并约定好的。我不能对人家说说因为你的心情和面子就取消。"这是 E 子的说辞，最后她又说："若要拒绝的话，你自己去好了。我可做不出这种事。"

S. K 觉得这样的争吵已是家常便饭，他有些难以忍受妻子的唠叨，就想着去买香烟，便走出了家门。途中在距家大约 100 米处，他碰巧遇见了妻子拜托的那个男人，他正牵马而来。S. K 回绝对方后回家，发现周围已不见妻子的踪影，自那以后就再也没见到她。当时大概是早晨六点或六点半左右。

警察署派搜查人员前往调查 E 子的婆家 K 村的竹渊到袴腰峰的两条路，一条是从三才山、冈田山的入山口处进山，另一条则从入山边村和里山边村的藤井口进山，他们希望能在途中找到看见 E 子的人。尽管搜查总部有很高的期待，但可能是清晨的缘故，再加之过节时村民不下地干活，所以警察们只找出了三个证人。

（A）居住在 E 子家北方 50 米处的 K. M 先生，于六点左右看到她从自家门前经过。

（B）在 E 子村子偏东北方向 2500 米外的竹渊下之原有

个负责稻田灌溉的男子，E 子和他问过早安后就走过去了，那时是七点左右。

（C）在距 E 子家 3500 米的里山边村金井的金华桥（位于奈良井川支流薄川之上）跟前，里山边村的女子 K.H 看到过她。尽管两人早就认识，但 E 子却连招呼都不打就匆匆走过，K.H 大约八点左右目送她离去。

虽然只有上述三个证人，但结合这三个地点来看，就能知道 E 子的行踪。她是从寿村、里山边村、松本市，经由本乡村与入山边村的交界处，再从娘家所在的桐原上的道路进入山中的。关于她当时的状态，三个证人异口同声说她是独自一人低头赶路。

她走过的路径全程十三千米，其中四分之三是山路。虽说能走长路，但以女人的脚力来推算需走三至三个半小时，可以认为她于九点半或十点到达现场。然后准备自焚等事宜大约花了三十分钟左右，十点半左右应该有人看到那个方向升起的浓烟。

在查明死者身份的同时，搜查总部的部分警察也赶到了 K 村。不过，K 村分署的警察已进入山中去调查了。

果然，在远离滑雪场的一个溪谷边烧木炭的两个男人于五日中午，发现袴腰峰中升起浓烟。两人出于职业习惯便仔细观察了一会儿，心想竟然从那种奇怪的地方冒起了烟，究竟是谁在那种地方烧炭呢？大概是在将近十一点发现的吧。他们说还记得过了半个多小时才听到松本市的警笛声，所以时间是准确的（松本市的警笛声是十一点半）。两人证实说下午一点左右再次留心观察时，已经不冒烟了。E 子的行踪和焚烧致死的时间等信息与当局的推测大致吻合。因此，两人提供的情报是可信的。

警方在展开上述调查的同时，查明死者身份后立即委托藤森博士对尸体进行解剖。因为担心尸体腐烂，且要根据尸检结果决定调查方向，所以这是一项十分紧急的工作。

读者一般会觉得长篇的解剖报告烦琐且难以理解，所以此处只做概括或摘录。当局所要求的鉴定事项是：身体特征；推断年龄；推断职业；死因；生前是被烧死还是死后被烧毁；有无骨折、强奸的痕迹；有无体内疾病；已婚、未婚、有无妊娠经历；推算死亡时间及死亡日期；胃里有无东西，若有，其类别；肠内物（粪便不可消化物的种类）；有无尿液，若有，其量几何。这十三个项目大部分还不甚明了。若因重度烧伤而无法得出明确的结论，自然就无从推断。只是详细查看身体各部位的烧伤程度及其位置，结果再次雄辩地证明她是用双肘支撑身体呈仰卧姿势而被焚烧的。死者双眼角膜混浊，眼球已呈现软解状态，这些都可以推断至解剖时已死四天左右，解剖是在六月九日进行的，因此与推断无异。推断年龄在三十岁左右，根据脚掌推测，其像是从事农业之人。胃里并无积食，这证明她没吃早饭就已失踪了。头部及其他部位没有骨折，也没有被钝器、锐器打击的痕迹，也无勒死的迹象。对于报纸第一次报道的左大腿部的巨大刀伤，藤森博士指出："左下肢处于三四级烧伤的状态，左鼠蹊部至左大腿内部中央部呈表皮开裂的状态，但并不能断定是生前所致。"

据此看来，或许这只是因为烧伤而致使表面皮膜裂开，而报社记者误判后进行了夸张的报道。

关于死因，验尸报告中提到："本尸体的腰背部的炭化状态及露出肋骨的状态，即便可以通过血液证明一氧化碳为血红蛋白所致，但很难直接断定是因一氧化碳窒息而死。血液中的血红蛋白容易与一氧化碳结合。这具尸体因烧伤严重，从法医学角度很难确定死者是自杀还是他杀。"此外，报告中还写道："……若是自杀，这在法医学上属于罕见的一例事件。"在"生前焚烧或死后焚烧"一栏中只写了"不明"二字。

法医无法判明焚烧是生前还是死后，若是自杀行为，那实属罕见。但若断定为他杀也没有任何证据，因为没有任何损伤或勒死的痕迹。

署长 S 对法医学有着单纯的尊崇之心，将尸体解剖视为解决案件的关键，如今看到他那失望的神情也着实可怜。就在他十分狼狈的时候，又接连发生了一些意想不到的麻烦事。在尸体解剖后的收尸方式上，E 子的婆家和娘家又发生了冲突。E 子的娘家谘家拒不承认自杀之说，似乎凶手就在眼前若隐若现一般。娘家执意坚称，遗体倒也未必非要运回自家，但绝不允许葬在婆家墓地。与其由婆家安葬，不如让 E 子在本乡村真观寺——警察署暂置遗体之处——长眠。娘家的此种表现，除对故人的爱惜之情外，还含有对婆家的敌意。那敌意虽不能说十分明显，却也让本乡村警察署长兼搜查本部长 S 头疼不已，足足花了两天时间好言相劝：E 子在婆家还有两个孩子，幼儿去三里外的真观寺拜谒母亲未免太远，所以还是作为婆家人，去世后入婆家墓地，或许比较稳妥。幸好两家有共同的亲戚出面调解，事情才算平稳解决。

就在将尸体交给丈夫 S. K 的时候，署长 S 想起了古畑博士。他知道这位法医学的大家受学会之邀来到了松本市。之所以想再次仰仗这位大家，绝非要无视藤森博士的结论，而是被一种自然的焦躁情绪所逼迫：或许此举能给案情调查带来一线光明。

署长 S 事先打电话拜托，然后带上藤森博士的验尸报告和现场照片到访古畑博士下榻的旅馆，并很快受到接待。稳重的古畑博士倾听了警部的讲述后，说道："我想尽力协助。不过，若是藤森先生经手的案件，我又认识他，还是和藤森见面后再研究他的结论吧。"于是，他立刻命旅馆的女服务员联系藤森先生。在此过程中，古畑博士一边全神贯注地翻阅着现场照片，一边对闲得无聊的署长说：

"真是罕见的案件啊。恐怕没有先例吧。人这种东西干出史无前例的事情是一种好的倾向，会促使进步，但杀人和自杀的独创性行为却令人困扰啊——话虽如此，假设本案是自焚，手法当然是新奇的，但与其说是进步的智慧型方法，倒不如说是最原始的方法。现代人采用这种近乎野蛮的方法，是表现一种新的个性吗？即便是完全不合常理，但自焚也并非完全不可能。总之，您一定很为难吧。"

署长 S 在恭听古畑博士对案件的评论过程中，突然听到一些安慰的话，顿时觉得十分惶恐。就在此时，刚才的女服务员走过来说："藤森先生回复说，恭候您的光临。"

"那么，请叫辆车。"博士说罢，署长紧跟着说："真是失礼了，我有一辆破车在外面等着。"

古畑博士对署长 S 的话丝毫不介意，他轻松愉快地站起身来，赶往藤森医院。

"虽然我不想介入您的工作，但迫于署长先生的央求……"古畑博士说道。

"真是惭愧！"几乎就在与署长互相客套之时，藤森博士说道："哪里，我正想去拜访，跟您讨教呢。"

两位博士简单地问候后，藤森博士说了声"失陪"，便让署长等候，领着古畑博士去了自己医院的手术室。古畑博士检查了解剖台上的尸体的腰部、下腹、胸部等各个部位。接着确认了在现场照片中注意到的二级烧伤的水泡状态，又观察了尸体的上半身。乍一看，值得注意的地方只有胸部。背部完全炭化，已不必讨论。古畑博士想到血液凝固后黑色的毛细血管应呈现树枝状，他那老花镜后的眼睛一亮，但过了一会儿，他就离开了已开始散发臭气的尸体。

两位博士离开手术室后，沿着长长的走廊移步到客厅，他们边走边互相交换意见。

"肺部看不到煤烟，在气管的分支点附近和食道的甲状软骨部位确认有少量黑烟，该如何解释这种现象才正确呢？"

"说明活体焚烧啊。黑烟未抵达肺部可能是与火焰的燃烧状态有关。因为若是尸体，我不认为黑烟会进到气管的分支点——光凭你的判断和从尸体胸部、腹部、侧腹部等处所见到的二级烧伤的水泡状态来看，就足以证明这是活体焚烧而致。如果再能找到呈树枝状凝固的毛细血管，那么证据就更加完备了。但即使没有这些，也可以肯定是活体焚烧。”

两人回到客厅后，古畑博士看到独自焦急等待的署长，便主动搭话道：“很庆幸，我和藤森博士的意见基本一致，认为死者是焚烧活体而致死。”

“是活体焚烧吗——那么就是自杀……”古畑连忙制止了署长顺势而出的话。

“虽然可以断言并证明是活体经过焚烧后变成尸体的，但马上就全盘肯定她是自杀，未免太过跳跃。例如，将处于半死不活状态的活体，放在火上焚烧，尸体也会出现和自焚完全相同的机体反应。”古畑博士谨慎说明后，又换了一种语气说道，“还有，这是我们与学问无关的常识性想法，只是想听听署长的意见。搬运尸体或半死不活的人去走十三公里的山路，大约需要多少人的力量呢？而且搬运这样的东西途经几个村镇，难道不会引人注目吗？能在推算好的时间内悄悄地完成这些事情吗？总之，我们不知道这具尸体是用什么方法焚烧的，但放在火上的时候她还活着——这就是我们要报告的全部内容。剩下的请您慎重考虑。”

署长感觉到古畑博士既亲切又委婉地给予了暗示，不由得感到破案有了一线希望。

事后，警方又顺便让法医再次确认了死者并非精神异常者，才让葬入丈夫 S. K 家的墓地中。

一部分到 K 村去的警察，专门调查了 S. K 一家的情况，特别是 E 子生前的品行状况。除了前文已经提及的有关 E 子有异常性格的传言外，在喜好评头论足的乡下对她家的恶评却出奇地少，只了解到 S. K 的母亲过去曾长期撇下两个男孩与丈夫分居的旧事，还有人说 E 子是个气质刚强的女人，或许会选择这样的死法。除此之外，都是些没有任何价值的评价。丈夫应征入伍期间，E 子的勤劳更是受人称赞，而那些艳闻以及搜查总部希望听到的所谓风流关系的消息却完全没有。反倒出现了与调查方向不同的说法："近来她虽然有些变化，但似乎没有了任何情欲。""她是个乐于助人的热心人，具有男人的气质。"

根据调查的结果，她既没有非死不可的理由，也没有被杀的理由，更不存在疑似凶手的犯人。尽管找不到理由、原因及凶手，但也不能否定 E 子已死这一俨然存在的事实。

一方面没有其他审讯对象的线索，另一方面不能就此放弃。虽然没有发现其他的可疑之处，但警方还是决定按照顺序，先审问世人怀疑的丈夫 S. K。即便说世人怀疑他，但也不过是一些常识性的推测，既然他复员回家，想必还牢记军队中发生过的残忍之事。但这都只是战败时的流行观念，不过是对军人过度警惕的时代所流露出的恶意罢了。

署长 S 姑且也以当时普通人共同的观念来看待 S. K。S. K 以伍长的身份应征入伍，三年后以军曹①的身份复员。他在村里也是个勤快人，给人以受过良好教育的印象，倒不像是在军队中学得世故圆滑的"兵油子"。一条有关 S. K 的线索，在调查后还印在警部的脑海中。S. K 尚在年少时，因父母不和，母亲撇下两个年幼的男孩离家出走，和丈夫长时间分居。其间，S. K 的父亲去世，亲戚们难以处理没爹没娘的两个孩子，便决定叫回孩子们的母亲，在与其母亲交涉之前便先和两个孩子商量了此事，而 S. K 对此兴奋不已。据说他声称只要母亲回来，自己一定改掉以往的不良秉性。母亲被儿子的话所感动，十二年后回到没有丈夫的家里，却发现那时 S. K 已懒惰成性，还带有几分不良少年的倾向。村里的老人们说，S. K 自从迎接母亲回家那天起，果然变成了一个勤奋忠厚的男人。这便是 S. K 过去的身世。如此想来，他对母亲不在时

---

① 军曹，日本旧陆军下士官之一，是曹长之下、伍长之上的军衔。

的生活深有体会。如今的境遇竟和过去一样，两个男孩也要由父亲一手抚养成人了。虽然不知道这其中有何因果关系，但于 S. K 而言，大概是感到过去的自身经历又将再次上演吧。署长 S 的内心深处觉得，S. K 不可能亲手为自己安排这样的命运。但署长 S 还是舍弃这些想法来对 S. K 进行审讯。虽然不排除他出于一时的愤怒而杀害了妻子，但他看上去不像是焚烧半死不活女人的那种男人。即便想杀人，恐怕他也不会为了保全自己，而满不在乎地谋划不负责任的纵火事件，因为那样做有可能会让火蔓延到公家及私人的广袤山林，使得因战败而陷入困境的民众再次蒙受损失。他的一举一动都像一个旧式陆军的军曹，回答每个问题都简单明了。当问及八日上午是否在帮本家做余下的插秧工作时，他回答说那日十点到正午前后，他到本家去看了看，顺便和他们商量，下午在连接宅基地的花房里修整康乃馨，且大概剪下五十枝的康乃馨，三点多又去松本的鲜花批发店送花。其八日不在场证明的申述也与 K 村警察分署事先调查的报告一致，是可信的。若现在释放这个男人，搜查恐将陷入僵局。以被害人娘家为首的持他杀观点的民众肯定会不满意，但署长 S 相信自己的判断、权威人士的验尸结论及对于搬运尸体困难的说法，便果断释放了 S. K，之后他内心顿感轻松。既然无论如何也找不到凶手，那就不管别人怎么想，只能将此案定性为自杀。按照这个思路进行调查的第一步就是寻找 E 子的木屐和火柴。根据 E 子婆婆的证词，儿媳妇从家中两小盒新火柴中拿走了其中的一盒。三个看见 E 子进山的证人，都对木屐只字未提，这就证明木屐肯定穿在脚上，因为若她光着脚，势必会引起别人的注意，给他们留下异常的印象，他们也会最先提及此事的。

署长 S 一改调查方向，这次不再追寻疑犯，转而寻找木屐和火柴。他心情愉悦地认为这下或许能打开局面呢。

六月十四日，总署及分署的警察全员出动，再次从袴腰峰滑雪场的焚烧处附近，沿着 E 子经过的路，开始搜寻火柴盒、烧过的火柴梗及她穿过的木屐。根据其婆婆的证词，那双木屐磨损不太严重，红色的木屐带有烙画图案。

在搜寻起点的滑雪场一带，警察们敲碎已经结块的火堆灰烬，再次进行筛选，拨开草根，却没发现任何东西。从山上撤离的时候，所有人分成两队，分别从左右竞赛般地搜寻道路两侧，就在大家感觉无望的时候，一名警察指着 E 子娘家的屋顶方向，这才发现在穿过麦田和桑田中间，有一条石头颇多的小径。在它右侧一步之遥的地方有两棵桑树，树间的杂草丛中红色的木屐带若隐若现。发现时已经下午三点多了。木屐已染成浅黑色，上面有蔓草图案的烙画，虽然磨损不严重，但左脚上的木屐带却已明显被磨断了。认出此物的大伙嬉闹着发出欢呼声。众人已对寻找证物感到厌倦，且疲惫不堪，现在则沉浸在解放的喜悦中。他们把附近麦田里一个畏缩不前的乡下女子当作见证人，给她拍了三张现场照片，然后把现场发现的木屐和胶卷作为战利品，得意扬扬地回去了。署长 S 听完报告后很满意，竟急不可待地希望尽快洗出照片。他对全体成员说道：

"投水自杀者将木屐整齐地留下，这似乎成了自杀的形式。在这种路旁，尤其是在娘家附近整齐地摆放着木屐，我认为可以看作死者有自杀的意志。"

他环视着众人，似乎在期待着他们的认同。有些人碍于情面点头，有些人只是敷衍，只有少数人由衷地表示赞同。别人怎么看都无所谓，署长自己相信此物证，认为这也是可以得到众人认可的物证。

但 E 子的儿时朋友、一名村妇说："E 子从少女时代起就有个喜欢赤脚在山地上到处跑的习惯。因此，在进山前或许已脱掉了木屐。"而巧合的是，从 E 子的娘家往上走的道路，确实是一段名副其实的山路。

署长 S 对我的到访感到高兴，他先让我讲了自己的虚构性推理，然后说道：

"事实基本接近你的直觉。"

说完开场白后，便向我讲述了案情，似乎大体上就是上述内容。当然，上述内容并不是对案情的速记。因为我是个粗心大意之人，所以一定会有听错或记错的地方吧。

恋爱曲线

小酒井不木

亲爱的 A 君：

　　为了庆祝你一生中最辉煌的盛典，现在我要衷心送上纪念品——"恋爱曲线"。关于这种礼物，我本人感到极为得意。因为，无论在结婚之际，还是在其他任何场合，日本自不必说，即便在中国和西方各国，不，大概从开天辟地以来，任何人都不曾送过。身为一介贫穷的医学研究者，我相信即便罄尽我所有财产购买礼物，也绝不会让你这个百万富翁的长子满意。我深思熟虑后，便想到了这条"恋爱曲线"。我猜若是"恋爱曲线"，或许会打动你。我一边写这封信，一边激动不已，这种感觉还是有生以来初次体验。将要和你结婚的雪江小姐，我也并不陌生。因此，我衷心祝你们永远幸福，在此向你恭恭敬敬地奉上"恋爱曲线"，以表寸心。你可能会觉得非常滑稽，像我这种无缘风雅的科学家，竟然会使用"恋爱"之类的文字。不过，我绝非你想象的那般"冷血"，自认为流淌的血液多少也还是有些温度的。正因如此，我不能对你的婚姻漠不关心，我绞尽脑汁，才想出了这个有着吉祥名称的礼物。

　　婚礼就在明日，而我却临近傍晚才给你写信，或许这很失礼，但因为"恋爱曲线"必须在今晚制作，所以尽管有些心急火燎，但还是要等到明天早上才能送到你的手中。想必你很忙，但我坚信无论你有多忙，都会看完这封信的。因此，尽管有些麻烦，我还是想先详细说明一下何谓"恋爱曲线"。简言之，它是表达恋爱之极致的曲线。这种有史以来无人尝试的礼物，倘若不事先讲清它的由来，你也会觉得美中不足，而我也会留有遗憾。因此，虽有些繁杂，但还是请你耐心读完这封信。

　　为了让你更清楚地理解这个"恋爱曲线"的由来，我必须先大致说说对你婚姻的看法。最后一次见你大概是在半年前，之后的一段时间我便与你音讯不通，却突然给你送上非常罕见的礼物，或许你早已察觉出其中存在某种深刻缘由。不，聪明的你，或许早已洞悉所为何由了吧。

你应该十分清楚，我这个被你称为"血管里只流着冰冷的血"的家伙，是个爱情的失败者。因此，你肯定会认为，我送礼物给身为爱情胜利者的你，或许充满了悲情。不过，从你只会让很多女人失恋的经历来看，你大概还未曾体会过失恋的痛苦，所以你可能不会同情我。你真是个对女人有着不可思议力量的男人。在你看来，像我这样的男人，只因被夺走一个女人就坠入失恋的深渊，或许会觉得有些奇怪。但不论你怎么想都没关系。我还是很羡慕你那不可思议的力量。尤其是你所拥有的金钱势力，我甚至羡慕得都有些怨恨了。在你强大的金钱势力面前，先是雪江小姐的父母拜服，接着雪江小姐也不得不屈服……不，使用这样的词语，可能看似我对你有着可怕的敌意，可我原本就是意志薄弱之人，不会对他人产生敌意。若真有敌意，肯定就不会送这样的礼物了。或许对你很失礼，如今我仍然十分留恋雪江小姐，对于即将成为她丈夫的你，我又怎会心怀敌意呢？我一边写这封信，一边想着你们二人的幸福生活。

半年前，我饱受失恋的打击，之后便断绝了一切社交，把自己关在研究室里，一头扎进了生理学方面的研究。自那以后，研究就是我的生命，也是我的恋人。有时，就如阴雨天前胸膜炎的旧疾复发般，内心的旧伤也会隐隐作痛。最近好不容易才将悲伤的记忆装在心底，放下所有的过往，专心搞起研究，连你们的结婚日期都忘记了。没料到前几天，我接到一封友人的信件，说你明日结婚。为此，尘封的记忆以汹涌之势浮上心头，最终才计划送你这个礼物。

你是个实业家，所以你恐怕不了解科学家过着怎样的生活，心里想着什么，做着怎样的研究。从表面看起来，科学家的生活是非常冰冷的，而研究事项也极为单调无趣。但真正的科学家总是心念人类同胞，怀着对人类无比的爱而开展活动。因此，除了那些冒牌科学家，真正的科学家的身上流淌的血恐怕比任何人都热。实际上，若血管里流淌着的血不比任何人都热，就不能成为真正的科学家。

那么，饱尝失恋之苦的我选择了什么样的研究题目呢？请你莫见笑，是心脏的生理机能研究。不过，我并非因为失恋伤心而选择了这个课题。我可没有那种无聊的幽默感。如果说是为了修复破损的心脏，就先着手心脏的研究，自然也是富有戏剧色彩的雅事一桩，不过我只是因为从学生时代开始，就对心脏的功能非常感兴趣，才选择了喜欢的课题。然而，偶然选中的研究课题没想到竟派上了用场，在你一生最值得庆贺的仪式上，能送上这"恋爱曲线"。

"恋爱曲线"！接下来终于要转到"恋爱曲线"的说明上了，不过在此之前，我必须事先阐述一下一般用何种方法研究心脏。为了彻底了解心脏的功能，最好的方法就是将心脏切除并移至体外进行检查。心脏即便移到体外，只要在合适条件下，还能和之前一样继续跳动。不单是低等动物的心脏，从一般的恒温动物到人类，即便其心脏离开身体，也能独立地重复扩张与收缩的运动。切除心脏，其个体就会死亡。即便个体死亡，但心脏却持续跳动！这是多么不可思议的现象啊！现在，如果试着取出你的心脏，让它单独跳动，将会呈现怎样的状态呢？或者，试着切除雪江小姐的心脏，让它单独跳动，又会看到怎样的现象呢？又或者，把你俩的心脏摆在一起，任其跳动，又会产生何种现象呢？你也知道，四肢健全之人大都虚伪，但心脏名副其实地坦坦荡荡，所以它定会无所顾忌地跳动。如今我想的都是即将成婚的你俩的心脏，在荒诞可笑的想象中写着这封信。

不知不觉记述有些偏题了。动物自不必说，人类的心脏也一样，躯体死亡后，只要把切除的心脏放在合适条件下，就会再次跳动起来。克莱尔布库①从死后二十小时的尸体中取出心脏，使之跳动，结果发现它确实持续跳动了个把小时。也就是说，人死后心脏还能多活二十小时。由此足以说明心脏对生的执着是多么强烈啊！我感觉古人之所以选择心作为爱情的象征，并非偶然。因此，按照这种想法，或许可以说心脏藏着人生所有的秘密。如此看来，想要探寻人生奥秘的我，将心脏作为研究对象，也并非毫无道理。

要讲述"恋爱曲线"的由来，就必须先大致说明如何取出心脏，用何种方法让心脏跳动。我十分清楚你事务繁忙，但正在写信的我，也必须在写完此信的同时制造出"恋爱曲线"，因此我内心也是十分焦急。不过，正如我反复强调的那样，希望你能充分理解。如果可以，我甚至想在你心脏的表面刻下这封信的字句，所以请耐着性子读完。

起初，我取出青蛙的心脏进行研究，但考虑到医学是以人类为研究对象的学问，因此，我想尽可能选择与人类相近的动物，之后便主要就兔子的心脏开展研究。但比起青蛙的心脏，兔子心脏的处理方式更加复杂，是一项需要熟练技术的工作。刚开始甚至需要助手，但后来就可以独立完成全部

---

① 克莱尔布库（1866—1930），俄国生理学家，师从生理学之父伊万·米哈洛维奇·谢切诺夫，擅长心脏复苏。

工作了。首先，将兔子仰面绑在家兔固定器上，然后用乙醚进行麻醉。看准兔子已充分麻醉的时机，用手术刀和剪刀尽可能大面积切开胸壁的心脏部位，之后切开心膜，在此时，一颗正在跳动着的心脏就完全呈现出来了。胸中深藏的心脏，即便被暴露在空气中，也能若无其事地继续跳动。你可知道，心脏真是表里不一？有人曾说过"人心总会变的"，看来的确如此。心脏终于露出后，接着便要切除并取出它，如果直接将手术刀对准心脏下刀，就会导致出血，无法进行整体手术了。因此，要用线将主静脉、主动脉、肺静脉、肺动脉等大血管悉数结扎起来，之后再用手术刀将心脏与这些大血管切割开来。

摘除的心脏要立即放入装有加热到三十七摄氏度的洛克氏溶液①中。栗子般大小的兔子心脏，会暂时停止跳动。因此，要迅速系住肺动脉和肺静脉的切口，在主动脉和主静脉的切口处连上玻璃管，再将心脏从洛克氏溶液中取出，放在特地准备好的一立方尺大小的箱子的适当位置，连上玻璃管，然后让加热到三十七摄氏度的洛克氏溶液流经心脏，心脏便又开始跳动起来了。所谓洛克氏溶液，是由1%的氯化钠、

————————

① 洛克氏溶液，医学用语，一种生理盐水。

0.2%的氯化钙、0.2%的氯化钾和0.1%的碳酸氢钠所配制而成的水溶液。由于它和血液中的盐类成分基本一致，所以心脏的状态和被供血一样，会持续跳动。不过，如果仅是靠这种溶液流入的话，心脏终会衰竭。即使生命力再强的心脏，如果不依靠外界能量，就不会持续跳动。通俗点儿说，如果缺少食物，就不能活动。因此，通常在此种溶液中加入少量的血清白蛋白①或者葡萄糖来作为能量源，即心脏的食物，这样心脏就会长时间持续跳动。最好的方法就是取代洛克氏溶液，让真正的血液流经心脏，但通常的实验仅用洛克氏溶液就足够了。而且，要让心脏自由活动还需要氧气，所以通常会让含有氧气的洛克氏溶液流经心脏。

　　维持心脏跳动的箱子中的空气温度，也要保持在三十七摄氏度左右。如此一来，洛克氏溶液就会从箱子上面流入，流经心脏后再从箱子下方流出。箱中唯有心脏跳动的光景让人感到庄严肃穆，是你绝对无法想象到的。被取出的心脏是一个完整的生物体。这个魔性的生物体，是一个像在蔷薇的红底色上散落着黄色小菊花花瓣般的肉体。它就像游近海滩的水母一样，有节奏地重复着收缩和扩张运动。当你注视它

①　血清白蛋白，也叫清蛋白，是人体血浆蛋白中最主要的组成部分，其作用在于维持人体正常的营养状态和维持血浆等胶体渗透压。

的跳动时，会觉得心脏似乎在按照自己的意志跳动。这心脏有时看似长了小小的五官，会憎恨自己被与母体分离，有时又看似为接触到外界的空气而喜悦，更有的时候，看似在嘲笑只切除并取出它就试图研究其功能的科学家。然而，这些只不过是我的幻觉，无论心脏原本在体内，还是被移除到体外，它都会竭尽全力跳动，俨然在遵循着"all or nothing"（全部或全无）的法则。也就是说，心脏一旦决心跳动，便会竭尽全力。可以说，像心脏这么忠于职守的工作状态，实属罕见。由此来看，我认为心脏作为爱情的象征是最合适不过了。换言之，即便受到一些外来刺激，它也不会根据刺激的强弱而改变其跳动方式。倘若跳动，就竭尽全力；停止之时，绝不跳动。我认为或许心脏的这种特性，恰能堪比真爱的本质，它不会为金钱势力及其他外力所动。我认为真正相爱之人，即便再大的苦难横亘其中，他们心脏跳动的频率也是彼此相通的，就如收音机的电波一样。我不知道你是否了解，其实心脏每一次跳动都会产生电流，为了研究这个电流，一种名为心电仪的装置已经被设计出来了。而这种心电仪正是我制造所谓"恋爱曲线"的基础。

　　不过，在解释心电仪之前，我必须先解释一下，对于按照上述步骤取出的心脏，我是如何分析研究它的跳动的。如果仅是肉眼观察，则无法进行精准的比较研究，所以我一定要准确地记录下心脏的跳动，而记录它跳动的便是"曲线"。因此，"恋爱曲线"，就是恋爱过程中心脏跳动情况之记录的意思。你或许听说过用地震仪以曲线的形式记录下地震时的状况。现在，将涂上煤烟的纸卷成圆筒状，让它规则地旋转，再从运动物体那里引出一根细长的杠杆，并让其尖细的端部接触这纸筒。这样，随着物体的运动，煤烟纸上就会出现一条特殊的白色曲线。通过同样的方法，也可以在煤烟纸上记录心脏的跳动。不过，因为我对心脏产生的电流特别感兴趣，所以我主要使用前面提到的电心仪来进行研究。所有的肌肉在运动时，都会或多或少地产生电流，这就是所谓的"生物电流"。因为心脏也是由肌肉构成的脏器，所以它每次跳动时都会产生电流，而能以曲线表示这种产生电流状态的仪器就是心电仪。

　　最初发明该机器的人是荷兰人威廉·埃因托芬[①]。虽说是"曲线"，但并不像前面说的那么简单，其原理有些复杂。通过一定的方法从心脏导出电流，让它通过比蜘蛛丝还细的镀了白金的石英丝，在石英丝的两端放上电磁铁，石英丝会

————————

① 威廉·埃因托芬，荷兰生理学家，曾发明心电图仪。

根据通过电流的强弱而左右晃动，若用弧光灯照射，石英丝的影像就会左右大幅度晃动，让它通过一道狭窄的间隙，并用拍照用的感光纸直接曝光，然后进行显像处理，那么表示心脏电流强弱变化的曲线就会呈现白色。感光纸像电影胶片似的卷着，因此可以自由连续地记录下二三十分钟的心脏跳动。我将送给你的"恋爱曲线"，正是用此感光纸呈现的曲线。

那么进入正题。作为研究的准备工作，我先研究了取出的心脏对于各种药物的反应。首先让洛克氏溶液流经心脏，将常态的曲线拍摄成像，然后把想试验的药品混入洛克氏溶液，使之流经心脏，拍摄下此时心脏发生变化的曲线。如果仅用肉眼观察，似乎没什么变化，但比较曲线后就会发现明显的变化，由此就能知道该药物对心脏起到什么样的作用。从洋地黄制剂、阿托品、蝇蕈碱等剧毒药物到肾上腺素、樟脑液、咖啡因等药剂，凡是对心脏起作用的毒性药物，我都逐一做成了曲线。不过，仅做这些，并非创新研究，许多人都已经试验过。总之，我只不过是做了该项研究的对照试验而已。

那么，我真正研究的到底是什么呢？简单地说，就是研究各种情绪和心脏机能的关系。也就是说，通常所说的喜怒哀乐等各种情绪表现，会给心脏生物电流的产生带来怎样的变化。如同所有人经历的那样，感到吃惊或生气时，心跳会发生变化。我要做的就是对取出的心脏进行客观观察。其他的学者已经证实，恐惧时血液中的肾上腺素会增加，因此，若让恐惧时的血液流经取出的心脏，和肾上腺素流经心脏时，都应该会在曲线上呈现出相同的变化。由此事实进行类推，在产生恐惧以外的其他各种情绪时，血液也会发生某种变化。因此，诱发动物的喜怒哀乐等各种情绪，并让当时的血液流经取出的心脏，通过心电仪拍摄下曲线，就可以推断出在各种情绪产生时，血液中会出现何种性质的物质。

然而，这种研究还存在诸多困难。理想的状态是，必须让取出了心脏的那个动物愤怒、痛苦，再将此时的血液流经心脏，但这无法做到。因此，无奈之下，只好决定采用乙兔产生各种情绪时的血液，让它流经甲兔的心脏来进行研究。接下来，更为困难的是让兔子愤怒、悲伤。因为兔子原本看起来就是一种面无表情的动物，无法从它的脸上看出喜怒哀乐的情绪。因此，本想激怒兔子，但却没想到它不生气；或者本想让兔子高兴，但却没想到它毫不动心。这让我非常为难。

因此，我中止了兔子的实验，决定对狗进行实验。即取出甲狗的心脏，然后使乙狗愤怒或高兴，再采集此时的血液，来流经甲狗的心脏。虽然通过此种方法能制成曲线，但仍是不理想。因为，即便好不容易让狗高兴了，但一采血，它就暴怒，最终只做出了接近愤怒时的曲线。而对狗实施麻醉的话，结果只测出了没有情绪的曲线。因为，只有愤怒和恐惧时的曲线相对接近理想状态。

基于上述原因，为了理想地描绘出曲线，来表明产生各种情绪时血液对心脏的影响，就只能对人进行试验。这是因为，倘若以人为对象，愤怒时的血液、悲伤时的血液、喜悦时的血液都相对容易采集到。不过，人体试验的难题就是难以获取人的心脏。因为连死人的心脏都很难弄到，更何况是活体的心脏。于是，我决定用兔子心脏做实验。就血液这方面而言，因为没有人愿意给我提供血液，所以我就决定用自己的血液做实验。也就是说，我读了各种各样的小说，让自己时而悲伤、时而愤怒、时而喜悦，每当此时我就用注射器从左手腕的静脉中采集五克血液进行试验。无论是兔子，还是狗，都采用同样的方法。当采集所有的血液时，为了防止血液凝固，要事先在注射器中放入一定量的草酸钠。

研究通过上述方法得到的曲线后就会发现，在喜悦、悲伤、痛苦等情况下，曲线会呈现明显的差异。恐惧时的曲线，还是和肾上腺素流经时的曲线类似，而快乐时的曲线则与输入吗啡时的曲线类似，但仅是类似而已，细微之处还是呈现出各自特殊的差异。后来我通过练习，开始能够只通过观察就能区分出，哪个是恐惧的曲线，哪个是愉快的曲线，哪个是肾上腺素的曲线，哪个是吗啡的曲线。而且，我发现该曲线即便使用兔子或狗的心脏，又或者尝试使用羊的心脏，都会带来同样的变化。

不过，你也知道，从事学问研究之人，无论谁都有着很深的研究欲望。按理说，兔子、狗和羊的实验都得出了相同结果，应该就此满足了。但我开始想更进一步，设法做有关人的心脏实验。如前面所述，人的心脏即便死后二十小时内还是会跳动。因此，我就事先拜托了病理解剖研究室和临床专业研究室的医生，想着哪怕是死人的心脏也要弄到手。

于是，就在此时，我很幸运地获得了一颗女性的心脏。这个女性是一名十九岁的结核病患者。她被深爱的男人抛弃，太过绝望，以致危及健康，住进内科病房后便成了不归之客。听说她生前常说：“我的心脏肯定有一条巨大的裂痕。我死后，请务必解剖我的心脏，作为医学的参考。”正好我朋友是她的主治医生，遵照她的遗言，我就得到了她的心脏。

到目前为止，我已能熟练地取出兔子、狗和羊的心脏，虽说是人的心脏，但当我的手触及这个女性那蜡一般冰冷且惨白的皮肤，准备下刀时，一种异样的战栗感从指尖的神经传遍全身。然而，当我依次切开薄薄的脂肪层、暗红的肌肉层和肋骨，打开胸腔，割开心包取出心脏时，我还是恢复了以往的冷静。她的心脏当然没有裂痕，但却显得十分瘦小。对于至今只目睹过动物鲜活心脏的我而言，起初并不觉得它像心脏。虽然死后只过了十五小时取出的，却出奇地冰凉。因此，我用手托着这颗心脏，竟一时有些恍惚。等我猛地回过神来，就赶紧将心脏放入温暖的洛克氏溶液中仔细清洗，接着放入箱中，设置好连接，让洛克氏溶液流入。刚开始时心脏宛如睡熟了一般，过了一会儿开始跳动，不久就开始剧烈跳动了。虽是预料之中的情况，但我似乎觉得这个女孩复活了，被一种不可名状的肃穆感所打动，我不知不觉竟忘了是在做实验，只是注视着这奇妙的运动。如此一来，我想到了这颗心脏的主人。

失恋！多么悲惨的命运啊！当时，我深有同感。我不也是同样饱尝失恋之苦的人吗？在这颗心脏的主人还活着的时候，这颗心脏曾跳得多么剧烈，又是多么悲伤啊！那些陈旧的痛苦记忆，如今看起来也已被洛克氏溶液冲刷掉，它正毫无挂碍地重复着收缩和扩张这两个动作。或许在她失恋后，这颗心脏一天也没有平静地跳动过吧。跳吧！跳吧！洛克氏溶液多的是，跳吧！跳吧！请尽情地跳吧！

突然，我发现心脏明显越来越无力。当然，从它开始跳动起，已大约过了一个小时。我把时间耗在意想不到的空想上，却忘了本该进行的情绪研究。我为失去身为科学家的冷静而感到羞愧，好不容易才获得了珍贵的素材，却白白浪费掉，让我深感可惜。于是，我立刻想到要赶紧做失恋的情绪研究。若给失恋者的心脏注入同为失恋者的我的血液，那不就能得到最理想的"失恋曲线"吗？

我照例迅速从我的左臂采集血液，然后注入心脏，让心电仪开始工作。只见那颗逐渐衰弱的心脏一接触到我的血液，突然势头大增，大概剧烈跳动了三十次，又转瞬间减弱势头，突然停止了。也就是说，这颗心脏死亡了，永久地死亡了。不过，唯有曲线十分清晰。分析研究后发现，该曲线不像悲哀、痛苦、愤怒、恐惧中的任何一种情绪的曲线，但又具有和这些情绪曲线类似的特性。

到此为止，我已制作成了"失恋曲线"。可我又想获得失恋反面情绪的"恋爱曲线"。这大概就是科学家永不知足的欲望吧。然而，我曾经恋爱过，如今却只能感受到失恋的痛苦，如此的我该如何做出"恋爱曲线"呢？我感到灰心丧气。但这反倒激发了我非得做成不可的热情。而后来这种想法甚至变成了一种强迫症。这么说对你很失礼，但和你不同，我除了雪江小姐以外，没有爱过任何人。事到如今，我还能对谁有真正的爱恋呢？实际上，我不会爱上雪江小姐以外的人。如此看来，我无论如何都得不到"恋爱曲线"了。虽然这么想，但一旦形成，强迫症就不会轻易消失。于是，我不停地思考有没有方法可以让失恋转化为恋爱呢？我冥思苦想，以至于我都认为那段时间自己有些发疯了。

但就在前几天，我从某人处意外得知，你马上要和雪江小姐结婚了。于是，宛如火上浇油般，失恋的痛苦之火在我的体内又猛地燃烧起来。可以说我到达了失恋的顶点。这时，我决定直接利用这已经到顶点的失恋，做出"恋爱曲线"。

你或许在数学课上学过负数与负数相乘得正数的内容。我想利用该原理将失恋转变成恋爱。也就是说，我想如果将我已达到失恋顶点的我的血液输入同样达到失恋顶点的女性的心脏，这时得到的曲线才是能体现恋爱极致的"恋爱曲线"。如此一说，你可能会问，从哪儿找达到失恋顶点的女性呢？不过，你不用担心。因为，我之所以想出了上述原理，是因为其实我已经找到了达到失恋顶点的女性。而那个女性不是别人，正是写信告知我你和雪江小姐结婚的那个人。

　　想必你已经猜到了吧。写信之人正是因为你的结婚而达到了失恋的顶点。因为你曾爱过很多女人，或许你多少能了解女人的心思。那个女人也如我只爱雪江小姐一样，她只真正爱着一个男人。所以，你们的婚姻使她达到了失恋的顶点。同样因你们结婚，我的失恋也到达了顶点。如果将我与那个女人做成一条曲线，按照上述原理，所获得的曲线不正是"恋爱曲线"吗？况且，那位女性因过度绝望而决意赴死。你可知道，这世上还有比死更强烈的东西吗？我听闻她的决心后，为自己失恋时的懦弱表现而感到羞耻。我被她所鼓舞。于是，今晚我与她见了面，听了她的决心，讲述了我的想法。她激动不已地说她乐意赴死，所以请务必取出她的心脏，用我的血液流经她的心脏，将做好的曲线送给你。于是，我下定决心，着手制造"恋爱曲线"。

　　你要知道，我正在放置研究室的心电仪旁边的书桌上写这封信。没人会想到我深夜在生理学研究室制造"恋爱曲线"，因此我不会被任何人打扰，可以顺利地实施计划。夜已渐深，万籁俱寂。用来做实验而饲养的狗，方才在院子一角狂吠了两三声，就只有临近冬天的夜风吹得研究室的玻璃窗发出微弱的响声。为我提供心脏的女性，如今在我脚边陷入沉睡。刚才，我给她讲完制造"恋爱曲线"的顺序和计划后，她兴高采烈地服用了大量的吗啡。她不会再活过来了。她服用吗啡，我就开始加热洛克氏溶液，准备好心电仪，然后便开始写这封信。服用吗啡后，她还愉快地看着我的准备，但当我开始写这封信时，她终于进入了沉睡状态。这是多么美丽的死法啊！现在，她还在微弱地呼吸，我一想到再也不能听到她说话的声音了，写信的手便不停地颤抖。我刚才所写的内容肯定有些漫无边际，可现在已无暇重读和改正了。因为，接下来我必须取出她的心脏。

过了四十分钟。我终于将她的心脏取出，放到箱中后，连接好管子，让洛克氏溶液流经她的心脏。做手术时，她的心脏仍在持续跳动。这是遵从她的生前愿望。为了生成完美的"恋爱曲线"，她希望心脏还在跳动之时被取出。当动用手术刀时，我在想说不定她会醒来，但直到心脏被取出前，她都一直在沉睡。如今仍会让人觉得她在轻微地呼吸。在灯光照射下，她死去的样子显得格外美丽。

她的心脏仿佛在愉快地跳动着，像是在说快让我的血液流经它。那么，接下来终于到采集我的血液这一程序了。为了满足她想要完成"恋爱曲线"的悲壮愿望，我决定尝试从未尝试过的血液流通法。在此之前，我都是用针管从我左臂的静脉中采血，但唯有这次，我打算在我左臂的桡动脉上插入玻璃管，直接用橡胶管连接，从我的动脉直接让血液流入她的心脏。对于她提供活体心脏的厚意，我做这么点事也是应该的。而且，这也是完成"恋爱曲线"的所必需的。

又过了二十分钟。

终于，将我的动脉血输送到了她的心脏中。由于血液势头很猛地流淌，丝毫没有凝固，实验十分成功。心脏在强有力地跳动，我注视着跳动的心脏，左臂竟一点儿也感觉不到疼痛。血一点一点地从左臂的伤口处渗出，因为要擦拭这些鲜血，我必须放下钢笔，拿起纱布。哎呀，血把信纸弄脏了，请你谅解。注入她心脏的血液不会再流回我的身体。我的血液在不断地减少，可我的头脑却越来越清醒。我要放下钢笔，认真观察她的心脏，重温一下过往的回忆。

又过了十分钟。

我全身渗出汗来，可能是因为贫血。好，接下来拧动开关打开弧光灯，转动感光纸。我事先做了准备，不用起身便可拧动开关。即使开着灯，也不影响制造曲线。

心电仪在运作。除了心电仪的声音外，我还能听到另一种奇妙的声音。这也是贫血的缘故。

现在，曲线正在形成。正在形成将要献给你的"恋爱曲线"。不过，我无法将这条曲线显像。究其原因，是我打算就这样把我全身的血液都用尽。血液流尽之时，我就会倒下，而弧光灯、照相设备和室内电灯的开关都将悉数自动关闭。因此，或许不久我们两人的尸体就会被黑暗包围。

拿笔的手在剧烈地颤抖，我的眼前也开始暗了下来。于是，我鼓起最后的勇气，为你呈上最后的说明。其实，在写这封信之前，我已经给研究室主任和同事写了信，因此这将成为我的遗书。明天早上，我的同事会把这条"恋爱曲线"显像，并送到你的手里，请永久地保存！

估计你已经推测出给我提供心脏的女人是谁了吧。如今，我无比喜悦。虽然自己不能看到这条曲线，但我深信不疑，我正在制作真正的"恋爱曲线"。我的血液流尽之时，她的心脏也将停止。这不是恋爱的极致，又是什么呢？

……哎呀，看起来我的血越来越少了，她的心脏也快要停止了。你可知道？她不愿为了金钱而与根本不爱她的你结婚，如今她已来到她真正的爱人——我的身旁。雪江小姐的心脏，马上就要停止跳动了……

不可思议的空间断层

海野十三

　　友人友枝八郎，是个有些奇怪的人。而要知道他有多奇怪，或许介绍一下他讲给我听的梦则更为便捷。

　　友枝爱讲他的梦。他的梦都很奇妙，且内容完整。对于很少做梦的我来说，既觉得美妙，时而又觉得毛骨悚然。"我在梦里多次见到同一个城市。"他瞪着空洞的双眼说道，"……啊！又到了曾经来过的这个城市。我不禁如此感慨。于是，只在梦中才遇见的熟悉面孔，陆续出现在我面前。既有年长的男人，又有妙龄女子……我和这些诡异的人，为了

延续这个永久的故事的后续，彼此说着颠三倒四的话。不过，
我总觉得一切都只是在不断重复。啊，当我猜想接下来发生
的事情时，那事情定会发生。我总会猜中，这让人不可思议。
还有一个奇妙的事情，那便是我的脸。我在梦中有张脸，那
张脸竟与你现在看到的这张脸全然不同。脸色没有这般苍白，
或许可以说是近乎赤铜色的红润之色。脸的长度也更长，坚
挺的鼻梁，嘴也很大，且眼睛也更炯炯有神。加之，头发也
很浓密，还长着威武的胡子——那张坚毅面孔的男人就是我。
怎么样？很不可思议吧。因此，我感觉有些不对头，开始想
些奇怪的事情。诸如在那个梦中见到的城市和人们，是不是
就实际存在于某处呢？虽然我只有一个灵魂，却拥有两个迥
然而异的肉体。啊？你对我说的梦境不屑一顾？看你的表情，
我就知道你是这么想的。那么，我就讲个不可思议的恐怖故
事吧，至少能让你鼻头上皱起的笑纹消失。那可是最近我刚
经历的真事哦。"

一

　　某日，我做了一个梦。

　　我独自走在长长的走廊上。令人不可思议的是，长廊竟
没有一扇窗户。天花板和墙壁全是黄色的。走廊甚是漫长，

两侧隔一段距离就排列着同样形状的门。我四处张望，逐个查看着门把手。门把手均为黄铜色，唯有第五个或第六个门把手闪烁着金色的光芒。它好像在走廊的左侧。

"金色的门把手！"

我走到光彩照人的门把手前，自然地将手伸向那扇门。握住那金黄的把手，来回旋转，向里一推。无论何时，那扇门都会被轻易地向里推开。我如同被吸进去一般，进入了房间。

那房间有十坪①左右，是间空旷的客厅。正中央铺着红地毯，上面摆着一套浅蓝色的桌椅。桌子上有个西班牙风格的绿色花瓶，且里面插着淡粉色的康乃馨。

这间屋子的构造很奇特，其中最引我注目的，是里侧墙壁上镶着一面大镜子。那面镜子比理发店的镜子还大，从天花板直垂到地板的巨大镜子，宽度有两间左右。格窗处挂着用厚重织物做成的窄窗帘，左右摆动着。不凑巧，因镜子所在之处有些幽暗，所以看不清窗帘的颜色，但感觉是深紫色。当然，这间屋子的日常用品直接在镜中呈现出倒像。我一进入房间，便不假思索地来到镜子前，期待看到自己的脸。因

---

① 坪，日本的面积单位，1坪约为3.3平方米。

为镜子在最里面侧放着，所以若不站在镜子前，就看不到自己的脸——我对着镜子，一如既往出神地注视着自己那英武的脸，心想维托里奥·埃马努埃莱一世①也不过如此，便转了转身子，而镜中的我亦扬扬得意地扭动身躯。

我在镜子前，做出各种奇怪的表情和滑稽的姿势，正乐在其中时，突然听到背后有人在说话。

"喝点什么吗?"

是个年轻男子的声音。

我回头一看，不知何时桌子上摆放着一个银托盘，上有洋酒瓶和酒杯。而刚才的声音估计是背对着入口处的房门发出的，一个长相帅气、身材魁梧的青年就站在那里。不，还不止这些。那里还站着一个年轻女人，和那青年紧紧相依。他们是何时从哪进来的呢?

那女人起初低着头，之后才提心吊胆地抬起头，似乎在瞪我。

啊!

我突然大吃一惊，猛地转移视线。啊! 那女人竟是我的情人。看到她和年轻男子牵手走进来，我的内心无法平静。

---

① 维托里奥·埃马努埃莱一世 (1759—1824)，撒丁王国国王，1802 年至 1824 年在位。

不过，我心想此时惊慌未免有失体面。因此，我佯装沉着冷静地走到桌旁，背对二人坐下。然后满满地斟上一杯酒，平静地递到嘴边。

年轻男女竟背着我窃窃私语！那微弱的声音被放大器扩音，听起来像在我的鼓膜附近敲打着金盆①："那家伙是敌非友，我们还是赶紧走吧！"

我拼命忍着心头的怒火，但越想越生气。我闭上眼，拿起酒杯，将酒一饮而尽。然后将空酒杯重重地往桌上一摔——二人的窃窃私语戛然而止。

我没有慌乱，一直装作很淡定。那俩家伙为何在我面前炫耀？是以为我注意不到吗？若是这样倒好，好，我也正有此打算。

我从椅子上站起来，双腿微微颤抖，尽量不看那二人，悄悄走向里侧的镜子。

不知不觉间，我来到镜子前站住了。透过镜子看着这对男女，只见他们似乎紧紧相拥，纠缠在一起。那女子做出挑逗的姿态，而年轻男子却显得有些迟疑。我只觉血液从脚到头都逆流了。

———————————

① 金盆，金属制的洗脸盆。

　　镜子中的我，表情竟变得十分可怕，肩部颤抖不止。他们浑然不觉我正从镜中监视他们的一举一动，不守贞操的家伙还在我背后做着猥亵动作。我有些慌乱，想要喝止他们，但喉咙干得冒烟，无法发出声音。我必须保持冷静——

　　我想借助香烟以缓和情绪，于是把手伸进口袋，悄悄地拽出香烟盒。当要打开盒盖时，却总是看不清楚——我的身体将光线遮住了。我在身后做着这些动作，如今连转头都要谨慎，所以我只能借着镜子先看准自己的手，再慢慢搜索香烟盒。

　　"咦?"

　　我心中一惊。因为手中握着的竟不是香烟盒……

　　……手枪!

　　我握在手里的，不正是一把棱角分明的勃朗宁手枪吗?我顿觉头昏目眩。

　　正在此时，镜中的我将握紧那把手枪的手缓缓地从腹部抬到胸部。我绝无这样的想法，但镜中的我竟违背了我的意志，慢慢地举起了枪。更奇怪的是，镜中之我的手竟比真实的手更先向上移动。真是太可怕了，镜中的自己，竟先动了起来。我害怕得坐立不安。站在镜子前的自己若一直保持不动，或许我会发疯。镜中的我在动，而站在镜子前的我却不动，这不就证明镜前之我的本体已经死亡了吗?

"……"

我浑身战栗，心慌意乱之下，只好急忙去追随镜中的我，迅速将握紧枪的手臂抬到胸部。结果没过多久我便赶上了镜中的我。

"啊，太可怕了!"

我浑身冒汗。

手枪终于举到了胸部最靠上的位置。枪口放到了左肩，然后从左肩逐渐旋转。闭上一只眼睛，凝神瞄准目标。确定好目标后，仍缓缓地向左旋转。

"唔、唔……"

毫不知情的二人发出类似的声音，在互相挑逗着。

"畜……畜生!"

可恶的女人，淫妇!

我瞥了一眼镜子，偷看自己的表情，只见镜中的我露出牙齿，用力咬着下嘴唇。充满愤恨的表情预示着立刻会逐步进入到下一个动作。扣住扳机的两根手指使劲紧缩……

"砰……"

啊，射中了。

"……嗯，哇啊——"

像被电击一般，女人身子向后仰。接着，她一只手按在乳房上，另一只手高举，刚要抓向空中，便瞬间倒下了。

"杀人了。我终于真的杀人了。"

我走近倒在地板上的女人，她像沉睡般一动不动。仔细一看，她衣服的胸口上面，裂开了一个很大的红色伤口，鲜血从此不断喷涌，像河水般从敞开的胸口向颈部流淌而去——而那男人不知何时已不见踪影，或许已夺门而逃了吧。

"啊，我杀人了……"我自言自语道。

但就在此时，我似乎在某处听到了自己发出的嗤笑声。

"嗯，没错。方才我梦见杀人了……哎，太过可怕了，就在紧要关头梦醒了。就像真杀了人似的，人浑身颤抖。这真是太可怕了，越想越……"

——不知不觉，我自那以后便失去了先前的记忆。只记得杀害女人之前的场景。

二

不过是梦境罢了，却说得有些过于详细，想必很是无趣吧。总之，我做的梦太过逼真，且可能带有不可思议的现象，还希望你能理解。

　　我的梦还不仅如此。接下来，我终于要讲离奇的梦境了。之后所述之事，请务必听好！

　　忘了过了几天，我又做了一个梦。

　　——我在幽长的走廊上散步……突然，我意识到一件事。

　　——还是那条幽长的走廊，天花板和墙壁都是黄色……

　　"啊，我曾来过这走廊！"我突然意识到。觉察到此事后，更为糟糕的是，我刹那间又意识到另一件事。

　　"……啊，我在做梦，现在正在做梦啊。"我不禁暗示自己。

　　——我努力和之前保持同样的步伐向前走去。因为心想倘若不如实地走出同样的步伐，这来之不易的梦境就会随之破灭。

　　果然，我看到了门。我发现左侧第五个门处装有金色的把手。

　　"就是它呀！"

　　我微微一笑。

　　——转动那金色的把手，进入到屋内。屋中自然还和上次见到的完全一样。

　　房间中央铺着红地毯，上面依然是成套雅致淡蓝色的桌椅。桌子上有只绿色花瓶，且连插着的花都是同样的淡粉色康乃馨。

"唔、唔——"

我一边努力抑制因过于诡异而不禁想笑的心情，一边向房间中央走去。从那儿向里侧一望，那个大镜子果然还在。我完全放下心来，感到无比轻松。

"所谓的职业演员，不外乎每天准备同样的道具和表演相同的内容，因此我现在亦有同样的感受，经历第一次之后，或许每次都会变得轻松。"我暗自想道。

——我照例走着，不知何时站到了大镜子前。一看镜中的我，还和上次一样有着茂盛的头发和威武的须髯。

"要喝点什么吗?"

身后传来一个男子的声音，回头一看，那个帅气的年轻男子正规矩地站在那里。连身旁低头的年轻女伴，和上次也分毫不差。

然后，我按部就班地来到桌旁，打开洋酒瓶，往杯中倒满酒，趁机听着背后男女的窃窃私语。

于是，我很气愤，将洋酒杯中的酒一饮而尽。哐啷一声把酒杯重重地摔在桌上，摇摇晃晃地朝大镜子走去……

此时我竟有些害怕，因为不禁清晰地回想起之前极为恐怖的景象。接下来发生了着实让人毛骨悚然之事，这不是指杀人的场面。比杀人更早些时，我站在镜子前看镜中的自己，镜中的我竟然先动了。这清晰映入眼帘的异样景象……

"仅这件事就很恐怖。"

我的身体微微颤抖，战战兢兢地注视着镜中之我的一举一动。

我从口袋里掏出的不是香烟盒，而是手枪……

喔，就要开始了。

将紧握手枪的手逐渐抬到胸前……越来越高。

"哎呀……今天会瞄得更准了吧。"

虽然我认为今天不会出现不同的情况，无论心中何等慌张，都不会有任何差错。但突然间，我眼前瞄准的对象分裂了，分裂成两个影像……

"啊，这不成问题。"

我太过兴奋，甚至想大声喊叫。这绝没有问题。我故意上下活动了手臂，瞄准的对象再度合一。同样的瞬间重复着同样的动作。

"之前的那个恐怖的分离现象，难道是自己的一时迷惑？"

如此想着，但我马上又自我否定，觉得无须想得那么深。毕竟是梦中之事，难免有诸多不合情理之处。在梦境之中，想要桌子的时候，桌子就像变魔术般突然冒出来。因为是在梦中，即便发生什么，也不足为奇。

我把枪口贴在左肩，瞄准目标，慢慢地从肩部向左转动。男女二人呼吸急促，且那年轻女子发出性感的呻吟声。

"就在那儿——这个畜生！"

我扣动手枪的扳机。

砰——

"啊……"

凄厉的哀鸣响彻整个房间。

仔细一看，那女人一只手压着肩，重重地倒在地毯上，而另一只手则频繁摆动，似乎要顺手抓住什么。

"这是怎么回事？"

我有些疑惑，走近理应被击毙的女人。那女人还未死，但我清楚地知道她的气力正在衰竭。压在肩头的手沾满鲜红的血液，徐徐向下滑落。突然伤口大开，如鲜花绽放般，鲜血瞬间喷涌而出。女人的四肢刚才还在不停抖动，不一会儿就安静下来，然后不再挣扎了。

"结尾处演得很逼真啊！"

我一边嗤笑着，一边走近并踢了踢女人的腰。女人像沉睡般一动不动。然后，我走到女人的正面，窥视她的脸。

"咦?"

我原以为是那曾经相识的情人,但望着女人的侧脸,我大吃一惊。

"认错人……了!"

我吓了一跳,抱起女人的头,看着她的遗容。

"啊!这不是……"

这错得实在离谱!原以为是昔日的情人,但却大错特错。这具女尸毫无疑问,是与我如兄弟般亲近的某位友人的妻子。

"糟……糟了!"

我不禁咬紧牙齿。为何没察觉呢?射杀友人的妻子,肯定是可怕的杀人罪行,但更可怕的是,该如何向那位友人谢罪呢?

友人的妻子是个十分令人敬佩的女人。她丈夫和我很要好,最近听到许多关于他的奇怪传闻。据说他以极高的利息放贷赚钱而很少回家,妻子总是独自一人在家等候。妻子过于担心,经常来我这里,向我倾诉,说些可能是因为自己照顾不周才导致目前境况之类的话,说完总是趴在榻榻米上哭泣。我想天下没有比她更善良温柔的女人了吧。但友人却全然不知的样子,不知对此放任不管的他是何居心。

基于上述情况,我很同情他妻子,一有机会就安慰她。

每次友人妻子回家时，都比她到访时心情好很多。不过，最近这位友人竟怀疑自己的妻子和我之间的关系。这实在是荒唐得令人气愤，但我们俩曾数次共居一室，这才埋下了祸根。实在令人苦恼。

"现如今我又亲手杀死了他的妻子。啊！该如何是好？"

我已无颜再见友人，更愧对被杀的女子。与此同时，只怕我也无法证明友人妻子与我之间的清白了。我趴在她尸体旁，受着肝肠寸断般痛苦的折磨……

"……啊！何等愚蠢。我如今在梦中哭泣。"

突然，不知从何处传来另一个"我"对我讲话的声音。哎呀，这原来是在做梦啊。

入口处的门嘎的一声开了，一队人马蜂拥而入。先遣队中一个容貌俊美的男子看到我的脸后，吓了一跳，向后退去，躲到了众人身后。

"老实点！"

穿着警官制服的这队人马，猛地扑向我，将我的胳膊反拧上去。我想接下来终究要判死刑了吧，便乖乖地被扣上了手铐。这之后的事情，完全没有印象了。

听了上述两个梦，你怎么想？是不是觉得很不可思议？你不觉得梦境太过逼真了吗？

三

静谧的冬日清晨。

虽被高墙遮挡看不到阳光，但天空晴朗，万里无云，空气如柠檬水般清爽。

在被雪白的墙壁包围的四四方方的屋内，友人友枝八郎仍在对我讲述着那个梦境的后续。

总觉得我有时脑子变得很奇怪，虽不是上了年纪的缘故，却总会搞错很多事。

我想之前和你讲过在相同梦中重复杀人的事，但我已经忘记第一次讲到哪儿了。第二次的梦，似乎讲到我入狱前的经历，大概如此。

有关梦境，我似乎记得自己愚蠢地搞错了，却浑然不觉，还一本正经地讲给你听，但事实或许并非如此。说真的，当我在讲述梦境的时候，一直觉得你不是梦境中的人，而是现实世界里的人。但如此一来，涉及那个杀人案件，如今与你面对面坐在这监狱的一间屋内，我才明白了你也是住在那个梦境国度之人。可我之前为何没有意识到呢？

我总觉得自己不善言辞。好吧，那我再讲一遍。我曾告诉你我因梦境杀人而被关进了监狱。你不是经常来监狱探望我吗？如此说来，这就能证明发生杀人事件的世界与你居住的世界完全相同。当我给你讲述了梦境的杀人之事的时候，在我看来，你其实就是梦境中的人。于我而言，杀人就是梦中发生之事；于你而言，那是你居住的世界的事件。然而，我如今正在梦境中与你交谈吧……如果再继续思考下去，对愚笨的我而言，更是辨不清身在何处了。余下的就留待他人判断吧——总之，我继续讲那之后的事情。

有时，当我回想到那个入狱前的我时，当我知道其中缘由和那个有大镜子房间的杀人事件有关时，我不禁愕然：

"哎，竟然做了如此漫长的梦啊！"

后来听闻，据说那时我险些被强制送进精神病院。幸亏发现及时。倘若真被送进那样的地方，恐怕我的一切都完了。

之后，果然逐步展开了该案的调查，负责人员中有个叫杉浦的初审检察官，非常亲切。他全然不听我的辩解，只是口若悬河地对我解释和说明。而他所说的那些，实在是由绝妙的想象力衍生出的故事，宛如一篇惊悚的短篇小说，充满着极其怪诞的谜题。他所说的故事的真伪虽不值一提，但牵强附会的说辞实在有趣，所以请务必听我一叙。

"你认为那两个梦是真的梦？且就算是梦，难道你没发觉这两个梦之间存在一些可疑之处吗？"杉浦初审检察官用郑重其事的口吻说道。

我觉得解释起来很麻烦，便沉默不语。于是，他就扬扬得意地絮叨起来。他如此说道："你说在最初的梦里射杀了曾经的情人，而在第二次的梦里杀害了友人的妻子。如果真如你所说，两次都梦见同一件事，那被害人两次不应该都是同一个人吗？被害人不同，你不觉得有些不可思议吗？"

我反对他的说法。梦是自由的。我辩称登场人物当然可以自由改变。

于是，他又问道："你杀害最初的情人时，那光景是非常梦幻美丽，且单纯的吧？但第二次杀害友人妻子时的光景，现实色彩不是过于强烈吗？当考虑到这点不同时，难道你没发觉其中存在某种人为因素吗？"

他说这话时表情很认真。我听罢，心想这家伙说得没错。因为我的确对第二次梦中的杀人，更感到颇为贴近现实。不过，我稍作长时间思考后，便觉得检察官对于细节之处的论述太过牵强附会，有些蔑视他。

"你默不作声，似乎有些听懂了我说的话。"杉浦先生自以为是地继续说道，"好吧，那我再列举些可疑之事。首先，你怎么看那个房间？不觉得很奇怪吗？进入里屋，竟有理发店般的大镜子遮住墙壁，异常得令人印象深刻的红地毯。无论是成套桌椅的单调色彩，还是布局及鲜花，都可谓奇特。如若真是某人的居所，应该有更多零碎东西才是，但却看不见这些，总之那间屋子是如此单调且令人印象深刻。只要看过一次，就再也忘不掉。那就像是供魔术师表演而特别设计的，虽具有房间的形状，但却不适合人类居住。只能让人觉得这是为了诡计而设计的房间。"

"不，是梦里发生的，当然单调且印象深刻。"我想反驳他。

"如何？都一一被我说中了吧。"初审检察官越发得意地说道，"还有更大的矛盾呢。你还记得在第一次梦境中，有让人感到异常恐怖的场面吧。其实，这就是关键。你看到镜中的自己手持手枪，更奇怪的是将握紧手枪的手抬至左胸处。而你本人的手，却只是从口袋中掏出枪，握着枪发呆。也就是说，你发现自己与镜中影像的动作不一致，所以你很恐惧。因为你在本应具有灵魂的实体与不具有灵魂的影像的两个空间中，发现了不可思议的断层，才会莫名感到惊慌失措。若你如常人般坚定自己的想法，就会惊讶于两个空间的差异，而后必定会发觉真实情况。此处很关键。常人会怎么想？（这也太可笑了，又不是魔镜，镜中的我做着镜外的我不曾做过的动作。这不是很可笑吗？镜中的影像不是自己的影像。）他们肯定会注意到这些。也就是说，那面大镜子只是一种障眼法，实际上在那个玻璃后面站着一个和你同样装扮的人，故意让你觉得自己的影像呈现在镜中。若是常人，必定会立即发觉。"

听到此番话，我觉得好似被铁锤击中头部，猛然间吓了一跳——不过，怎会有如此荒谬之事？我很气愤。可是室内的日常用具都完整地呈现在镜中啊。椅子、桌子，还有桌上的洋酒托盘。不止这些，那对紧紧依偎的男女也在镜中啊。怎会有如此荒谬之事？对此，我无法赞同。

"正因如此，我从刚才就一直在强调，那房间内早就准备好了道具。你所认为的镜中影像，实际上看到的是巨大玻璃板后面完全相同的房间。房间的布置相同，只需设成左右相反罢了。镜中的男女亦是如此，无非是假装成镜中照出来的景象。而且，其实对面房间内还有一个男人。前面提到过，那家伙和你打扮相同。你一定非常奇怪，明明是两对不同的男女，何以你却分辨不出。其实，此种情况下，连常人也容易被骗过。因此必须思考的是，为何故事要造出两间相同的房间，以致让你误认为自己所处的空间与对面空间是同一空间呢？答案极其简单明了。那个伪装成你的男人，其实是在对你暗示之后采取了行动。也就是说，他要帮你用手枪瞄准目标，而后射杀身后的那个女人，但射出去的是空弹，女人先假装顺势倒下。再如同演戏般，弄破装在蛋壳之类中的红色浆液，使之流出，让你觉得她是被手枪射死的。"

"啊？那么，为何他让我做出这样的事情呢？"我不禁大叫。

"其实，这很容易理解。那就是想把你引入'第二个梦境'之中，然后真正杀死友人的妻子。让神经衰弱的你再次进入同样的梦境，如上次的梦那样开枪射击。但这一次你举起的枪早就装好了实弹。在第二次的梦境中，玻璃后面不再是相同的房间。通过将你所处的那间屋子处理成类似暗房的效果，使玻璃发挥和镜子同样的作用。这种把戏经常在魔术表演中展示，任何人都知道。而你却成了一个丧失了正常心智的人，所以才会误杀了一个女子。"

"为何我一定要杀那个女人呢？"我大声反问道。

"调查后获悉，企图杀害那个女人的是她丈夫，也就是你的好友。那间屋子也全都是你朋友建造的。"杉浦说道。

"不，不是的。他不是那种坏人。"我辩解道。

"不，起因已彻底弄清，你再为他辩解也没用。你朋友是个令人憎恶的家伙。他因事业失败而需要一大笔钱。之前他就给妻子投了巨额保险，如若亲手杀她，就得不到保金，因此就想利用你杀死她。你朋友似乎胡编了一个理由，将妻子诱骗到那个房间。他不断说服她做些让你感到迷惑的举动，之后就被你射杀了。总之，好在你来这里后，把心中的疑虑打消了。"

我在听的过程中，险些被检察官过于巧妙的叙述逻辑欺骗。怎会有如此大费周章之事？我觉得这是他的胡乱猜想。

"但这太奇怪了，初审检察官先生，他为何要利用我呢？"

"那不是明摆着吗？你不是有个习惯吗？经常将如何理解梦境等事没完没了地说给他听。因此，他才会想到利用你的梦境来犯案。"

所以，就是你啊！我很感谢检察官先生不厌其烦的解说。你自己不动手，竟然利用我杀害自己妻子。简直岂有此理！幸好这是梦中发生的事，尚可忍耐。若是现实世界空间中发生的事，那就真是不可原谅了。

不过，检察官先生真够固执的，又说道："如果你认为这是梦中之事，那就错了。如果你还认为是梦境，那我就证明给你看，是你想错了……"

检察官坚持己见。我问他该如何证明，随后他便把我带到镜子前问道："如何？这镜中映射出的你的面容，是梦中的你，还是现实世界中的你？"

对着镜子仔细一看，首先我是圆脸，面色苍白，看似柔弱。与梦中见到的那张英武的脸全然不同。

"这就是现实中的我。"我答道。

于是，初审检察官似乎做出让我细看这张脸的表情，继续说："这不是很可笑吗？你自己方才就声称如今身处梦中，却说这是现实中的你，那就太奇怪了，不是吗？听着，你一定要仔细想想，牢牢记住，你坚信存在的梦境，从一开始就不存在。这世上永远只有一个空间。而你却认为存在两个空间，还有另一张面孔，可毕竟就是同一张面孔呀。听好了，你的精神状态很差，已非正常人了。你又不整理头发，胡子也任其生长。你甚至曾半裸着在户外乱跑，藏进山中。你在户外被晒黑，面容和身形都彻底改变了。那如今在镜子前，我对你的面容稍加修饰吧。首先，将梳好的头发如此这般乱抓一番，头发就蓬乱了，再将此处长长的假胡子如此粘住，往脸上涂上褐色的粉……来，仔细照照镜子，这张脸如何？已经变成你坚信在另一个空间里的那张脸了吧。哈哈哈。"

哎呀！我不禁大声惊叫。的确如此……不过，等等，还是不对。初审检察官先生的手法似乎很高明，但事实并非如此。他就像一个不懂数学的人，讲的话完全不合逻辑。也就是说，他既能帮我装扮出梦里那张英武的脸，却为何对那张化装成现实世界的脸视而不见呢？反过来说，我也可以用化装之法再次还原成梦中的脸呀。如此一来，就并非如初审检察官先生所说的那样，能够成为证明什么了。因此，我现在仍在梦中。——险些被他骗了，幸好我没上当。哎，你听我说，我们如今都在梦里呢……

此时，入口处的铁门咯吱一声被打开了。和我预想的一样，瘦躯如鹤的典狱长跟在拿着手铐的看守长身后。还有，如大山药披着金襕衣的教导员①默默跟着走进来。

"啊，打断你们谈话了……"看守长开口道，"已到行刑时间，请友枝先生离开房间。"

友人吃了一惊，马上从椅子上站起来，而后怒视着一行人，努力从后背抱住我，说道："你，别害怕。无论别人说什么，我们现在身处的空间就是梦中。可能你将登上绞刑台，但不要误认为会真正失去生命。总之，你只是梦见被处以死刑而已。没什么好怕的……要是心情十分糟糕，就早点

———————

① 教导员，指教导在监狱服刑者悔改罪过、修养德性的人。

从梦中醒来吧。或许你马上就能从温暖的床上醒来。你已听
到了吧，你的孩子在隔壁房间已拧开收音机的开关，播放起
广播体操的音乐。这个梦既然如此可怕，那就别再流连于床
上了，赶快起床吧，否则上班就迟到了。那我就告辞了。"
友人说罢就走出了我的牢房。

　　是啊，是啊，我还在做梦呢。死刑台什么的……根本就
不存在！

瓶装地狱

梦野久作

海洋研究所公启

敬启者:

　　时值贵所日益繁荣昌盛之际,深表祝贺。且说,贵所早前通告之事,凡拾得用于潮流研究的红蜡封口啤酒瓶,均须上报。鄙公所已传达给广大岛民。此次发现漂至本岛南岸的三只树脂蜡封口啤酒瓶,如邮包所附,特此奉上。上述三瓶均相隔约两公里或四公里,或浅埋于沙中,或深嵌于岩石缝中,似乎早已漂流至此。而瓶中之物看起来不像贵所告示之明信片,乃杂记手本的碎页,故未能遵命而写下漂至日期等。然念其尚有某种参考价值,特用公费将封瓶未动的三只啤酒瓶寄上,敬请接收,顺颂恭安。

　　谨上

　　　　　　　　　　　　　　　月　　日

　　　　　　　　　　　　　××岛村公所(公章)

第一瓶之内容

父亲大人

母亲大人，

诸位：

啊……救援船终于来到了这座孤岛。

从竖着两根大烟囱的轮船上，放下一艘小船，在大浪中颠簸。站在轮船上目送小船的人群中，我看到了令人怀念的身影，像是我们的父母。那熟悉的身影……啊……在向我们挥舞着白手帕，从这里看得一清二楚。

父亲与母亲定是看到了我们最初放在啤酒瓶中的信，才来营救我们的。

大船吐着雪白的烟，仿佛在说"马上就去救你们了……"。可以听到响亮的汽笛声，这汽笛声瞬时让小岛上的飞禽和昆虫飞起来，消失在遥远的洋面。

不过，对于我们俩而言，这汽笛声比最后审判日的号角更可怕。天地仿佛在我们面前迸裂，上帝的目光与地狱的火焰瞬间闪现。

啊！我的手颤抖不已，内心仓皇得无从下笔，眼泪模糊了我的视线。

我们俩现在要爬上那艘大船正对面的高崖上，为了让父亲、母亲及前来营救的水手们看得更清楚。然后我们紧紧相拥，跳入深渊。如此一来，常在那里游弋的鲨鱼，很快就会吞食我们吧。之后装有此封信件的一个啤酒瓶就会漂于海上，乘坐小艇的人们发现后，或许会将它拾起。

啊，父亲，母亲，对不起。对不起、对不起、对不起。你们权当一开始就没有我们这两个可爱的孩子吧。

此外，来自遥远家乡的好心人士，你们特意前来营救我们，我们却做出这样的事来，实在是对不起。还请各位原谅。与此同时，请同情我们不幸的命运。因为我们在被父母拥抱着回到人间的喜悦时刻，却不得不双双奔向死亡。

因为，若不这样惩罚我们的肉体和灵魂，就无法弥补我们所犯的罪过。我们在这座孤岛上做下了可怕的邪恶之事，而这便是报应。

请接受我无比诚挚的忏悔。因为我们俩是只配做鲨鱼饵的愚蠢之人……

啊，永别了。

上帝与人类都无法拯救的可悲的二人

第二瓶之内容

啊。洞察隐微的上帝啊!

除了去死,就再无方法让我脱离苦难了吗?

我独自登上被我们称作"上帝的站台"的高崖,至今已不知多少次俯视那无底的深渊,那里经常有两三条鲨鱼在游弋、嬉戏。我也曾多次想从此处纵身一跃。但每次一想到可怜的彩子,我就会发出毁灭灵魂般的深深叹息,从岩石的凸角上走下来。因为我很清楚,我若死了,彩子随后定会投海自尽的。

*

当时我和彩子二人坐在那艘船上,还有随行的保姆夫妇、船长及司机等人,一起随波漂到这座小岛上。到如今已不知过了多少年。这座小岛终年如夏,令人连圣诞节和新年都搞不清楚,感觉已过了十年左右了吧。

当时我们携带的东西,只有一支铅笔、一把小刀、一本笔记本、一个放大镜、三只装了水的啤酒瓶和一本小开本的《圣经·新约全书》……仅此而已。

不过,我们的日子过得很幸福。

在这座绿意盎然的小岛上，除了偶尔遇见的大蚂蚁外，并没有令人担心的飞禽、走兽以及昆虫。对于当时仅十岁的我和刚满七岁的彩子而言，此处有着享之不尽的丰富食物。岛上有鹩哥、鹦鹉和仅在画上见过的极乐鸟，还有闻所未闻的美丽蝴蝶。此处整年都有美味的椰子、菠萝、香蕉、红色或紫色的硕大花朵，香气四溢的香草和大大小小的鸟蛋。鸟和鱼，只要用木棒击打，就能捕到，应有尽有。

我们集齐这些东西后，用放大镜聚焦阳光点燃枯草，然后再烧着漂来的浮木，将食物烤着吃。

不久，我们就在小岛东边的海角与岩石间，发现了只在退潮时才会涌出的清澈泉水。于是，我们便在附近的沙滩岩石间，用坏掉的小船建了一个小屋，找来一些柔软的枯草，我和彩子二人便能睡在这里了。后来，在小屋旁的岩石侧面，我们用小船上取下的旧钉子凿出一个四方形的洞窟，做成了类似的仓库来使用。可日子一久，我们的外衣和内衣被风雨和岩石凸角磨蹭而破烂不堪，我们俩都犹如真正的野蛮人般赤身裸体。可即便如此，我们早晚定会登上那个被称作"上帝的站台"的悬崖，诵读《圣经》，为父亲和母亲祈祷。

　　后来，我们给父亲和母亲写了一封信，放进其中一只珍贵的啤酒瓶中，用树脂牢牢地封口，我们多次亲吻瓶子后，才将它投入海中。那只啤酒瓶绕着小岛周围漂流，随后被潮流带走，飞快地漂向了遥远的洋面，再也没有漂回小岛。然后，我们为了给前来救援的人们留下标识，便登上"上帝的站台"的最高处，竖起了一根长长的木棍，并总是在上面挂一些绿色树叶。

　　我们有时会争吵，但马上会和好。我们玩学校游戏，我扮演老师，彩子扮演学生，我教她读《圣经》里的语句和写字。而我们俩都把《圣经》视为上帝、父亲、母亲和老师，把它看得比放大镜和啤酒瓶更珍贵，放在了岩洞中最高的架子上。我们真的很幸福平安。这座小岛宛如天堂。

＊

　　在这孤岛上，我们沉浸在幸福的二人世界中，却没承想可怕的恶魔会悄悄潜入。

　　可是，恶魔定已完全潜入此岛。

　　伴随岁月的流逝，不知从何时，彩子的肉体奇迹般地变得光洁美丽，这一切我都真切地看在眼里。有时她像花的精灵般光彩照人，有时又像妖精般令人神魂颠倒……而我一看到她，不知为何会变得有些恍惚、悲伤。

"哥哥……"

每当彩子这么叫我时，眼里闪烁着纯洁的光芒，扑倒在我的肩膀上，我就会怦然心动，这种感觉以前从未有过。而且，每一次我都很担心，浑身战栗，生怕自己的内心会陷入沉沦的苦恼之中。

然而，不知何时起，彩子对我的态度发生了变化。和我一样，变得与之前不同了……她开始用更亲切的、眼泪汪汪的双眼望着我。与此同时，我能感觉到她无意间触碰我身体时既害羞又忧伤的心情。

我们两人开始不再争吵，取而代之的是愁容满面，以及偶然的叹息。那是因为只有我们俩生活在这座孤岛上，越发感到一种难以言表的烦恼、喜悦和寂寞。不仅如此，在我们彼此对视的过程中，眼前的光景转瞬间就如有阴影遮蔽般暗淡下来。我不知道这是上帝的启示，还是恶魔的捉弄，心头猛然一震后又重新清醒过来。如此状况，每日总要反复几次。

虽然我们俩都深知彼此的心，但又惧怕上帝的责罚，因此一直没有说出口。万一做了那种事后，救援船来了怎么办……我们被这担心所困扰，虽然什么都没说，但彼此早已心照不宣。

那是一个安静晴朗的午后，我们吃过烤制的海龟蛋后，坐在沙地上，望着在远处海面上飘动的白云。突然，彩子对我说了这些话：

"哥，我们俩若有一人生病死去，那留下来的那个人该怎么办呢？"

说着，彩子就面红耳赤地低下头，眼泪扑簌扑簌地掉落在被太阳炙烤的沙子上，脸上已挂着的笑容露出无以言表的悲伤。

*

我不知道当时自己是怎样的表情。只感到窒息得要死去，心脏剧烈地跳动，似乎要炸裂般。我仿佛处于失语状态，什么都说不出来。只能慢慢地从彩子身边走开。我来到那个"上帝的站台"上，不停地挠着头，跪拜在地。

"啊，万能的上帝啊！"

"彩子什么都不知道，所以才会对我说那样的话。请不要责罚这个纯洁的少女。并且，请永远、永远守护她的纯洁。而我也会……"

"啊，可是……可是……"

"啊，上帝啊。我该如何是好？如何才能摆脱这烦恼？我活着就会让彩子背负无比的罪恶。但若是我死了，又将给她带来更深的悲伤和痛苦。啊，我该如何是好？"

"啊，上帝啊……"

"我的头发沾满沙粒，我的腹部贴在岩石上。若我想死的意愿符合您的圣意，现在就请您立刻将我的生命交予燃烧的闪电吧。"

"我们在天上的父，愿人都尊你的名为圣。愿你的国降临，愿你的旨意行在地上……"①

但上帝并未下达任何旨意。蓝色的天空中只是飘着泛着白光的云，如丝絮般流动……悬崖下，偶尔只看到鲨鱼的尾巴和背鳍在摆动，在深蓝和纯白漩涡激起的海浪间嬉戏。

我久久地、久久地凝望着这碧蓝的无底深渊，在此过程中，不知何时开始感到眩晕。身体不由自主地摇摇晃晃，险些坠入这漂散的浪花中，好不容易才在悬崖边

---

① 出自《马太福音》第六章第九至第十段。

站稳……我又立即一跃，跳到悬崖的最高处。在那儿竖着一根木棍，木棍的顶端还系着椰子树的枯叶。我一狠心，将其拉倒，投入眼底下的万丈深渊。

"这样就放心了。如此一来，即便救援船到此，也会毫无察觉地开走吧。"

我不知为何大声嘲笑着，如恶狼般跑下悬崖。我一跑进小屋，便拿起正翻至《诗篇》处的《圣经》，将它放在烤过海龟蛋的残火上，又在上面扔了些枯草，把火吹旺。然后我扯开嗓子大声呼喊彩子的名字，朝沙滩方向跑去，我四处张望……却……

我仔细一看，只见彩子正跪在远处伸到海里的海角大岩石上，仰望着广袤的天空，像是在祈祷。

＊

我三步并成两步，东倒西歪地跑到她的身后。激浪拍打的紫色大岩石沐浴着夕阳，少女的后背如鲜血般闪耀，显得很是庄严神圣……

这时，大海已开始涨潮，潮水冲刷着她膝下的海藻，但她并未察觉。只是沐浴在金黄色的余晖中，一心祈祷。那姿态多么崇高……多么炫目……

　　我一时间不知所措，只是呆呆地望了她一会儿。可过了不久，我突然明白了彩子的决心，便猛地跳了起来。我拼命朝她奔去，一步一滑地走在满是贝壳的岩石上，把自己弄得遍体鳞伤。终于，我爬到了海角的巨大岩石上。我用双臂紧紧抱住如疯子般发疯、哭喊着的彩子，弄得浑身是血，最终好不容易一起回到了小屋前。

　　可是，我们的小屋已不复存在。它与《圣经》、枯草一起都化作白烟，消失在蓝天的遥远深处了。

＊

　　自此以后，我们俩的肉体和灵魂，都被放逐于真正的黑暗之中。只能不分昼夜地痛苦、悔恨。而且，别说是拥抱、安慰、鼓励、祈祷和分担哀伤了，我们甚至都觉得无法睡在一处。

　　这，大概就是对我烧毁《圣经》的惩罚吧。

　　一到夜晚，星光、海浪声、虫鸣声、风吹树叶的沙沙声和树木果实的落地声，仿佛在逐一低吟着《圣经》上的词句，将我们俩包围，步步紧逼。这些让我们动弹不得，连打盹也不行，这些声音像是来窥探我们苦苦挣扎的内心，不由得令人恐惧。

如此度过漫漫长夜后，则迎来了同样漫长的白昼。于是，照耀在小岛上的太阳、歌唱的鹦鹉、跳舞的极乐鸟、吉丁虫、飞蛾、椰子、菠萝、花朵的颜色、野草的芬芳、大海、白云、微风、彩虹，全都与彩子光彩照人的身姿、令人窒息的体香混杂在一起，形成耀眼的漩涡，滴溜溜地旋转着，从四面八方包围我，向我袭来。而在其中，和我被同样痛苦折磨的彩子，用她那令人神魂颠倒的眼眸久久地、久久地注视着我，那眼眸里分别蕴含着上帝般的悲悯和恶魔般的微笑。

＊

铅笔快用完了，已经写不了太长了。

虽然历经如此多的烦恼与痛苦，但我仍惧怕上帝的惩罚。我要将我们的这份真心封于此瓶中，投入大海。

趁我们还未屈服恶魔的诱惑之际……

趁至少两人的肉体还保持纯洁之际……

＊

啊，上帝啊……我们俩虽如此痛苦，但却未曾染疾，反倒日益变得肥硕、健康美丽。这全得益于此岛洁净的风、纯净的水、丰富的食物、美丽的鲜花和欢快的小鸟的庇佑。

啊，多么可怕的折磨啊。这座美丽快乐的小岛简直是一个不折不扣的地狱。

上帝啊，上帝。您为何不狠心将我俩杀死呢？

——太郎记

第三瓶之内容

父亲大人，母亲大人：我们兄妹二人，很要好地，健康地，在这个岛上，过日子。你们，快点来，救我们。

市川太郎

市川彩子

暗号

坂口安吾

　　矢岛每次因公去神田的时候，总会步行去旧书店看看。一次，太田亮先生所著的《日本古代的社会组织研究》映入眼帘，他便拿起这本书。矢岛也曾收藏过此书，但出征时期藏书都被战火烧得精光。再次邂逅失去的书籍很是怀念，他不由得爱不释手。但他并不想买，心想事到如今，即使再买回一两册也无济于事。可他却难以割舍，内心有些苦涩。

　　他翻开书，看到扉页上印有"神尾藏书"，很眼熟的印章。这定是战死老友的藏书，他那无人看守的家也被战火烧毁，之后遗孀应该回到了仙台的老家。

矢岛因为怀念老友，便买了那本书。他回到出版社里翻开一看，发现夹页间有张熟悉的信笺，那是鱼纹书馆的信笺。矢岛和神尾出征前都在那里的编辑部工作。纸上只是记录着下列数字。

（在此横排）

34	14	14
37	1	7
36	4	10
54	11	2
370	1	2
366	2	4
370	1	1
369	3	1
367	9	6
365	10	3
365	10	7
365	11	4
365	10	9

368	6	2
370	10	7
367	6	1
370	4	1

（横排到此结束）

　　矢岛原本以为那些页码是备忘笔记，但有些页码相同，由此看来并非备忘之用。那么，莫不是某种暗号？矢岛本也无事，突发奇想，便打算解密一番。暗号从第三十四页第十四行第十四字开始。当他解出前四个字时，心理骤然一紧，竟一时失声。

　　七月五日下午三点，在老地方。

　　全部十七个文字组成这句话，这明显是暗号。

　　神尾是个善于书写的男人，这些数字写得不太漂亮，似乎是女人的笔迹。

　　此书在流散之际，确有可能为他人所购入，但信笺是鱼纹书馆之物，所以毫无疑问这个暗号似乎和神尾有关。

　　信笺被折成四折。如此说来，像是来自他情人的信。

矢岛和神尾是最亲密的朋友。因为两人爱好相同，对历史，特别是对神代①的民族学研究很感兴趣。他们互借文献，互相汇报研究进展，还经常一起外出进行田野调查。因为关系亲密，他们相互了解对方的生活内幕，朋友也大体相同，那么，回想起来，仅这二人是共同兴趣上的好友，在鱼纹书馆的职员中也找不到同好之人。不仅如此，因为此书几乎在市场上见不到，矢岛很久以前就收藏了，但记得神尾是在矢岛即将出征前购入的。

并且，在矢岛出征前，也没听说神尾有情人。如果有的话，即便隐瞒他妻子，也应该会向矢岛坦白。

矢岛于昭和十九年（1944）三月二日出征，神尾于第二年的昭和二十年（1945）二月出征。他奔赴海外并战死在那里。如此说来，这个七月五日定是矢岛出征后的昭和十九年的那一天。

矢岛曾把公司的信笺带回来使用。其他的职员也都如此，因为当时买不到纸，每个人带回自家的数量足够长期的储备，矢岛出征后，家里应该也留有不少这样的信笺。

矢岛想到了妻子多贺子。神尾的朋友中，只有在矢岛出

---

① 神代，指传说中日本神武天皇即位之前由神统治的时代。

征后的家中藏有这本书同时也有这种信笺。

神尾非轻薄之人，也非猎艳之人。但是，世人多有出轨之心，人都有这种可能性。

矢岛复员归来，发现多贺子已失明待在老家。自己的家受到空袭并着火，多贺子当场失明倒下，之后被担架抬到医院，虽然她得到救治，但在忙乱中与两个孩子失散，他们是死在哪里了吗？两个孩子就此杳无音讯。

多贺子在医院里联系老家，而父亲来到东京时，空袭已过去半个多月了。她请父亲去灾后的废墟找孩子，却也没有发现任何线索。

多贺子脸上的烧伤痕迹已然复原，不仔细看不会注意到。不过，双目失明再也无法挽回。

神尾战死、多贺子失明。矢岛曾产生过一种念头：两人终是遭了天谴。然而，当他意识到自己的想法有多卑劣时，又陷入难以自拔的痛苦之中。

因为没有确切证据表明是多贺子写的暗号，更何况一人失明，一人死去。事到如今，也没有必要追究过往。因为战争就是一场噩梦，矢岛试着努力调适心情，他虽然把买的书带回了家，但把它塞进一个角落，并打算概不告诉多贺子。但是，这一用心却成为他的沉重负担，矢岛将此事藏在心里。

为此，他深受秘密的折磨，痛苦在不断累积。

不久，矢岛突然意识到在出征前，多贺子总是靠在他的左侧。新婚时的甜蜜记忆还留存在多贺子的脑海，她已形成了这个习惯。

深夜，矢岛坐在桌前埋头读书。多贺子靠近他。矢岛放下手中的书，亲吻多贺子，而后挠痒逗乐、嘻嘻哈哈地大说大笑。那是一段单纯快乐的新婚生活。从那时起，多贺子定会靠在矢岛的左侧。即便在寝室，多贺子总是在丈夫的左侧准备好自己的枕头。

新婚为矢岛开启了新世界的大门。矢岛享受着多贺子为他敞开的女性世界。有时他会好奇，并激发他的探究欲。在那个好奇的新世界，多贺子总是靠在左侧，睡向左侧，千篇一律且准确无误，矢岛曾反复思考这个习惯。这不可能是本能，他想或许是很久以前就有的习惯，多贺子被教导这样做，或许只是自己不知道。矢岛接触史书近二十年，但还没有读到过类似这样习惯的记载，所以事实或许并非如此。

如此说来，或许男人的右手应该是爱抚之手，按此思路，多贺子靠在其左侧的行为，非常像动物的本能，算不上令人愉快的想象。不过，如果真在右侧，矢岛自己也会觉得不舒服，因此或许并非有深刻含义，仅是两人自然形成的习惯而已。

　　但矢岛从战争中返回后，多贺子抑或靠在左侧，抑或靠在右侧，连睡觉的时候也变得左右不定。不过，矢岛想这也情有可原，因为多贺子失明了。

　　然而，矢岛思前想后，突然从暗号的信件中意识到一件可怕的事情，他一时间因为混乱而感到茫然。

　　神尾是左撇子。

　　矢岛复员后，在著名出版社担任出版部长一职。他正好因公去仙台约稿，神尾的妻子被疏散到仙台，反正要去拜访，就把那本书装进了包里。

　　矢岛办完公务后，便去拜访神尾夫人的疏散住所，房子位于尚未烧掉的山岗上，此处能够俯瞰广濑川的波涛，视野开阔。

　　神尾夫人很高兴再次见到矢岛，便用酒菜招待他，夫人也举起酒杯，她眼中充满醉意，看上去充满活力、情绪高涨，矢岛似乎深刻体会到了未失明女人的美丽。

　　神尾夫人原本就很漂亮，比起失明的多贺子，这是明显的巨大差距。然而，矢岛想到这个生动活泼之人和自己一样，都是被神尾和多贺子背叛的受害者，就觉得加害者的不堪太具讽刺意味，我们的现实太奇妙了。

矢岛突然想到倘若多贺子不只是失明，她和孩子一同死去，或许自己会利用这个机会向神尾夫人求婚。随后，他意识到自己变得异常充满情欲时，思绪便再次回到神尾和多贺子的事情上，他不禁被一种强烈的真实感受所威胁——恰如自己现在如此龌龊，他们也曾这般不堪。

神尾的大女儿从学校回来了。她已是女子学校的二年级学生。如果矢岛的女儿还活着，也应该这么大了。神尾的大女儿活泼开朗，且出落成了美丽的女学生。她比母亲更活泼开朗，在不停地站立、踱步、坐下、转身、微笑、露出害羞的眼神。矢岛想到妻子总是落寞地坐着，她手紧贴墙壁像在爬行，有时还会靠在他的肩膀上，只是化成物体重量，像是无力滑行的动物。矢岛突然想到要是两个孩子还活着，起码也会像这个小女孩一样，活生生地在自己的周围站立和踱步，这该有多好，他有些想哭。矢岛忽然有些心情低落，再也高兴不起来，因为有些坐立难安，他最后便提起那件事。

"其实，在神田的旧书店，我发现神尾君的一本藏书，便买下来作为遗物珍藏。"

他从包里取出那本书。

"您把神尾的书全卖了吗?"

夫人接过那本书,注视着扉页的藏书印。

"神尾出征的时候,指定了一些可卖、不可卖的书后才离开的。本想着尽量不卖,全部转移的。但因当时运输困难,在他指定的范围藏书内,只能搬运最小限度的藏书。那时我还担心贱卖掉全部藏书,神尾活着回来后定会难过。"

"只是对于那些需要的人来说,是很珍贵的书籍,您集中卖给旧书店了吗?"

"集中卖给了附近的一家小的旧书店。卖得很便宜,虽然不是很需要钱,但一想到那些书饱含了丈夫的爱书之情,就心如刀绞。"

"不过,您在房屋被烧毁前转移这些书,可真明智啊。"

"唯有此事还算幸运。因为在出征的同时就进行转移,那是昭和二十年(1945)的二月,东京还没有大空袭。"

如此说来,神尾的藏书没有交到鱼纹书馆的同事手中。那个暗号的七月五日限定在昭和十九年,除了多贺子,还会是谁写的呢?

矢岛想若无其事地说那本书里有类似奇怪的暗号,但对方定会义正词严予以否认,所以他怎么也说不出口。矢岛想未失明之人此时真是麻烦。

就在此时，正在翻阅此书的神尾夫人突然抬起头：

"不过，也太奇怪了。我觉得这本书确实带到这边来了。我确实见过。"

"您没记错吧？"

"没错，的确这里有个藏书印，但太奇怪了，我也确实眼熟。我查查看。"

夫人把矢岛领到藏书前。一百本左右的书籍被堆放在壁龛的角落。夫人立即大叫：

"有这本书！你看，在这里，是这本吧。"

矢岛目瞪口呆。确实发生了难以置信的事情，相同的书的确就在那里。

矢岛拿起那本书，检查内页。这本书的扉页处没有神尾的藏书印。不知道是何缘故，他实在难以理解，恍惚地翻阅此书，有些地方划着红线。试着选读其中的内容，他突然意识到，那是自己的书。毫无疑问，那是他自己划的红线。

"明白了。这里放着的书是我自己的。究竟何时做了这样的交换呢？"

"真是不可思议啊。"

神尾和多贺子商量好用这本书做暗号。在见面商议的时候，是不是给拿错了呢？矢岛觉得这就是神的旨意，在向众人展示做坏事的证据，他原已为神尾和多贺子的关系进退两难，但看到这样的证据，他内心沉重，已不可救药，矢岛被痛苦击垮，精神恍惚。

但他脑海中突然浮现一个记忆，就像逐渐照进一束光，他有个惊人的发现，大叫"原来是这么回事啊"。

拿错此书的是矢岛自己。矢岛曾把它借给过神尾。之后神尾也买了这本书。矢岛的征兵令来后，神尾备感不舍，便在家中招待他。当时因为神尾要还之前借阅的书，矢岛便带回来几本，其中一本就是此书。且在找此书的时候，两人都已喝醉，也没细看，就带回来了。可能是那时弄错了。

就这样，矢岛也没工夫查阅书中内容，就慌忙出征了。因此，矢岛的书就留在了神尾家。

那册书是矢岛藏书中仅存的一本，深感怀念的他把带来的书留在了原持有人的藏书中，相应地拿回自己的书，就回了东京。

但是，他越来越想不通。

此书应该在自己无人的家中，且理应全部化为灰烬，但为何会出现在书店里呢？

是灾难前把藏书变卖了吗？但家里不可能生活困难。因为他有父母留下的财产，不同于封锁①的如今，绝不可能生活拮据。

矢岛返回东京问多贺子。

"我有本藏书在旧书店里。"

"是吗？那可真稀奇啊。没都被烧毁太好了，你买回来了吧。哪本书啊？给我看看。"

多贺子将那本书放到膝盖上，很怀念似的抚摸着它。

"什么书啊？"

"书名很长，叫《日本古代的社会组织研究》。"

矢岛绷着脸说出书名，多贺子却一直在安静地轻抚着书。

"我的书应该都被烧毁了，为什么会有一本出现在书店呢？真是不可思议。你没卖吧。"

"不可能卖掉。"

"我不在家的时候，没借给别人吗？"

"让我想想……如果是杂志或小说，有可能借给邻居。但这么大本内容艰深的书，不可能借给别人。"

"那被偷走呢？"

---

① 封锁，指 1946 年 2 月 17 日日本政府为控制国内通货膨胀，开始实施的预金封锁（储蓄金冻结）的金融政策。——责编注

"那也不可能。"

理应全都化为灰烬的书，却还留有一册在书店售卖。

如此不可思议之事，多贺子却并不那么吃惊，只是格外怀念。

"是你借给谁忘了，才被卖的吧。"

多贺子冷静地说。

"当然没有那种可能。这本书是在我即将出征前带回家中的。"

多贺子失明了。眼睛才是表情的关键。或许失去眼睛，就等同于失去所有的表情。至少，只要失明，通过努力定会很容易"抹杀"表情。矢岛必须意识到试图从多贺子表情中识破真相是白费努力。

不过，还有别的办法。他想既然已经追溯至此，便想尽一切办法试图弄清真相。

矢岛奔赴买书的神田旧书店问了店主。虽然账本上没有记录，但店主还记得此书，并非有人过来卖此书，而是通知他去买的，他还告诉了那卖家住处在什么地方。

那座洋楼并不太大，还没有被烧掉。

房屋主人不在家，没人能回答书的出处，但此人单位离矢岛的出版社很近，所以矢岛便去那里拜访了他，并得以相见。对方三十五六岁模样，看上去身体虚弱，是某个专营学术出版的出版社的编辑。

两人职业相同，又都是爱书之人，他听闻矢岛来意后，似乎对矢岛为一本书如此费心，很有好感和同感。

那人是如此讲述情况的：

东京大部分已被大火烧光，初夏的一天他走在自家附近，看见有个男人在行人甚少的路上铺上报纸，摆上大约二十几本书，正在等顾客。他走近一看，都是些关于日本史的名著，因为都是当时很难得到的书，除了已经收藏的书，他买入多半。买的书大多关于天主教。一问书名，这显然是矢岛的藏书。他因为想变卖获取资金，就卖掉了上代相关的书，天主教相关书籍还留在手里，其中矢岛的旧藏也有十本左右。

那人说道："会不会把没有烧掉的书拿到外边，之后被偷了？"

"或许是那样吧。我妻子当日眼睛受伤，失明了，两个孩子也被烧死。虽然联系到家里边，但过了两个星期父亲才赶来，中间这段时间，烧毁的废墟无人看管，父亲去看时，已是空无一物了。家内从未提起过抢救过一批书，因此我也没想到，居然有一部分藏书以这种形式保留下来。"

然而，尽管通过询问得知了矢岛的藏书没被烧毁的缘由，但令人不解的是：明明是矢岛自家的东西，为何书中有多贺子记录的暗号呢？是多贺子忘了寄出吗？不，不可能。情况应该是，她先写好一份暗号，后来情况有变，只得重写一份，先前写好的那份就忘在了那本书里。而如今，神尾身故，矢岛家焚于战火，家财尽失，只剩下区区十数册遭窃书籍，而其中一本，藏有秘密的唯一线索，亦即多贺子写下又忘记的那份暗号。恰恰是这一本，历经波折，又回到失主矢岛的手中。莫不是冥冥之中，自有定数？

神尾死了，多贺子失明，秘密的主角们或丧命，或失去眼睛，但人世仅存获悉秘密的线索却没有被大火烧毁。想不到会经由盗贼之手，终于这般回到唯一的解读者手里。那本书是否充满了魔性般的执念？宛如四谷怪谈①中那个幽灵的复仇心一样。即便将之看作神的意志，这种莫名的令人恐惧的执念在世间也是不可思议的偶然。

那人见矢岛伤感不已，误以为他是为书而来。

"老实说，当初我迫于生计变卖珍藏的书籍，至今仍然后悔不已。正因如此，我也很能体会您的心情。不过，这批

---

① 四谷怪谈，指《东海道四谷怪谈》，歌舞伎剧目，由四世鹤屋南北所作，1825年在江户中村座首次公演。故事内容为盐治家的浪人谷伊右卫门为发迹图谋毒杀妻子阿岩，阿岩含怨而死，化为怨魂作祟，使谷伊右卫门身败名裂。

书毕竟也一度进入我的收藏，说句心里话，现在我实在不忍心把它们再卖掉。"

矢岛见对方拐弯抹角，欲言又止，连忙澄清误会："不，不是，事到如今，烧毁的十几本藏书即便回到手中，也会让人更难过。我只是回忆起我家遭受火灾时的情景，陷入感慨而已。"

矢岛谢过其好意后，就此别过。

那晚，矢岛问了多贺子。

"我知道那书怎样留存下来了。除了那本书，还有十几本书没被烧掉。在烧毁房子之前，有人将这些书拿了出来。你说过没拿出来吧，那究竟是不是拿出来了呢？你是不是忘了？冷静地回想一下当时的场景。"

多贺子虽是失明的表情，但似乎在思考。

"空袭警报响起后，你做了什么？"

"那天我的直觉告诉我这个地区会被空袭，因为只剩下这里了。空袭警报响起之前，我已经换上防空服，叫醒熟睡的孩子们，花很长时间才给他们穿上衣服，我感觉到要被袭击，因为过于着急，给他们穿好后出门也没顾得上仰望天空，探照灯左右交错地晃着，高射炮响起，随后火势变猛。我突然注意到，在探照灯范围内左右扫射的飞机，垂直飞到了我们的头顶。我一时间恐惧得似乎发了疯，两手硬拽着孩子，逃进防空洞。当时只顾着害怕，就没有拿出东西的任何想法。在屏住呼吸的过程中，虽然很恐惧，但逐渐有了些想法。那时秋夫说妈妈两手空空，如果房屋被烧毁就麻烦了。随即和子也附和说：'一定会变成乞丐饿死的。哎，拿点东西出来吧。'于是，我们走出防空洞。那时，四周的天空一片鲜红。但我们只瞥了一眼，便尽情奔跑。那时，我的眼睛还能看见。整片天空，没有丝毫缝隙，一片火红。是的，似乎摇晃着向这边移动，整片火红的天空。"

映照着火红的天空，多贺子的眼睛被永久地"关闭"了。矢岛想或许如今只有火红的天空烙印在多贺子的眼里。他难以忍受这种悲痛。

自己竟然如此残忍——让她忆起被现实的炮火灼伤眼睛，倒下之前的毕生憾事，追究尘封的过往秘密是否就能实现正义？矢岛暗暗扪心自问。在他没有得出答案前，多贺子继续说："因为我胆小，吓得惊慌失措，那之后的事情就记不清了。应该是往返了大约三次。我想是搬运了粮食和被子，那时，我还能看见。但看到了什么，就不清楚了。我最后看见的不是物品，而是声音。和声音同时出现的闪光，那就是我最后看到的。哎，那晚，我给孩子穿好衣服，拉着手跑，聚在防空洞里，靠在他们身旁，但我却没看到孩子的身影。我最后看到的是炽热的天空——恶魔的天空。哎，孩子们从我边上走过，搬运东西，明明擦肩而过，而我却看不到他们的身影。哎，为什么看不到呢？为什么没能看见呢？哎，为什么我什么都没看见呢？”

“好了，够了！别说了。让你想起痛苦的往事，抱歉。”

因为多贺子不可能看见，矢岛两手堵住耳朵，随意躺下。他想着不再追究此事。

但到了第二天，矢岛又有了别的想法：应该一码归一码。他再度起疑：借由失明的悲痛掩盖秘密，这会不会是多贺子的一个计谋？有个不容置疑的证据。他认为这本书似乎有一种魔性般的执念，逃过大火又回到他的手里，而这沉重的事实似乎暗示他应该识破这妖女的圈套，揭露事实的真相。

这天去上班，昨天见到的那个藏书主人打来电话。

“其实……”

声音的主人说出了令人出乎意料的事实。

“我昨天说就好了，如今，好不容易想起来了。在你之前的藏书里，我买时翻阅了，哪本书都夹着纸，上面排列着

类似备忘页码的数字。我想对于当事人来说，或许是很重要
的记录。我并没想到竟然能邂逅它的原主人。哎，总有一种
想怜惜它的感伤，于是就原封不动地夹在书里。如果您想看，
明天我给您送去。"

矢岛慌忙答道：

"不必了，记录如果不和书一起看，就不会明白其中含
义。那么，请允许我和您一起回家，从众多书中取出相关
书籍。"

随后，矢岛得到了对方的许可。

每本书都有各自的暗号。那是何用意呢？如此解释或许
可行：矢岛与神尾的藏书大多重合，两人指定书的顺序，每
次通信都使用不同的书籍来破解暗号。不过，矢岛手中那份
信笺上，并没有标示顺序的数字。即使说，两人早已把顺序
提前定好，序号不需要写下；但把写有暗号的信笺夹在每本
书里，所图又是为何？要说每一次写暗号，情况都有变，需
要重写，那实在讲不通；而每一份失效的暗号，都忘在书里
夹着，就更是荒诞离奇了。

带着谜团，矢岛让书的主人引路，去了他家。

因为矢岛有隐情，想稍微查阅一下，并得到了查阅十分
钟左右的许可，他找了原为自己的旧藏书，共有十一本。书

中有夹着两张、三张、一张信笺的，共计出现十八张有暗号的信笺。

矢岛立即进行翻译。

在很短的翻译过程中，他感觉流了许多泪，比起到昨天为止的人生中流的眼泪总量还要多。他的身体似被掏空了。这是多么可爱的暗号啊！那个暗号的书写者不是多贺子，而是死去的两个孩子，那是秋夫与和子交换的信件。

因为书中没有关联性，留下的暗号也没有相应的顺序。但那里讲述的孩子们的愉快生活，却让他心如刀绞。

那些暗号似乎自夏天起，没有七月前的记录。

　　　　我先去游泳池了。七月十日下午三点。

这个笔迹潦草，字写得很大，不整齐，出自秋夫之手。

　　　　在老地方等你。

和之前的那封信内容一样。所谓的老地方，是哪儿呢？大概是公园，或是某处令人开心的秘密场所。那是多让人开心的地方啊！

　　有关廊子下面小狗的事情，请别告诉妈妈。九月三日下午七点半。

　　我觉得你哭过，即使再掩饰，我也知道。

　　小狗之事，除此以外，还有数封提及。那个小狗的最终命运如何？在写有暗号的信笺上没有提及。

　　兄妹在哪学会的这些暗号呢？毕竟身处战时，关于暗号方法之类的知识，即便是儿童或许也有很多机会掌握。

　　对于二人来说，这是暗号游戏的开心剧本，所以，即便十万火急，他们也定会拼命拿出来，把它扔进防空洞。他们不用自己的书，而选择父亲的藏书，特别是看似很难的大部头的书，也定是因为暗号这种重大秘密的权威性所要求的吧。

　　矢岛曾误认为那个密码是多贺子所写，如今想来也是滑稽，他逃过战火，在其他一切都被烧毁的时候，唯有暗号终于映入眼帘。矢岛只能认为：是他的强烈信念帮助自己了解到这些事实。

　　孩子们祈求和父亲说句告别辞，而暗号纸里则充满了这份至诚之情。如此想来也算合理吧。

　　不过，矢岛很满足，比他找到孩子的遗骨所在更让人满足。

　　"我们正在天堂玩耍。通过暗号正跟父亲说着话，而它的到来反倒是为了安慰父亲。"他相信孩子会如是说。

海豹岛

久生十兰

大约从两天前开始，此处刮起了近年来最强的北风，直至今日也未曾停歇。我搬到东京居住，已有十余年，还是第一次经历如此猛烈的北风。北风特有的嘎吱嘎吱的呻吟声，让我回想起二十多年前，在被冰雪和海雾封锁的海豹岛①上遇到的事情。孩子们早已睡下，我独自一人在偌大的书房里。北风的悲歌洒满虚空，不由得勾起了我的回忆，促使我想把

① 虽然该岛名为"海豹岛"，但是实际上是一种误称。此岛上的"海豹"应为在该岛上栖息且形似海豹的海狗。

当时的情况原原本本地记述下来。

　　海豹岛（俄语中又称丘列尼岛、海鸠岛），坐落于桦太①东海岸的鄂霍次克海上的远海孤岛，距敷香②八十海里，长二百五十间，宽三十间。整个岛屿由第三纪③的岩层构成，寂静的沙滩包围着桌子状的小石山。

　　此地为世界上仅有的三个海狗④繁殖地之一，其余两个为美国的普里比洛夫群岛和俄属的科曼多尔群岛。每年自五月中旬至九月底为止，这个无人居住的海滩就成了海狗的繁殖地和海狗发泄旺盛情欲的温床。数以万计的暗褐色怪异海兽⑤，在此匍匐、挑衅、对攻、逃窜、追击，它们的咆哮声和嚎叫声，与无数海鸠⑥刺耳的叫声交织在一起，吵嚷喧嚣，日夜不停地震撼着这座岛屿。

　　当残余的流冰仍漂浮在北海的水面上时，通常有四五十

----

① 　桦太，即库页岛。日本称为桦太。日本占领该岛时设立桦太厅进行管理。
② 　敷香，即波罗奈斯克。1905 年日俄战争后，此地曾为日本占领，取名为
　　敷香。1945 年日本战败后归属苏联（后归属俄罗斯）。
③ 　第三纪，新生代的第一个纪。距今 6500 万年至 300 万年，延续约 6200 万年。
④ 　海狗也称腽肭兽。哺乳动物。生活在海洋中，也能在陆地上爬行。产于
　　北太平洋，冬季也洄游到日本。
⑤ 　海兽，此处指栖息于海洋的哺乳类动物的总称，如海豹、海狗、鲸鱼等。
⑥ 　海鸠，属于海雀科的鸟类，因体形略似鸠鸽类鸟而得名。生活于太平洋、
　　大西洋北部，擅长潜水捕鱼。

头被称为雄海狗的巨大怪兽会率先到达，占据容易登陆的地方，等待之后到来的雌海狗。到了六月上旬，一大群圆头圆脑、目光柔和的准新娘就会陆续到来。于是，在这场争夺战中，海边变成了惨不忍睹的战场。由于激烈的争夺，无数雌性海狗被撕成碎片，死相相当凄惨。

当争斗告一段落后，这些性欲旺盛的选手各自独占了大约一百头雌性海狗，然后将这片广阔的沙滩当成婚房，不厌其烦地进行交配。正因如此，才会有许多不幸的"青年"，连一个情人都得不到。这些没出息又孱弱的家伙，带着悲伤的眼神偷窥别人的婚房，聚集在稍远的沙滩角落里，垂头丧气地过着孤零零的日子。它们会把无助的幼年雌性逼到溺死，或者随便吃些鱼类来获得一丝慰藉。就这样，到了九月底，在昏暗的黎明或月色皎洁的夜晚，这些没用的家伙们就会被猎人一个不剩地扑杀。漫步在东京银座的夫人和小姐的外套上海狗的毛皮，全都是这些不幸"青年"的遗物。

明治三十八年（1905），当这个奇特的岛屿归入日本的领土时，捕猎就被禁止了。桦太厅每年都会向这个岛屿派遣监督员保护海狗。但明治四十四年（1911），日、美、俄三国间有望缔结条约（1911年《海狗保护条约》），所以在缔结约的同时，捕猎也开放了。同年夏天，木工和泥工被派去紧急建造海狗计算塔、监测站、剥皮厂、兽皮盐渍所和干燥室，然而航路中断，到十一月下旬也没有完工的迹象。为了赶上翌年（1912）五月的启用仪式，只好派两名木匠、两名泥工、一名剥皮工留下来过冬继续工作，并由名叫清水的水产技工①担任监工。

当时，我是桦太厅农林部水产科的技师，也是海狗捕猎事业处的主任。为了监督在五月八日的启用仪式之前，各项设备顺利完工，我于三月上旬带着一名下属技术员，乘坐那年的第一艘邮船，冒着浮冰的危险前往海豹岛。因为美国和俄国的技术员也会出席启用仪式，所以必须事先做好各项准备，以确保启用仪式顺利进行。

海豹岛停留日志

第一天

三月八日，"第二小樽丸"号从大泊港起航，于次日上午十点左右抵达距海豹岛西海岸约四海里的海上。

---

① 水产技工，指日本旧制官厅中的技术官吏，隶属于技师手下的判任官或同待遇者。

风向变了，海雾飘动，从非云非烟的灰色混浊缝隙中，隐约浮现出一座白雪皑皑、毫无生气的岛屿轮廓。但没过多久，宛如瘴气般令人毛骨悚然的雾气又开始在岛上弥漫。海豹岛仿佛不愿意被人看到，昙花一现地显现在世人眼前，立刻又沉入茫茫的乳白色海雾之中。

一看到这座岛屿，我就被一种无法形容的深沉忧郁感所吸引。我的心情十分沉重，孤独感紧紧地揪住了我的胸口。是什么导致了这种突如其来的忧郁呢？我只能认为是岛上阴郁的风景所致。如若不然，或许是像预感一样的东西使我伤感。那是一种难以捉摸的情绪，充满了悲哀、不安和绝望。

我倚靠在船舷上，眺望着小岛如梦幻般消失的四周。我的精神越发萎靡，以至于什么事都懒得做。由于这一年比往年寒冷得多，海冰形成得非常快，从冰原边缘到海岸超过四海里。要去岛上的话，除了坐雪橇和步行以外别无他法，如此麻烦的状况令我更加郁闷。虽然视察岛屿是一件重大的工作，但犹豫再三后，我还是决定让手下的技术员代理这项工作。临近中午，我才带着满载大米、蔬菜和其他各种食物的雪橇出发前往岛上。

我坐在船长室的火炉旁，打算在手下复命后立即离岛，返回敷香，从陆路返回桦太厅。然而，过了一会儿，我听完回来的手下的报告，得知岛上发生了重大情况，我无法按照预定的计划行动了。

这桩怪事发生在今年一月四日夜晚，干燥室失火，除了盐渍所的一部分和工人小屋以外，所有的建筑物都化为乌有，只有一名叫狭山良吉的剥皮工人活了下来，剩下的清水技术员等五人都被烧死了。因此，出于职责上的考虑，我有义务仔细调查事件，并将调查结果报告给上司和警察署。但我搭乘的"第二小樽丸"号是被通信省指定航路的邮船，装载着送到远浅、远内、敷香等地的邮件，所以不能让它在海上等到调查结束。不得已，我只能命令手下通过电报从敷香向本厅报告事件的大致情况，并请求船只在返航时经由本岛，以便我可以在岛上停留。这艘船最迟将在后天傍晚抵达岛岸，因此我觉得不会有太多不便，调查也会在此之前顺利完成。

我走下舷梯来到冰原上时，汽船的长长汽笛声，好像在呜咽一般，消失在朦胧的海雾中。我被浓雾笼罩，孤身一人留在广阔的冰原上。灰色的无限空间中鸦雀无声，一片死寂。冰原上起伏的波涛被冻结，呈现出宛如月球表面般的死寂，给人以冰冷感。冰原透明到能让人看到六英尺深的底部，而水底显现出令人毛骨悚然的青绿色。

我一边与孤独感作着斗争，一边像漂浮似的向小岛的方向走去。寒气逼人，鞋子很快就冻得像石头一样，脚尖一碰到尖锐的锥冰，就疼得要跳起来。若按一般的走路方式，一步也走不了，只能从一垄冰上飞跃至另一垄冰上。由于脚尖极度紧绷，我的小腿肚开始疼痛，无法继续长时间步行。

在我跟跟跄跄向前行进的过程中，雾气又开始飘动，岛屿的全景突然出现在我眼前。

被云层遮蔽的黑色石山形成断崖，阴沉沉地朝岸边垂下，周围笼罩着一片阴暗的雪烟①和灰雾。在这座地狱之岛上，岩石、冰、雪都混杂着冻结在了一起。在这永恒的寂静中，一只海鸠在悬崖边画出一个松散的圆形弧度飞翔着。

我在面朝海岸的冰坡上凿出立足点，一步一步向上爬，发现半山腰的岩荫下有一间工人小屋，像顽固的牡蛎壳一样附在岩壁上面。那是一座堪察加半岛②风格的长方形小木屋，入口处有防雪栅，在雪地上只露出烟囱和一部分入口，像濒临沉没的遇难船一样。

入口的土间约有十张榻榻米那么大，在昏暗的角落里，乱七八糟地堆放着工人们的雨衣、各种木箱和木桶，以及油

①　雪烟，指积雪扬起而形成的水雾。
②　堪察加半岛，位于亚洲东北部俄罗斯远东地区，现属于堪察加边疆区。西邻鄂霍次克海，东邻太平洋和白令海，是俄罗斯第二大半岛。

漆剥落的船桨和小船的离合器等。我边敲门边叫喊，但屋内鸦雀无声，无人回应。于是我推开那扇徒具形式的推门，进入了房间。

这是间空旷而简陋的屋子，进深的椽子都露在外面，窗户被雪覆盖了一半以上，所以光线很昏暗，物体的形状模模糊糊。在靠近左右两边的板壁处，有八张双层的蚕架①式木床。在远处的尽头，可以看到后门。门的右手边好像是厨房，我走过去看了看，里面也没有人，只有被胡乱扔在那里的炊具和空罐头。

我回到设在房间中央的铁制大暖炉旁，坐在折椅上。暖炉已经凉透了，只让人感到寒冷和寂寥。虽然旁边放着柴火，但我因为感到厌烦，并不想点燃它。我牙根发颤，等待着狭山良吉回来，却一直不见他的身影。

我因寒冷、疲劳、饥饿而闷闷不乐，抱着胳膊一脸不悦。又过了将近一个小时，听到后门传来跛脚拖行般沉重的脚步声，有人缓缓地开门进来了。透过暗淡的光线望去，一个高大的男人完全挡住了入口。我有些急不可耐，立刻问道：

"你小子，是狭山吗?"他只是呆若木鸡地看着我，没有

---

① 蚕架，叠架式睡铺的俗称。

回答。

我对他大声喊道："别站在那儿一动不动，到这儿来!"只见狭山便像一座摇摇晃晃的小山般走了过来，站在餐桌对面。

在我眼前出现了一张不可思议的脸：前额完全缺失，头顶扁平，毫无毛发，稀疏的眉毛下是一双狗眼般湿漉漉的大眼睛。又圆又小、如贝壳般的耳朵紧紧地贴在太阳穴上，松弛的薄嘴唇往下蜷缩，下巴上长着可怕的赘肉，像是有三层下巴，突兀地连接着厚实的胸部。他只有手脚不像鱼鳍，整个轮廓跟海狗一模一样。如此一来，我陷入了无意义的幻想中，感觉自己面对的是刚从海上过来的海狗。在昏暗中面对相貌如此奇怪之人，我感到很不舒服，于是命令狭山拿来煤油灯。

狭山一瘸一拐地向厨房走去，点燃了一盏七分灯芯的煤油灯，把它挂在梁木的钉子上，慢吞吞地点燃暖炉，让人看得有些着急，之后不紧不慢地坐在我对面的折椅上。

在煤油灯的照射下，狭山的脸惨不忍睹。他患有坏血病，牙龈肿得发紫，皮肤上布满了血斑。他的头发全掉光了，仅剩几根眉毛，毛囊里充满了血脓。由此推测，他的膝关节或许也已经开始肿胀，他那慢吞吞的动作便是证据。

我曾以为狭山是在耍滑头，并对他旁若无人的怠慢态度感到恼火。得知是误会后，我的心情便平静下来，询问道："你小子，之前在哪儿住呢？"

狭山沉郁地慢慢抬起头，嘴唇紧抿，眉头紧绷，脸颊微微抽搐，眼睛直勾勾地盯着我的脸，顽固地保持着沉默。这副面孔呈现出抑郁症患者身上才能看到的癫痫性狂躁表情。我试图缓和语气，问了很多问题，但不管问什么，他都没有回应。

这个男人在被冰雪和海雾笼罩的荒凉寂寥的小岛上独自生活了这么久，可能已经忘记如何说话了。从威廉·巴伦兹①的报告书中可以看到，如果在极地过着孤独的生活，便会逐渐丧失语言能力。我想是因为这个岛上可怕的寂寥让他患上了抑郁症，或者与之类似的精神障碍疾病。

我已经无计可施，怔怔地望着狭山的脸。这时他突然开口，用海水涌入海洞般奇妙而响亮的声音，问我打算在这座岛上待到什么时候。我回答说，我会在后天船只来接我之前一直待在这座岛上。我客套地继续说："不过，我也不知道事情会如何发展。如果船只在途中发生事故，我就只能在这

①　威廉·巴伦兹（1550—1597），荷兰探险家、航海家，是第一个征服北极的欧洲人。

里待到雪融化为止了。"一说完，狭山就目不转睛地注视着我。他似乎难以理解像我这种地位的人，竟然没带随从，孤身留在这座岛上。

原来岛上的意外是如此发生的。

自从除夕夜以来，岛上所有的人都待在干燥室里。那天，他们也从晚上开始喝酒，很快就醉倒了。由于从除夕夜开始连续喝了三天，所有人都神志不清，没有人注意到干燥室的锅炉因为过热，逐渐达到了要爆炸的程度。

结果锅炉爆炸，就如火山爆发般，转瞬间将人和干燥室都炸飞了。人们像火山弹①一样被抛向空中，很快又落入熊熊烈火之中。他们在沸水中被煮熟，又被烧了个透，恐怕所有人当时都来不及清醒，就结束了一生。

猛烈的火势在北风的助推下，迅速蔓延到邻近的库房，吞噬了食物、蔬菜、狩猎设备和工人们的各种私人物品，飞散的火星还引燃了剥皮厂和监测小屋。在兽皮盐渍厂被烧掉一半后，风向突变，火势才终于得以平息。

狭山在干燥室最里面喝得酩酊大醉。在爆炸的同时，他自然也被炸飞了。然而，他并没有落入火中，而是被砸在了

---

① 火山弹，一种火山喷发物，指未凝固的岩浆从火山口喷出后在空中凝结的固体。

冰上。虽然只是距离有所不同，但结果却有很大的差异。他只是伤了腰，并没有丢掉性命。狭山本人完全没有意识到发生了什么，过了很久，他才慢慢地醒了过来。很长一段时间里，他都不知道发生了什么，只是茫然地盯着猛烈燃烧的火焰。

未被烧毁的兽皮盐渍厂在崖下的冰雪中还保留着一种朴素的面貌。五六根稀稀拉拉的燃烧过后的木桩上沾满冰雪，像树冰一样闪闪发光，给这片一棵树都没有的不毛之地增添了几分诗意。

五具尸体，无言地躺在烧剩下的屋檐下的板墙旁，像枕木一样被随意地扔在混杂着盐和雪、宛如石头般坚硬的地上。

每具尸体都以极其滑稽的姿势被冻住了，无法引起人们的怜悯之情。有的尸体支起一条腿，有的尸体如跳舞般抬起一只脚，还有的抱着胳膊如陷入沉思一般。它们都像被浓烟熏过一样，泛着青铜色的微黑亮光。

大概是掉落地面时最先接触到雪的缘故吧，每具尸体上都有一处未被烧过，只有那里呈现出如苍白蜡烛般诡异的颜色。每个人的脸都像被压扁了似的扭曲着，被海鸟啄过的伤口间露出白色的骨头。

我对狭山的草率处理感到愤怒。

"为什么不挖个坑把他们埋了？这样不就成了海鸟的食物了吗？"我责问道。狭山一边展示腰上挂着的阿伊努①小刀，一边回答说鹤嘴镐②都被烧毁了，光用这把小刀根本无能为力。

回到小屋后，狭山把青瓷盆里带有黑斑的海鸠蛋煮给我吃，自己则狼吞虎咽地生吃了船上运来的萝卜和洋葱。他说渔具和猎枪都被烧了个精光，这两个月里全靠海鸭③和海鸭蛋才活了下来。

到了八点左右，雾茫茫的天空下起了雪，狂风从海上呼啸而来，变成了可怕的暴风雪。猛烈的暴风雪似乎要将整座岛都变成雪块，风在咆哮，在呻吟，在肆虐，应和着波涛的轰鸣声。小屋一直在吱吱作响，仿佛随时都可能被吹走。

到了夜半时分，风越来越大，在天地间的号叫声中，我听到了难以描述的呻吟声。在暴风的怒吼声中，地下的灵魂哀痛呻吟般的微弱声音断断续续，不绝于耳，如抽丝般绵绵不断。这个莫名其妙的声音一直在我耳边萦绕，以至于我直到早上都无法合眼。

————————————

① 阿伊努，指阿伊努族、阿伊努人，居住在北海道和库页岛上的原始民族。
② 鹤嘴镐，一种用于刨硬土的工具，两端或一端做成鹤嘴形。
③ 海鸭，学名潜鸟，腿部较为粗壮，向前三趾间有蹼，体形似鸭，善于潜水，不善飞行和步行。

第二天

虽然暴风雪已经停息，但是风势丝毫没有减弱的迹象。它扫过冰面，将岩石碎片和冰屑混杂着吹起来，如错乱般吹个不停，仿佛世界末日的可怕飓风一样。

早饭后，我在烧得通红的暖炉旁搭起了桌子，写起了报告，但我心里一直惦记着船的事，所以写得不太顺利。在这种糟糕的天气下，难以奢望在计划的日子里离岛。这里除了冰和岩石，什么都看不到，一想到要在这样一个荒凉的孤岛上漫无目的地生活几日，我就觉得自己像个漂流者一样，心情黯淡，不愿继续工作。

不知不觉间，我打了个盹，醒来时已经是晚上了。我想喝些水，正要往厨房水槽的方向走时，忽然发现一只棕褐色的、像狗一样的动物蹲在狭山的床下。我蹲下来凝视着它，发现它是一只雌海狗，大约两岁，柔软的后背正对着我，还用前鳍抱着头，正安详地睡着。昨晚的呻吟声就是它发出的吧。

当我问狭山为何此处会有海狗时，他回答说，去年秋天，它和其他海狗走散了，爬到了与大海反方向的围场里，他便把它抓起来养着。它像小孩一样，非常亲近他。狭山把手伸到床下，轻轻地拍了拍海狗的后背。海狗醒了过来，伸了个懒腰，晃晃悠悠地从床下爬了出来。

它弯下柔软的身躯，天鹅绒般的绒毛上迅速泛起了美丽的光泽。它的胸部如青春期的少女般，勾勒出娇艳丰满的线条，手脚宛如春霞般透着淡粉色。它的眼神沉稳柔和，感觉比任何动物都要温柔。

狭山用一种极其迷恋的眼神注视着它，好像对它爱不释手，然后用娇声对它说道："花子呀，给这位长官行个礼吧。"这声音让人难以相信是从一个相貌奇异的大男人嘴里发出的。海狗怔怔地望着狭山的脸，但它似乎明白狭山的意思，数次抬起头又低下头，好似在行礼一般。狭山摇了摇头，咯咯地笑着，他似乎想向我炫耀他对海狗的爱意，发出了各种各样的吆喝声。海狗一边眺望着远方，一边靠在狭山的肩上，或者爬到他的膝盖上。尽管这姿态可以说是既滑稽又可爱，但不知为何，它触动了我的内心，真是奇怪而又令人难忘的场景。

第三天

昨夜，风仍旧吹个不停，该来的船仍旧没有来。

大约从正午时分开始，海狗显得无精打采、垂头丧气的。

临近傍晚，它开始趴在地板上痛苦地呻吟起来。狭山的悲叹与狼狈令人错愕，他用所有的毛毯和破旧衣服包裹着海狗，一边用对人说话一样的语气说着亲切的话语，一边发疯地不断抚摸着它的后背。然而，海狗变得越来越虚弱，渐渐没了呻吟声，它每呼吸一次，背部就大幅度地上下起伏，并痛苦地用四肢拍打着地板。

狭山的眼泪顺着他泛紫的红色脸颊流下来，像海狗一样用双手拍打着自己的胸膛，抽抽搭搭地哭泣着。他向后伸出无法自由弯曲的双脚，用双手疯狂地在海狗身边爬行。他踉踉跄跄地转来转去了好一会儿，突然把海狗抱在怀里，高声大笑起来。他的眼睛露出狂暴的光辉，闪烁着异样的光芒，脖子剧烈地前后左右摇晃着。在由冰和岩石堆叠成的孤岛上，我和一个濒临发狂的、巨人般的男子在岛上唯一的小屋里独处。我的处境已经变得非常危险。

小屋外狂刮着世界末日般的北风，零下二十摄氏度的严寒将大地冻结，让人在外面站不了十分钟。结果，为了避免狭山躁郁症发作带来的灾难，我只能守着入口的土间。我一边留意着不刺激到狭山，一边慢慢地把我的寝具和一些食物搬进土间，并锁上了门。但是，光这样仍无法放心，我在门前用木箱和木桶堆成路障，还准备了武器以备不时之需。所谓武器，就是小船上的离合器，如此不可靠的武器并不多见。在我无力的手中握着的这根离合器，能帮我起到多大的防身作用呢？对此，我心中十分不安。

在点燃土间的暖炉后，我决定靠着隔墙睡觉，以防狭山突然闯入。若狭山硬要推开房门，木桶或木箱会掉到我头上，我就能很快醒来到户外避难。话虽如此，即使我能够逃出小屋，逃到岛的尽头，结果又能如何呢？冰原上可怕的寒冷在等着我，而在冰原的边缘，鄂霍次克海的怒涛在轰鸣着。我握紧离合器，靠在隔墙上闭上了双眼，然而恐惧和忧闷却充斥着我的内心，使我整夜无法入睡。狭山的大笑声和咆哮声一直持续到天亮。

第四天

黎明时起风平浪静，海雾盘踞在岛屿周围，清晨如水底般明亮。

从那时起，已听不见狭山的咆哮声，取而代之的是粗暴的嘎吱声。我想知道隔壁房间发生了什么事，便把耳朵贴在门上。我听到狭山沉重的脚步声越来越近，然后隔着门，他问我在土间做什么。他竟出奇地沉着，声音也听不出病态，言辞也很正常。

　　我回答说："你这家伙又哭又叫，吵得我睡不着，所以我才搬到这里来的。"狭山蜷缩似的道了歉，然后重复解释说他以为那海狗会死掉，所以感到心烦意乱，但在黎明前后便平静了下来，恢复了精神。他还说，饭已经准备好了，叫我到他那边去吃。

　　狭山真的恢复理智了吗？他是处于半疯癫状态，还是想引诱我出来，打算伤害我？他说话的语气听不出来有什么企图，没有不自然之处，但如果狭山还处于半疯癫状态，反抗他反而会导致恶劣后果。我决定鼓起勇气去吃早餐，但因为未来不可预知，所以唯有避难所是必须保留下来的。于是我握住把手，摇晃着门，说道："我把钥匙弄丢了，从这儿出不去。等我绕到户外，再去找你。"我巧妙地掩饰了过去。

　　我绕过小屋的侧面，从后门进去，发现桌子上已经准备好了早餐。海狗在暖炉旁从毛毯中探出脸来，呆呆地望着天花板，好像什么都没有发生过。狭山平静地盛了好几碗饭，慢慢地吃着，完全看不出他之前是那样精神错乱的人。

　　吃过早饭后，我决定搬去避难所。我对狭山撂下一句话："我要在对面的屋子写报告，不要吵到我。"说罢便匆匆地从后门跑出去。在小屋后面，我发现有个柴火棚。我不知道避难生活要持续到什么时候，所以觉得有必要准备足够的柴火。

于是进去抱起木柴，向角落里看了一眼，看到那里摆放着六双高筒草鞋。和狭山脚上穿的一样，三双放在架子上，三双放在地上。

我回到昏暗的避难所，也无事可做，只能怅然地坐在火炉旁，但我开始怀疑，除了狭山和被烧死的五个人之外，这座岛上可能还有另外一个人。我不经意地数了数，确实有六双鞋。高筒草鞋非常结实，一双就足以撑过任何一个漫长的冬天。既然只有五个人被烧死，那么就应该只有五双高筒草鞋才对。

虽然我也没有什么特别的想法，但直到入睡前，这个模糊的疑问一直萦绕在我心中。

第五天

临近正午时分，朦胧而苍白的淡淡阳光透过避难所的窗户射了进来，照亮了土间昏暗的角落。久违的阳光吸引了我，我朝阳光的方向望去，一抹娇艳的红色亮光映入了我的眼帘。走近一看，原来是一只崭新而鲜红的蔷薇花发簪，仿佛正在散发着芳香。

在这充满岩石山的荒凉孤岛上，竟然出现了一只鲜红的蔷薇花发簪，未免太过突兀。直到前天早上，它都一直躺在杂七杂八堆积的木箱和木桶后面。当我制造障碍物的时候，因为要把它们移动到门前，所以偶然间看到了这难以发现的发簪。

在睡着的同时，我漫无边际的怀疑也消失了，但一看到花簪，又想了起来。我发现了在土间的旧钉子和木片中夹杂着一张被揉成一团的纸。我展开纸团一看，这是一张从柱历①上撕下来的纸，里面包着十几根女性的长发，是从梳子上取下来的。柱历的日期是去年十二月二十七日。

除了狭山和被烧死的五个人之外，岛上可能还有另外一个人。这下这一猜想已成为无可辩驳的事实。

除了受命留下来的六个人之外，岛上还有一个人。第七个人是个年轻的女孩，至少到十二月二十七日为止，都在这座岛上生活。

十二月二十七日……

自去年十一月十四日，"大成丸"号定期交通船从敷香出航后，本岛和这座岛之间的交通就中断了。直到今年三月八日，自我搭乘的"第二小樽丸"号开始才重新恢复。在此期间，没有任何汽船来到岛上。因为有危险的浮冰和浓雾，

_____

① 柱历，一种当地人挂在家里柱子上的小型日历。

所以船只无法靠近这片海域。

　　由于完全没有办法离开，因此发簪的主人一定还在岛上。但我们的小屋直接建在第三纪的岩盘上，没有地板，天花板上的椽木也裸露在外，从下面可以仰望到天花板。四周的墙壁是裸露的板墙，屋里一个壁橱也没有。至于兽皮盐渍所，那里只有烧焦的木桩和屋顶的碎片，而柴火棚则只剩下罩着屋顶的透风木板围栏。

　　我把鞋托①套在鞋子上，顺着小屋旁边的雪路往上爬。

　　岛屿西海岸是陡峭的悬崖，东侧则是较为平缓的斜坡。夏天，冰雪会向海狗栖息地的沙滩流去，广阔的冰原从岸边一直延伸到雾的另一端，让鄂霍次克海的海水蠢蠢欲动。海上升起的雾气像裹尸布般萦绕在陡峭的岩石上，海鸭像黑纱似的散落在黄昏色的雪原上。这是一片悲哀的风景。

　　刺骨的寒风从肋骨间吹过，我步履蹒跚地走到山顶略高的地方，在岩石后面发现了萧条的亚叶特的坟墓，它半埋在冰里。墓志铭用俄语如下写道：

　　　　动物学家尼古拉·亚叶特之墓。学术调查时死于该

———————————

① 鞋托，此处指雪中穿的套鞋式鞋托，防止脚下陷而套在鞋下面的轮状用具。

岛。一九一六年三月×日立

　　尼古拉·亚叶特的死因至今不明。他靠在西海岸岩缝的石壁上，睁着眼睛死去。他的左手拿着烟斗，右手插在外套的口袋里。这种死法只能让人认为是某种神秘的力量突然袭来，终止了他在岛上的研究。

　　想到这里，我便向那边走去。岩壁上有一条形似烟囱纵向切割的深深的裂口，里面有一个略宽的洞穴。我想，若是在里面盖一个小屋的话，应该可以隐藏起来，不被外界看到。

　　我抓住岩石凸角向下走，若是夏天，柔和的岩石缝中，岩菊和淡红色雪莉罂粟等少许亚寒带植物就会开出朴实的花，可如今全都被冰雪覆盖，有几根长长的冰柱如钟乳石般低垂，封住了洞的入口。我兴奋地从冰柱的缝隙中钻进去，但洞穴只有四五间长，让人一下便走到了尽头，只看到岩石里长着羊齿蕨和驯鹿苔，丝毫不见有人居住的迹象。

　　洞内昏暗，在这意想不到的黑暗中，似乎让人感到亚叶特的亡灵马上就要朦朦胧胧飘过来。站在洞穴的中央处，仔细观察四处，突然想到亚叶特去世的日子，就是五年前的今天，我突遭恐怖袭击，赶紧向入口跑去，然后抓住岩石的裂缝，发疯似的往断崖上爬。

我在悬崖边坐下，一边擦拭着额头上滴落的冷汗，一边喘着粗气。向下一看，只见盐渍所里被烧焦的木桩在微弱的冬阳照耀下，林立在寂寥的冰岸旁，看起来很不吉利。山丘下还有五具被烧焦的尸体……横死在微明洞穴中的不幸亡灵……我掏出卷烟点上火，尽可能不慌不忙地抽着烟，努力让自己不再幻想那些莫名恐惧的来源，却只发现自己更进一步加深了对这孤岛的憎恶之情。

走到南北延伸的海岬边，此处也只有冰崖。从近海岬山丘的斜面处向下爬往东侧，沿海岸绕岛一周后，进入到一条地下道，该通道贯通东西海岸，为了将海狗赶进此处而修建。我只感受到刺骨的凛冽寒风侵袭，却没有发现可以隐秘藏人的横洞①。

我好不容易到达小屋，从后门进入一看，只见压抑的气氛笼罩在昏暗的煤油灯光下，狭山正背对着我呆坐着。看来他已从亢奋状态中平复下来，似乎对我置之不理，只是默默地交叉双臂，即使我进来，也不愿站起来。

"别发呆了，快准备晚餐！"听到我的命令后，狭山小声发着牢骚，毫无诚意地将餐具摆到餐桌上，然后就在昏暗中

① 横洞，修建长隧道时，为缩短工期和增加工作面而设置的辅助坑道。

退到自己的床铺方向。

因为太饿，我专注地吃着饭，感到背后有人盯着我，便回头望去，只见狭山在床上撑起一只胳膊，从蚕架上探出身子，正用夹杂着恚恨和憎恶的骇人目光瞪着我。他那凶恶无比的眼神，让我不禁想从折椅上跳起来。

狭山见我回头看他，突然眼睛低垂，故作殷勤地对我说："水壶就在炉子旁。"同时迅速转过头。我听到他咬牙切齿的声音。

我对狭山的高压态度，不过是虚张声势。但刺激他情绪的做法并不成功，于是就想着设法缓和他的愤怒，我从背袋里拿出刚打开的方瓶威士忌对他说："你别缩在那里了，过来喝一口吧。"

狭山不情愿地走下床，走到我对面的折椅前。

狭山咕咚咕咚地大口喝下威士忌，逐渐变得异常兴奋，开始大声笑着，不连贯地讲起火灾前后的情况，以及存活下来后岛上发生的事。

综合狭山的讲述，在发生那场灾难前，他们几个在这岛上一直过着无与伦比的放荡不羁的生活。两个木工和两个泥工，都是选出来的无赖之徒。泥工荒木和近藤因杀人未遂的伤害罪，在网走监狱①里服刑七年，完全是无知且狂暴之徒。其他两名木工则游荡在库页岛及沿海一带，干着淘沙金和盗伐政府林木的营生，也是无法无天的糙汉子。当监视员从岛上撤走后，他们就原形毕露，把工作都丢在一边，从早上就沉迷在饮酒与赌博中，喝得烂醉后，定会闹得血光四溅。

技工清水为了维持岛上的秩序，将放有酒桶的仓库上锁，收齐枪械后在监视员小屋固守。但却轻易地被他们强行拉出小屋，抛在空中，险些丧命。他们将技工放在毛毯上，四个暴徒拉住四个角，像球一般反复高抛再接住。技工时而头朝下，时而倾斜，时而双脚乱动，疲惫地来往于空中和毛毯之间，连喘息的机会都没有。一开始技工还能大声发出悲鸣，但最终连呻吟声都发不出来了。因为剧烈震动，内脏也早已疲惫不堪，变得无法呼吸。但烂醉的四个暴徒却笑着继续这没完没了的残酷游戏。技工虽然吐了血，但并没有被杀死，之后半个月卧床不起，动弹不得。狭山说着说着，站起来将那场景表演得栩栩如生，接着捧腹大笑个没完。在此过程中，狭山表现出令人毛骨悚然的快感，他走到床前，将海狗拉出来，像是很爱怜它，将其推倒滚动，开始上演着不堪入目的

① 网走监狱，位于北海道网走市，曾经被誉为日本最难越狱的监狱，拥有"最边远的监狱"的名号。

丑态。海狗发出肝肠寸断的悲鸣。我再也待不下去，便冲出了小屋。在雾中只听见从远处传来的阵阵雷鸣。

第六天

夜里十点左右刮起了强烈的北风，到了早上，变成了暴风雪，像天地动怒般狂吹不止。原想大约今日离岛，这下希望又彻底破灭了。

我懒得起来，就在木箱并排做成的床铺上翻身，听着暴风雪声，思考着这三日以来出现的问题。

如果人不能潜伏在这座岛上，那只能认为发簪的主人已死，那她的尸体又如何处置了呢？为何只有五具被烧焦的尸体，却没有发簪的主人呢？

昨夜，狭山讲述了他幸存后的岛上生活，但其中多为不值一提的生活琐事。这座岛上曾有个年轻姑娘，如果她死在这里，对于这座孤岛来说，一定是一个大事件，自然会成为狭山的话题，但他却只字未提。反复思量后，我开始相信那姑娘是一月四日前被杀害的。

1903 年，英国曾公开发表过一份名为《斯维尔德鲁普的忏悔》（*Confession of Swelldorepp*）的资料①，记录在北极昆伍涅斯特岛探险时，滞留在琼斯湾的"前进"号上的十名船员，为了争夺一名妇女，几乎造成全员死亡的惨剧。两名船员发疯，余下的八名船员如猛兽般互相残杀，其中还有两对父子。争斗愈演愈烈，就在以为全员将被同伴杀死的时候，一名果断的船员为了拯救幸存下来的同事，便悄悄地勒死了那名妇女，并将尸体丢入海中。其后的二十年，每个人都保持沉默，严守这个秘密。直到通过斯维尔德鲁普的临终忏悔，事情才真相大白。在远海上的荒凉孤岛，住着六个粗莽男子，以及唯一的年轻女子……发生这样的事也是必然。我能很容易地想象出当时的场景。若要用比喻来说，六个男人就如岛上海狗的结局一样，在经过激烈争夺后，残忍地将雌海狗撕裂。狭山不对我提及此事，也是要尽仁义保守他们共同的秘密，这也是一种社会良心。

　　那么，他们究竟是如何处理了尸体？我马上想到的是用锅炉的燃烧室烧掉，但岛上的干燥室内只有卧式炉筒锅炉，

① 　奥托·斯维尔德鲁普（1854—1930），挪威探险家，曾四次探险北极；但文中所述事件，包括所谓英国公开之忏悔资料，皆疑为虚构。下文称"其后的二十年间"云云，而此人首次乘"前进"号探险北极是在1893年，且1903年也远非其"临终"之时。另，括号内英文为作者久生自行添加，斯维尔德鲁普之英文名应作"Sverdrup"。——责编注

即科尼什式锅炉，是很简单的装置。为了充分利用热瓦斯，水管都下垂在火焰室中，因为使用炭粉，炉口较小，具有双层炉箅的特殊构造，因此即便能粉碎尸体，也不可能在燃烧室烧掉尸体。

此外，该岛的冰下为第三纪岩层，所以考虑是否会凿冰后处理尸体毫无意义。若埋入沙滩中，也会因融冰期的潮汐作用，一到初春就有漂浮在海面的危险。总之，年轻女子的尸体或是被投入海中，或是被粉碎后让海鸟啄食了。

我想在吃午饭时，顺便通过清水技工的气象日志查阅一下结冰期，临近正午便去了小屋。

狭山依旧阴郁地坐在折椅上，海狗则一副饥饿的样子趴在一旁。我在煤油灯下拿出气象日志，在仔细翻看每一页的过程中，结果发现在十二月二十日的日期下，记载了下述内容：

> 十二月二十日，晴天……昨日十九日下午五点左右，发现在本岛的西北方向有许多流冰，同日午夜后迅速结块，形成冰原。从海岸处到冰堤绵延大约五海里。

根据这段记载，我断定女子的尸体并没有被丢弃到海里。

她在十二月二十七日之前确实还活着，但在那一周前的十二月二十日，五海里的海面已结冰。在极为凹凸不平的冰原上，搬运尸体走五海里已是十分困难之事，更何况冰原底下的真实情况，仅从表面判断，无法看出漂浮的群冰与坚固的冰原的区别。要将尸体丢弃到海中，就必须走到冰原的最前端，如果不打算自杀，根本不会有人想这么做。

我突然想起盐渍所的岩荫下散乱着无数白骨，便在回程中绕远去那里看看。我兴奋地翻动着白骨，但只有海象和海狗的尸骨，却不见人骨。

我一屁股坐在避难所的暖炉旁，手里摆弄着如鲜血般火红的蔷薇花发簪，想着这女子究竟是什么来历。

第七天

上午九点左右，我心中突然闪过一个念头，昨夜在半睡半醒之间，就有了这种微弱的意识，随着今早清醒过来，我更加坚定了这个想法。

她说不定还活在这座岛上。岛上即使有个年轻的女子，也是他们的生活权利之一，根本无须特别隐瞒。再者，即便杀了这个女子，尸体应该也会被他们随便丢弃。

在当时的桦太，并不会因一个人的死而有人神经过敏，甚至成为众人议论的大事。死作为一种"假设"，没有人会探究原因。若有必要，就随便说些装傻充愣的话来蒙混过关，或说当事人从悬崖上坠亡，或说得脚气病而亡。何况他们厚颜无耻，无论出于何种理由，都不可能企图毁尸灭迹。

然而，到处都找不见那具尸体。既然没有毁尸灭迹的理由，却在整个岛内都找不到。如此一来，与其推测她已死，倒不如认为她还活在这个岛上更合理。

探查结果表明，到处都找不到她，但尽管如此，从逻辑上来讲，她绝对还活在这座岛上。

她在哪儿？如果考虑到人类可存活的极限条件，她是不可能持续生活在毫无遮蔽物的零下二十摄氏度到零下三十摄氏度的凛冽空气中，因此她必定在泥工们居住的小屋内。可小屋中只住着三个生物，那就是我、狭山和海狗。

若按照逻辑的必然性考虑，她绝对存活在这个小屋中，那在这三个生物中就必定有个是她。可我就是我，狭山也只是狭山。

我有些想累了，闭起眼休息了很长时间。突然，我被一种难以名状且突如其来的情绪所侵袭，急忙从木箱上一跃而起。

这座岛被某种不可知的神秘力量所主导，来到此处的人都会幻化成海狗。这个想法没有任何前兆，如秋日原野上的闪电般在我脑海闪过，瞬间苍白地照出包裹在幽暗深处的物体。

如此说来，狭山也一天天变得更像海狗了。他的头顶逐渐变得扁平，喉咙上的赘肉也越发隆起，如今下巴与胸部的分界线也开始消失……他只有手脚还保留着人类的形状，但大概过不了多久，也会变形为蹼状的怪异鱼鳍。如若这样，那只海狗就绝对有可能是她的化身。

成千上万只海狗，为何每年夏天都只会聚到这座岛上？这时，我已清楚地解开了这个谜题。在这座小岛的沙滩上悲伤咆哮的海兽们，其实是不幸的人们受了这座小岛的诅咒，才活生生地幻化成海狗。而这些海兽想要早日投胎成人类，为了不被捕杀，才从遥远的南方大海来到这个不幸的故乡。

我最初来到该岛的清晨，只看了一眼，就被这不可救药的忧愁情绪所侵袭，至此我才理解其中的缘由。以前不知为何无法理解忧愁从何而来，如今想来，是因为这座充满诅咒的小岛带给人毛骨悚然的印象，对我的官能产生了作用，让我在意识深处感受到一种无可逃避的不幸命运。

我被恐怖情绪驱使，立即跑到窗边，一再端详自己在微亮的窗户玻璃上映出的脸。

在被雪花冻僵的玻璃表面，确实浮现出一张海狗脸。头顶变得扁平，鼻子融入脸上，耳朵紧贴着鬓角，嘴唇恐怖地抽搐到耳朵旁边。

"被诅咒了。"

我绝望地瘫坐在地上，依次喊着妻子、孩子及好友的名字，同时放声大哭。不可思议的是，我的舌头就像紧紧贴在上颚上一样，越是着急说点什么，就越是仅能发出凄惨的咆哮声。

我似乎哭到精疲力竭，不知不觉就睡了过去。醒过来时，已近黄昏。

我做了一个悲伤的梦。我在月光海滩上，专心地与一只美丽的雌海狗嬉戏。带有银色镶边的黑檀色海浪，不断涌到我的脚边又退下。潮湿的海风中，夹杂着海草与驯鹿苔的淡淡香味，舒适得催人入眠。广阔的海滩上，数不清的海狗或匍匐前行，或缓缓蠕动，湿润的身体在月光的反射下，发出萤火虫般的磷光。交错的磷光，仿佛是苍白的热浪在涌动。我那拥有优美身姿的情人，用它的前鳍温柔地抱着我，还将它的光滑圆脸靠在我的胸前。我吃过被弹到沙滩的银色鱼后感到心满意足，用海狗的语言说个没完。

暖炉里的火已彻底熄灭，屋里变得昏暗。我起身点燃蜡烛，坐在书箱的一端，双臂交叉。适度的睡意与冷空气正好让过敏的神经舒缓下来，恢复理智后，我开始觉得轮回转世的说法都不过是不值一提的妄言。

我从背袋里取出一面小镜子，靠近烛光前照镜子，镜中映射出一个神情恍惚且谈不上秀丽的平凡面容。中午时在窗户玻璃上照出的奇异面容，不过是品质不佳的变形玻璃与气泡对我的恶作剧。

无论如何，此事都太过荒谬，因此我决定不再想那女子之事。但就在此时，一个偶然的暗示竟帮我解开了这个谜题。

因为这座岛屿的特征，此处备齐了石膏末、防腐绷带、缝合针、义眼等剥制动物标本时所需的器具材料，而狭山就是熟练的剥皮工人。目测看来，那只海狗的身长为一点四到一点五米间，所以要藏下一个娇小的女人毫无问题。她只要披着海狗皮，就能骗过任何人，还可以自由活动。

年轻女子就藏在海狗里。我觉得被狭山巧妙地摆了一道，不禁咋舌，骂了声"可恶"，但我仍苦于找不到理由，狭山为何要把女子藏入海狗中呢？我已按捺不住旺盛的好奇心，想要抓住海狗一探真相。但我只能趁狭山不在的时候下手，而一天只有一次机会，那便是狭山去柴房取木柴时。

我悄无声息地将门前堆积的木箱和旧桌子移到墙边，然后打开门锁，准备随时冲进去。就如往常一样，没过多久就听到狭山钩拽木柴箱的声音，接着后门砰的一声被打开，他去了户外。我赶紧推开土间的门，冲到狭山的床铺旁。

海狗露出优美的背部，正蜷缩成一团在睡觉。我抓住它的脖颈，从床下将它拉出来。海狗呆呆地注视着我的脸，接着打了一个冷战，然后噘起长有胡须的嘴唇，露出牙齿，不想让我靠近。我不管三七二十一便去捋它的背，将它仰面翻过来，再仔细看海狗的腹部，但哪里都找不到缝合的痕迹，只有微热的体温和湿淋淋的油脂感传到我的手掌上。毫无疑问，这是只真海狗。在它美丽的深褐色密毛下，能感受到厚实的脂肪层和海狗特有的骨骼。每当它挥动鳍时，关节就会发出轻微的响声。海狗拍动着鳍，挣扎着想要从我手中逃脱，它张开那深深可见喉的大嘴威吓我，而后突然凑过脸来用力咬我的手，瞬间我看到了它口中那如牡丹花瓣般的红舌头。

我跑回土间后，兴奋与焦虑的情结被一下子彻底唤醒，我束手无策地瘫坐在木箱上。回想这一切，都是源于土间的花簪和柱历中包裹着的女人头发。但仔细想来，那个花簪可能是岛内某人从熟识的娼妇那里拿来的，没有任何证据能表明柱历的日期是去年的，或许是前年或大前年的。

我顿时感到安心与疲劳，自来到这座小岛后，还是初次熟睡。不知睡了多久,狭山一边悲痛地叫着海狗的名字,一边忙乱地跑来跑去。原来海狗生病了。

之前我心怀无聊的妄想,注视着狭山,任意对他生出厌恶又恐惧的情绪,但在我抛弃自以为是的主观看法后,对狭山的不悦之情也被抹去了,甚至开始产生一种类似亲情的感觉,毕竟这孤岛上只有两个人——我和这个男人。我不能无视数日来这位友人的悲叹,想要尽我所能量力相助,于是披上上衣走向狭山的所在之处。

在昏暗的煤油灯下,海狗伸展着躯体,背肌在如海浪起伏般痉挛,同时做出呕吐状。它的皮毛已失去原有的光泽,胡须也下垂着,连外行也能看出它几乎没救了。

狭山似乎没有注意到我就站在旁边,他那红润且黝黑的脸颊上不停地滴落着泪水。

"马上就好了""撑住",狭山含糊不清地对海狗喊话,而后又撑开嘴喂它喝水,反复用暖炉将手烤热后,专心地抚摸海狗的背。海狗痛苦地呻吟着,它抬起头仰视着狭山的脸,把前鳍搭在狭山的手臂上,看起来很悲伤。这时,狭山突然停下爱抚的手,大声哭了起来。一阵间歇性的剧痛袭来,在此过程中,海狗背部弯成弓一般,全身颤抖不已,越发虚弱。狭山似乎不知所措,将海狗抱在臂弯中,如哄小孩般只是莫名地不断摇着海狗。在这被暴风雪和北风阻绝的远海荒凉孤岛上，对于狭山来说，将海狗作为朋友所以才会发出这种悲叹吧。我被这种超越人兽差异的纯粹精神交流所打动，几乎要流出泪来，之后逐渐呼吸急促，最后竟开始打起嗝来。

狭山就像生怕被人抢走手中之物的孩子般，固执地紧紧抱住海狗。但不久，他可能觉得既然海狗没救了，就不想让它痛苦太久。只见他的表情突然变得极其坚决，从腰间的木制刀鞘中拔出剖鱼刀，用锋利的刀尖刺向海狗的颈部。我不忍直视，移开视线。就在此时，狭山扔掉刀，两手放在创口处，如从贵妇人手上脱去手套般，突然剥下海豹的皮。

事情完全发生在一瞬间，正如幻影在一瞬间消失般，海狗的身影也在一瞬间消失不见，方才海狗所在的地方，现在只躺着一个白皙的年轻女子。她伸展着细长的双手，微闭着双眼。她那美丽的面容，胜过我能想到的所有女子。皮肤有如刚下过的淡雪般白皙，就像刚生下来的婴儿般娇嫩。美丽的躯体像阳光般不断晃动，仿佛用手一碰，就立刻会消失。狭山跪在地上双手合掌，神情恍惚的眼睛则一眨也不眨地凝视着这个女人。

旭日的阳光从迷雾间照射进来，第八天的早晨终于来临。狭山坐在蚕架的一端垂头叹气，不久便静静地站起来，坐在对面的折椅上，开始对我诉说。

未被陈述的部分

她是荒木的外甥女，名叫山中花子，十八岁，是个心地善良且爱开玩笑的女孩。十一月中旬，她搭乘定期交通船从敷香来这座小岛看望舅舅。当然，她并无在岛上过年的打算，本应立即坐下一班船回去的，但因恶劣的海上状况，最后一班定期交通船没来，便不得已留在了这座岛上。若要打个比方，她的到来就如同这座只有岩石的小岛上突然绽放出美丽的花朵。暂且不论荒木，于我们而言，她光彩照人，我们不敢随便靠近她。

花子是个性格直爽的女孩，对谁都一视同仁。她喜欢缠着大家，也会和他们开玩笑。不仅如此，她还十分心灵手巧，帮大家缝补开绽的衬衫，也帮大家梳头。岛上如恶魔般的家伙们都像变了个人，全都干干净净。大家彼此互看后都目瞪口呆，就连那些总是胡来、无法无天的家伙，只要一来到花子的面前，就乖得像小狗一样。虽然花子并未说特别想吃什么，但他们却会连夜钓鱼，还去抓花魁鸟，去雪地里挖来藜菜，去收集海鸭蛋。哪怕是再美丽的大家闺秀，恐怕都比不上花子在岛上受追捧。

　　就这样，恰逢来到了那年的除夕夜。黄昏时辞岁酒会便开始了，大家都喝得酩酊大醉，露出了本性，开始对花子开起了下流的玩笑，近藤之流竟拉起花子的手，说要和她一起去睡觉。

　　我从一开始就很尊重花子，将她如亲妹妹般珍视。见状忍无可忍，就站起来大声呵斥道：花子从今天开始就是我的人了，因此谁要是心有不甘，随时来找我单挑！

　　平日里他们就嘲笑我是剥皮工人，叫我野兽，所以我当时也借机发泄心中的愤恨。于是，当着这帮家伙的面随意地说出我的心里话，并夸夸其谈起来。后来，荒木大发雷霆，或许是借着酒劲，摆出花子舅舅的架势，装腔作势地说谁能击败狭山，就把花子给谁。结果大家也不管花子是否愿意，一个个俨然自认是花子丈夫似的，摩拳擦掌跃跃欲试。

　　翌日清晨十点左右，大家都聚集到干燥室前的空地上，轮流喝了一口冷酒后，就要开始正式决斗了。晴朗的清晨阳光有些耀眼，大家都心情舒畅，面带微笑。第一个对手是铃木，那家伙拿着匕首，我则用足以打死海狗的粗木棒应战。铃木原是来自长万部①的赌徒，我记得这家伙杀过人，他边

---

① 长万部，位于北海道山越郡长万部町。

打边回头看大家，或伸舌嗤笑，或开着玩笑。他挥舞匕首的姿势还不错，就像甩鞭子一样，迈着小步乘机刺向我。他似乎有些狂妄，我只觉得好笑。应付了一会儿，我便有些厌烦，于是用尽全力一棒敲打了他的脑袋中央，他立马仰面朝天地倒下。他的表情怪异得难以形容，大家都捧腹大笑。

接下来挑战的人是早乙女，我同样击败了他。直到最后上场的清水先生为止，中午之前我打死了所有人。我原本是为了不让他们占有花子才应战的，也做好了进监狱的思想准备。可是望着大家死去的样子，突然涌上一股欲望，想设法脱罪，带着花子逃到带广①去一起生活。思虑再三后，我把大家的尸体拖入锅炉室，只拿走些许米、味噌和蔬菜，以保证花子的口粮，然后胡乱地往锅炉里堆煤，将粮仓和干燥室一起炸掉。

要说为何没拿我自己的那份米和蔬菜，那是因为我知道您今年三月十日会来巡视，所以就打算在此之前让自己得上坏血病。为此，我做好了思想准备，决心只吃死掉的海鸭和海鸠蛋。我想如此一来，就不至于让你怀疑是我杀了大家。

因为在这样的小岛上，花子不可能不知道当时的骚动。

①　带广，位于北海道中南部的城市。

她已察觉到事有蹊跷，一个人在小屋内瑟瑟发抖。起初她很害怕，不敢靠近我，但后来似乎明白了我的心意，才渐渐敞开心扉。她对我很温柔，让我深感幸运，我们终于结为夫妻，就像两只鹦鹉一样，在这岛上亲密地生活着。

但没过多久，我的坏血病越发严重，头发和眉毛开始脱落，牙龈也开始腐烂，流出恶臭的血来。虽说我早已做好了思想准备，但连自己都没想到会变得如此凄惨。花子实在是年幼无知，看我变成这样，就怕得不敢靠近，最后躲在如今您住的土间里，整天呆呆地望着窗外。

我察觉到她想逃离我身边，就在我们彼此展开拉锯战的时候，您登岛的日子逐渐迫近。我知道，若是被您撞见花子，她或许就会揭露真相，以此作为逃离我的手段，因此我努力想出对策，准备在您回去之前的一两天里将花子藏好，之后再坐下一班定期交通船，带花子逃往北海道。

我想了许多方法将花子藏起来，但天气这么冷，是无法彻底将花子藏于室外的。我突然想到利用职业技能将她藏在海狗里，随后便立即着手开工。

我自然没有告诉花子实情，只跟她说这皮毛是带回老家的礼物。我格外留神地剥下海狗皮，设法不让人看出任何破绽，之后在皮的内侧铺上毯子，用防腐剂去除腐臭味后，再用石膏末将内侧变得光滑柔软，如同做好一件上等的薄皮手套般的作品，然后等着您的船抵达。

这一天终于来到了，从海面传来了汽笛声，我此时才初次告知花子实情。在解释完各种前因后果后，花子好不容易才理解了我的用意，答应藏进海狗皮里。当您来到小屋时，我不在此处，那是因为当时我正在柴房里，专注地填充棉花、调整形状后塞进海狗皮中，然后再将开口部分缝合起来。

即便如此，我还是没有考虑到天气和恶劣的海上状况，原以为一两天就结束了，我实在是太蠢了。这或许就是天意吧。

尾声

狭山说当晚花子开始痛苦呻吟时，他曾几次想杀了我。因为花子身体周围塞了太多东西，让她的皮肤无法正常呼吸，再加上不能随意活动及寒冷的天气，引发了她的胃痉挛。当时，我若没有在合适时机退避到土间，恐怕早被狭山杀了。看样子这次是我的神经过敏救了我一命。

但我心中还有个疑问，便问了狭山。

"我直接用手摸过，那确实是真海狗啊。"

没想到狭山满不在乎地答道："因为我在厨房的水槽中

还养着一只真的海狗，当把花子带到柴房稍事休息时，我就把那家伙当作替身，放到我的床下。"

大概夜里十一点左右，我突然觉得呼吸困难，听到噼里啪啦的物体爆裂声。睁眼一看，大火已烧到我脚边的床铺。我大吃一惊，冲出小屋，忘我地跑向沙滩，待喘了口气后，转身望向身后，只见小屋已被火海所吞噬。火焰的颜色映照着海雾与冰雪，天空与地面都闪耀着金色的光芒，犹如火山爆发般。金色的大地甚至张开大嘴，不断吐出来自地狱的烈火，仿佛要把一切不洁之物，包括狭山和那美丽的人兽尸体，连同这座岛一起烧毁殆尽。

琥珀烟斗

甲贺三郎

我现在想起那夜的情景，还会感到毛骨悚然。那是东京发生大地震后不久的事情。

那天晚上过了十点，天气不出所料变得异常起来，伴随着台风的呼啸声，噼里啪啦地下起了豆大的雨。那天早上，我读报时看到"今日半夜台风席卷帝都"的消息，人在单位上班，心里却始终不踏实。说来也不走运，气象台的预报准确得很。之所以担心，是因为当晚十二点到凌晨两点之间我必须承担夜警的工作。暴风雨中的夜警，可不是让人开心的

差事。这差事始于大约一个月前的东京大地震①。当时所有
的交通系统都已中断，社会上各种谣言四起，未被火灾烧毁
的城中高地的人们各自手持武器，开始组织起所谓的自
警团②。

震灾时，我从涩谷町的高地上遥望低地街区：空中是不
断喷涌的白烟；脚下是从道玄坂③逃难而上的人群，脚上只
穿着袜子，衣服沾满泥土。目睹此情此景，坦白说，当时我
也无法设想，这世界会变成何种样貌。加之坊间流言着实令
人心惊胆战，于是我也把家传宝刀横别腰间，加入团体，白
天绕着自宅周围警戒巡逻。

且说这个自警团巡逻了几日后，人心也渐渐稳定下来。
不知何时开始当局开始禁止携带凶器，自警团在白天的警戒
也被解除，但夜晚的警戒一直未被终止。也就是说，自警团
不久变成了夜警团，由几家人组成小组，每户派一名男子，
规定一晚派多少人，按照顺序在该组的每户人家周围警戒。
随后警视厅也赞成废除这种形式，团员中也有一些反对者，
但投票结果却总是多数人支持，因此决定将此形式延续下去。

---

① 东京大地震，指 1923 年 9 月 1 日本关东地区发生的 8.1 级地震。该场
　　震灾中，东京受到巨大破坏。——责编注
② 自警团，为防止火灾、水灾、盗窃等而由本地区内居民组织的警备团体。
③ 道玄坂，日本东京涩谷的一处地名。

至于本人，年过四十，于某某省忝居书记①一职，领取退休金②指日可待，家中除夫妻二人外，再无人丁；此类半夜敲打木梆的工作，于我实有不便之处，却也无由推托，只得参加大约每周一次的轮班。

　　事情发生的那天晚上，从十二点换班时开始，暴风雨就越发猛烈起来。我比换班时间晚到了些，到了一看，发现上一班的人已经回来了，退伍陆军大佐③青木进也和自称是报社记者的年轻人松本顺三，他们俩穿着外套在简陋的值勤小屋中坐着等我。这个叫青木的人，可以说是这个夜警团的团长，而所谓的记者嘛——可能是探访记者④——他就住在离我家只隔两三栋房子的地方，是从城中低洼地区来此避难的。居住在城中高地的所谓知识分子阶级，住宅形似贝壳，大如海螺，小如蛤蜊，用围墙把巴掌大小的庭院隔开，对邻家院子视若不见，也从不与邻居攀谈。要说夜警团唯一的益处，

---

① 旧时日本两院、各省厅设置的官职，级别略相当于课长。"省"是日本中央行政机构，相当于我国的"部"。——责编注

② 旧时日本的一种退休金制度，日文称"恩给"。文官在职15年以上，以非过失原因离职者，可领取此类退休金。——责编注

③ 大佐，上校。军衔等级里佐（校）级军官的最高级。位于少将之下，中佐之上。

④ 探访记者，旧时日本报社记者只负责写稿，诸如采访等工作，交由专门的"探访记者"负责。——责编注

便是让我等打破旧习，至少与同一区划的户主熟悉起来。此外，从各方前来避难的人们也加入进来，因此可以从从事形形色色的职业的人们那里获取各式各样的知识。不过，因为这些知识不太准确，以至于后来多以"哦，从夜警那听来的啊"的谈话方式收尾。

青木看起来比我稍微年长些，他是夜警团热忱的支持者，同时也是扩张军备论者。松本由于年轻，自然是主张废除夜警团的急先锋，也是缩减军备论者，因此常与青木针锋相对。每隔三十分钟，我们就要敲着梆子四处巡逻。在此期间，二人都要展开激烈争论，那架势丝毫不输呼啸的狂风暴雨。

"不，您虽然说得有道理……"青木大佐说道，"总之那场地震中，手握竹枪和日本刀的一百个自警团团员还不如五个武装士兵。"

"那也不能因此就可以说需要军队吧。"松本记者说道，"也就是说，陆军一直以来太注重精兵主义，认为只要军队进行训练就好，而我们民众太缺乏训练。特别是市区高台地区的知识分子，只会动嘴皮子，彼此都不甘居于人下，根本无法集体行动。自警团不起作用，和需要军队，这是两码事儿。"

"不过，就连你也得承认地震后军队的作用吧。"

"当然承认。"松本答道，"但是，出于此等原因，便声称缩减军备值得商榷，并不可取。似乎有一种论调认为在此次地震中，物质文明何其脆弱，竟被自然打败，但这毫无道理。我们固有的文化并不会因为这么点地震就被破坏。现在不是仍有岿然不动的建筑留存下来吗？只要充分利用我们所拥有的科学技术，在某种程度上能够承受住自然的暴虐。我们未将真正的文化运用于帝国的首都。要是能将日俄战争中所花军备费用的一半用于帝都的文化设施上，恐怕也不会遭受如此浩劫了。因此，唯有缩减军备才是上策。"

在风雨声中，我迷迷糊糊地听着该青年的长篇大论，打起了盹儿。突然间听到青木大声喊叫，我彻底被他吵醒了。

"不，无论如何，都不能废除夜警团。且不论是好是坏，每家每户都做出了牺牲，派男丁来参加夜警，只有那个姓福岛的不来，真是岂有此理。那家伙的房子，给一把火烧掉才是最好的。"

青木大佐可能在夜警问题上又被松本驳倒了，受牵连的则是经常成为他嘲讽辱骂对象的福岛。福岛家和青木家正好相邻，似乎是一栋最近刚建好的大宅院。

我吓了一跳，想着如果要吵架的话，得从中说和。但松本沉默不语，因此也就相安无事。

到了一点三十五分，两人将我留在小屋里，出门去进行最后的巡逻。暴风雨正好到达最猛烈的程度。

一点五十分——要说为何记得如此精确，是因为小屋里有钟，加之也没有其他事可干，稍有动静定会看时间——松本敲着梆子一个人回到了小屋。一问情况，他解释说青木要顺便回趟家，便在他家门前分开了。两点钟左右，青木回来了。不久，下个班次的人来替班，所以大家聊了一会儿就各自回家了。我和松本就从值班小屋向左，青木则向右走去。当我们恰好来到自家门前时，仿佛从远处的狂风中听到了人的喊叫声。

我们俩跑了过去。值班小屋的人也跑了过去。跑近一看，青木大佐正狂乱地喊着："失火啦！失火啦！"我突然闻到一股类似砂糖烧焦的味道。心想可能是砂糖烧起来了。我们和附近赶来的人一起，用事先配备好的铁桶打满水，在暴风雨中努力灭火。

通过众人的努力，在未酿成大祸前，火就被扑灭了。被烧的正是争论中提及的福岛家。似乎是从厨房起的火，厨房和餐厅、女佣的房间都被烧了，而客厅与起居室却未被波及。

筋疲力尽的人们庆幸着未酿成大祸，总算松了口气。可屋子里过于安静，我觉得有些奇怪，便打着手电筒，朝客厅方向走去。就在看似客厅与起居室的分界处，横卧着一个漆黑的物体。

用手电一照，看得出来确实是个男人。我不由得大叫一声，向后退了两三步。是具死尸！榻榻米已被流出的血染成了紫黑色。

总算把火扑灭了，松了口气的人们听到我的叫喊声后，蜂拥进房屋内。靠着大家手中灯笼的光亮，可以清楚地断定那的确是一具尸体，当事人被残忍杀害。无人靠近尸体一探究竟。人群中，有人高举灯笼，通过光亮窥探，只见里屋已经铺好了床铺，旁边则是一名女子与一名幼童的尸体，样子像是从铺上爬行而出。不久，从聚集于此的人们口中得知，死者是这家的看房夫妇和他们的孩子。福岛一家都回老家避难去了，只有福岛一人留在此处，但据说他也在今天傍晚回了老家。

我竖起耳朵听着这些人的窃窃私语，不经意间望向尸体，惊讶地发现，不知何时松本也来到了屋里，他似乎抱住尸体在进行调查。作为探访记者，其状态可谓相当熟练。

他打着手电走进里屋，进行细致的调查。我实在是佩服他的胆量。

不知不觉间天已泛白，渐渐亮了起来。

过了一会儿，松本似乎已经调查完尸体，从里屋走了出来。他没有理会身边的我，只是环顾了起居室。我追随着他的视线，环视到明亮的窗户时，发现角落处的一张榻榻米翘了起来，地板也被掀了起来。松本似飞鸟般急忙扑过去，我也不由得紧随其后。

在被掀开的地板附近，掉落了一张纸片。眼尖的松本发现这张纸片后，略显吃惊，他一度想捡起，但立刻作罢，从口袋里掏出一个记事本。我悄悄地从他身旁瞄了一眼地板上的纸片，上面似乎写着莫名其妙的符号。接着，我又瞄了瞄他的记事本，上面竟然写着和纸片上相同的符号。

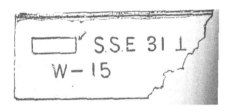

"哦，是你啊。"松本发现我在窥探后，急忙合上了记事本，"怎么样？我们调查一下火灾吧。"

我默不作声地跟着他，朝被烧毁的地方走去。局部烧毁的器物七零八落地散落一地，焦黑的木头在扑哧扑哧地冒着白色的蒸气。起火处好像是厨房，可并未发现任何看似是引起火灾的可疑物品。

"你看，果然是砂糖烧焦了吧。"松本向我展示了一个大玻璃罐，上边的部分已经掉落，只剩下罐底，底部粘着黑色的块状物。我听到青木的喊叫声急速赶到时，自言自语地说了声"是砂糖烧焦了啊"。此话竟被这个青年完整地听到了。我心中惊讶于他的机敏，同时也只好肯定罐中装着的正是烧焦的砂糖。

松本仔细地检查起了四周。在这过程中，他从口袋中掏出一柄毛刷，接着从记事本上撕下一张纸，将地上的一些东西扫到纸上，再小心谨慎地拿起来给我看。纸上有几个缓慢滚动着的白色小圆珠。

"是水银吧。"我说。

"是的，大概原本是在这个里面吧。"他一边回答一边向我展示一个直径二分①左右的玻璃管碎片。

"这不是摔碎的温度计吗？"我扬扬自得地对他说，"还是和失火有某种关联吗？"

"如果是温度计，不会留下这么多水银。"他答道，"还不知道和火灾是否有关联呢。"

是啊，不可能知道的。可这个青年的行为，不由得让我

---

① 　分，日本尺贯法度量衡制中的长度单位，一分约为 2.4 毫米。

认为他可能发现了问题的关键。

这时，屋外变得嘈杂起来。很多人吵吵嚷嚷地挤进来，是检察官和警官一行人。

我和青年记者告诉其中一个警官说，我们是当晚的夜警，听到最初发现火灾的青木的叫喊声后赶到现场的。我们二人被告知暂时在此等候。

男性死者年龄在四十岁左右，现场留下激烈搏斗的痕迹。左肺部被锋利的尖刀刺了一刀，凶器显然是被遗弃在现场的水果刀。女性死者三十二三岁，从床上探出身体正要抱孩子时，被凶手一刀刺穿左肺，当场丧命。餐厅与房间——三人就寝的房间——之间的纸拉门都被水果刀划得稀碎。枕边桌子上放着点心盒和托盘。托盘中还留有苹果皮，看似是睡前吃剩下的。

除此之外，让人奇怪的便是那被掀起的地板，以及可疑的纸片。

讯问开始，先是青木接受调查。

"夜警交班后差不多两点二十分吧，我就回家了。"青木说道，"因为走前门会有些绕远，所以我就想穿过福岛家的院子，从我家的后门进入。结果看到从他家厨房天花板冒出红色火焰，于是就大声叫喊起来。"

"院子的栅栏门开着吗？"检察官问道。

"由于夜警值勤的时候会时常进入院子里，因此一直让栅栏门开着的。"

"发现火灾前，大约几点巡逻过？"

"不到两点吧。对吧？松本君。"青木回头望向松本。

"我想想。巡逻结束，回到小屋时是一点五十五分，所以在福岛家前和你分开时应该是一点五十分左右吧。"

"你所说的'在福岛家前和你分开'是怎么回事？"

"哦，我们一起巡逻，我顺路回了趟家，因此只有松本一人回到了小屋。"

"还是穿过那院子回家去的吗？"

"是的。"

"那时没有异样吗？"

"没有。"

"因为何事回家呢？"

"也没什么大事。"

这时警官来到检察官的面前。尸检结果出来了，结果表明被害人在大约晚上十点被杀害。因为幼童的尸体表面没有任何异样，所以决定对其进行解剖。同时，点心盒也移交到了鉴定科。

从时间的关联性来看，杀人是否与失火有关，似乎是警察之间的争论焦点。

总之，大体可以认为，凶手与该男子搏斗后，用放在枕边削皮用的水果刀刺死男子，之后又从背后将试图带着孩子逃走的女子杀害。接着他计划藏尸，便掀开地板，但没有成功，便划开纸拉门，可能是打算把纸拉门当作柴火进行焚尸。

"不过，夜警戒备森严，凶手是如何进来，又是如何逃脱的呢？"一个警察问道。

"这倒不难。"松本插嘴说道，"因为夜警值勤从十点开始，所以可以在此之前潜入，趁火灾骚乱之际，混入人群中溜走。或者在两次巡逻的间隙逃脱。"

"你怎么回事啊？"那警察似乎很恼火，"装出一副很懂的样子，难道你看到凶手逃往何处了？"

"如果看到就抓住他了。"松本答道。

"哼！"警察看起来越发生气，"别说大话了，快一边待着吧。"

"我可不能一边待着啊。"松本沉着应答，"因为我还有事必须向检察官先生汇报呢。"

"和我说什么事？"检察官插嘴问道。

"警察先生们似乎有些误解。我不了解幼童的死因，但我认为另外两人并非是被同一个人杀害的。杀害女人的凶手与杀害男人的凶手不是同一个人。"

"你说什么?"检察官提高音量,"怎么回事?"

"我说杀害两人的不是同一个人。不错,两人均是被同样的凶器杀害,且这两人都是被刺中左肺。不过,一人是从前面被刺,另一人是从后面被刺。通常而言,从后面刺穿左肺要困难一些。况且,请大家看纸拉门上的划痕,每次都是从左到右切成一字形。一般来说,刺入之处都有巨大的裂口,而随着拔出刀的地方,切口就会变小,所以这一点应该很清楚。还有,你们诸位再看看——"他望向刑警,"看看那苹果皮。果皮相连,是向左旋的,说明削苹果的人是个左撇子,划破纸拉门的是左撇子,刺杀女人的是左撇子,但杀害男人的却是右撇子。"

检察官和警察,还有我,不,是所有在场的人,差不多都目瞪口呆,而这个青年却并未流露出得意的神情,大家都在倾听着他的讲述。

"是这样啊。"检察官终于打破了沉默。

"也就是说,女人是被死在那儿的男人杀害的,对吧?"

"正是。"青年记者简单作答。

"那么这个男人是被什么人用他自己所持的凶器杀

害的？"

"与其说是被'什么人'，"青年记者说道，"不如说是被'那个人'更准确。"

在场的所有人都大吃一惊，全都默不作声地注视着青年记者。

"警部①先生，您对那张纸片还有印象吗？"

"对了。"警部思考片刻后，低沉地说，"对了，你这么一说，我想起来了，这的确是在办那个男人的案件时……"

"是的。"青年记者说道，"当时我作为一个默默无闻的探访记者，也与案件有些关系，在那起'神秘男子偷盗事件'中岩见庆二为人所知，我曾在他的房间内看到过这张纸片。"

听到岩见这个名字，我也吃了一惊。岩见！岩见！那个男人也与此事有关吗？当时，报纸上以极度夸张的标题大肆报道过岩见事件。我对此颇感兴趣，也读得十分投入。原来如此啊。难怪松本刚才跟记事本上记录的符号进行了对照。

在此，我就把当时报纸上报道的事件如实地向读者介绍一下吧。

---

① 警部，日本警官的警衔之一，警视之下，警部补之上。

　　这个自称为岩见庆二的公司职员，是个神秘的青年，下面就讲讲他的故事。

　　那是去年六月末的某个晴朗的午后，岩见身穿白色的条纹裤、黑色的羊驼绒上衣，头戴草帽，脚穿白皮鞋，领带打着蝴蝶样式的领结，当时每个青年职员都是这身标准的装扮。他鼓起的胸口处，装着两个信封，一个装有本月的薪水，另一个则装着领取的奖金，原本他曾认为这笔奖金今年夏天可能不会得到，故而死了心。单身汉不用顾忌他人，一个人自由自在，他盘算着从这两项收入中扣除每月付给西装店的分期付款和欠租房老板娘的钱后，应该尚有结余。因此，他脑中浮现出那些想买却绝对不会买的东西，迈着坚实的步伐，从银座街头的一个橱窗走到另一个橱窗。

　　散步原本就无须花钱的。不过，怀揣着可支配的金钱，虽然绝不会买，但窥探着橱窗内想买的商品，这种"快感"是无此经历者不会懂的。如今，岩见也沉浸在这种"快感"之中。

　　他在某家洋货店前驻足。那时，如果有人敏锐地观察他，或许就会发现他悄悄地向上拉了拉上衣的袖口。那是因为他注意到橱窗内摆着几个同事所拥有的金袖扣，这是他垂涎已久之物。他不禁为自己的寒酸袖扣感到羞愧，便下意识地拉了拉上衣的袖口。

岩见下决心离开那家店的橱窗，又朝新桥方向走去。这次他伫立在一家大型钟表店前，又想要一只金壳表。不过，他自然没有买。随后他稍稍加快脚步，一路上想着"不会买的物品"，过了新桥，在玉木屋的拐角处右转后又走了两个街区，进入了一条小巷。这时，他突然把右手伸进上衣的口袋中，却碰到了意想不到之物，他略感惊讶地掏出来一看，竟是个小纸包。急忙打开一看，啊！这不是刚才想要的金袖扣吗？他揉了揉眼睛。而此时左边口袋里也沉甸甸的。从左边口袋中掏出的，居然是金壳表。他完全蒙住了。这简直像童话故事中的情节：利用魔法师的力量，任何想要得到的东西都会立刻出现。不过，他没有一直茫然失措。因为，他拿着表的手被一只从后面伸出的强壮之手紧紧拽住了。原来，在他身后站着一个魁梧的陌生壮汉。之后，他被这个陌生男人带回刚才的洋货店。在他完全没搞懂状况前，商店的掌柜已说道，就是这个人，不过店里倒没有丢失什么东西。接下来，岩见又被带到钟表店。此时，他才似乎渐渐明白了。钟表店掌柜一看到他，就说"是这家伙"。刑警——自然就是这个壮汉——立刻开始对岩见进行搜身，从腰间的口袋里取出一枚戒指，还璀璨夺目呢。

"你这家伙，没怎么见过啊。"刑警对岩见说道，"倒也不像个生手嘛。"

"开什么玩笑。"岩见意识到事态的严重性，便拼命地辩解，"我完全不知道发生了什么，究竟是怎么回事儿？"

"哎，哎，适可而止吧。"刑警说道，"你买袖扣，或者买表，这都没问题。但顺手拿走钻戒就有问题了。不过，手段挺高明啊。"

"我不记得买过手表和戒指。"他辩解道，"您只要查查我带的钱就知道了。"

他想要证明自己的清白，便从里兜中掏出装有薪水和奖金的信封。突然，他脸色大变，信封袋已经被打开了！

刑警见状，似乎也有些搞不明白了。他缓和语气说："总之，来趟警视厅吧！"

到了警视厅后，岩见并未胆怯，陈述了自己与此事无关。警部听完这个青年的讲述后，陷入了沉思。倘若这个青年所述为事实，那真是不可思议的案件。此时，警部脑中突然浮现出一件事——他听岩见说自己是某某大厦里的东洋宝石商会的职员时，不由得突然想起两三个月前的"白日抢劫案"。于是，他立即讯问了岩见。令他吃惊的是，岩见竟是与此案关联最深之人。

所谓的"白日抢劫案",是这么一回事:

案件发生在四月初,再过两三天便是观赏樱花的时节。某个阴云密布的正午,在某某大厦十楼的东洋宝石商会的经理室中,经理正要打开保险柜,将当日从分店送来的几颗钻石收好。职员们办公的长方形大办公室中,有一个凹进去的空间,此处是进入经理室的唯一入口。作为秘书,岩见就在入口附近办公。经理在走向保险柜时,似乎听到什么响动,因此回头望去,结果发现一个蒙面男子站在那里,举着手枪对着自己,其脚边躺着一个男人。蒙面人瞪着身体僵直的经理,逐渐逼近,就在他想抓起桌上的钻石的一瞬间,背后响起了异样的叫声。那是从倒下的男人——秘书岩见口中发出来的声音。此时,歹徒猛然向入口处逃去。办公室里的职员们蜂拥而至经理室的门口。此时,岩见一边喊着"经理中枪了!快叫医生!"一边从经理室冲了出来。而当职员们正要进入经理室时,却意外碰上脸色苍白的经理。

"歹徒跑哪儿了?"经理大喊道。而职员们却一头雾水。先是岩见喊着"经理中枪了"冲出来;接着又是经理喊着"歹徒跑哪儿了",也冲出来;最后,众职员冲进经理室,第三次大吃一惊——岩见就躺在里面,奄奄一息。

终于把事情弄清楚了。那个长相酷似岩见,或是扮成岩见的歹徒，趁着正午人少之际，装作岩见穿过职员办公室，蒙面后伺机而动。待经理为了打开保险柜而转身的瞬间，歹徒扑向岩见，用手枪的枪托底部给予一击，接着又逼近经理。谁知岩见并未昏迷，而是发出呻吟声，歹徒见行凶未遂，便逃之夭夭。

经理看到歹徒逃走后，急忙将钻石扔进保险柜，一关上保险柜，就去追歹徒了。

众职员赶来时，歹徒装成岩见，一边喊着经理受伤了，一边冲出房间，因此所有职员都上了当，待进入房间后再次看到岩见，都目瞪口呆。歹徒最终还是逃掉了。不过，钻石总算安然无恙，经理为此感到欣喜，他暂且制止住乱喊乱叫的职员，而后回到自己的房间。为慎重起见，再次打开保险柜检查，结果发现急急忙忙扔进保险柜的钻石中，缺了一颗时价数万日元的钻石。看来是机灵的歹徒在经理将钻石放入保险柜前已经将之盗走。

接到紧急通报后赶来的警官也不知如何是好。经理与岩见都接受了严格的调查，但经理的话足以让人相信，而岩见当时也几乎处于不省人事的状态，因此更无可疑之处。

警部知道银座商店盗窃案的疑犯岩见庆二，就是这起"白日抢劫案"的相关人员后，对他进行了更为严厉的审讯，但岩见辩称自己不记得在什么地方买过东西。然而，无论他如何申辩，因为现在赃物就在他身上，因此警方决定将他拘留，关押在看守所。

但一波未平一波又起。看守所的看守被吩咐在巡视之际要特别留意这个古怪的青年。可半夜一点左右仔细查看时，令人吃惊的是岩见已不知何时从看守所消失了。

警视厅内乱成一团。竟然让重要犯人跑了！于是，立即展开紧急搜索，然而过了一夜也一无所获。到了第二天上午十点左右，岩见才在他的住处被抓获。

当时，刑警们以试试看的心态，一直在他的住处埋伏。十点左右，他神情恍惚地回到住处。

审讯时，岩见的回答出乎警官的意料。他说在昨晚快到十一点的时候，一个巡查①来到拘留所命他出来，便将他带出来，之后告诉岩见他已经洗清嫌疑，决定释放他，就把他带离了看守所。夜已深，但所幸兜里有钱，且遇到这种太过荒唐之事，就想着发泄一下以舒缓心情。他就这样坐上了电车，来到品川，进了某妓楼，直到今天早上才回来。

"你们究竟想要干什么？"岩见愤愤不平地说道，"一会

_____

① 巡查，日本警察中最低的警衔。

儿放我走，一会儿又抓我，这不是完全把我当玩具耍吗?"

　　某某巡查立刻被叫来，岩见立刻认出，但该巡查却回答"完全不知情"。另外，警方也调查了品川的某妓楼，时间及所有的内容确实如岩见所述。负责智能犯罪和暴力犯罪的警察都被召集在一起，共同商议此事。得出的结论是，此案与之前的盗窃案一样，都有可能是有人在操纵着一无所知的岩见，而岩见本身是无罪的。

　　不过，这个不幸的青年最终未被释放。这是因为某某巡查被装扮成自己的歹徒所利用而深感愤怒，且为了证明自己的清白，便去调查了岩见的住处，结果发现了一张画有奇怪符号的纸片。此外，在钻石抢劫事件中，岩见虽因证据不足被判无罪，但在商店盗窃案中，因为他持有赃物，店里的掌柜们也见到了他，并证明他就是当事人，所以最终岩见还是被起诉，被判处两个月的监禁。

＊

　　"当时，我作为一名采访记者，"松本说道，"对此案产生了浓厚的兴趣，我曾调查过一次岩见的住处，至今还记得这些奇怪的符号。如果您能采集一下这张纸片的指纹，就能更加确定了吧。"

检察官听取了他的意见。就在检察官与警官商议之时，从屋外走进来一个人。此人由一名巡查陪同，是个年近五十的绅士，长相富态，但有些粗俗。此人便是这家的主人，福岛。

福岛看见倒在那里的尸体，脸色发青，浑身颤抖。检察官马上紧张起来，开始了审问。

"没错，就是留下来看家的夫妇。"福岛逐渐平复情绪后回答道，"男人名叫坂田音吉，以前在我这里做过木匠。他家住浅草桥场，有两三个徒弟。人称'左撇子音吉'，似乎在业内小有名气。他努力工作，是个很稳重的男人。但在此次地震中，以十岁的孩子为首，四个孩子中上面三个都下落不明，唯有最小的两岁孩子被母亲紧紧抱着逃了出来，才幸免于难。音吉沮丧的神情真是可怜。我们家里人都暂时到老家避难了，但只有我因为生意上的事情无法一直待在老家，便留在了这里，有时也会回老家看看。恰好有这对夫妻看家，我昨天傍晚回了老家，今天早上才回来。"

"昨天，这两人没什么异样吗？"

"没有。"

"最近，有人来找坂田音吉干活吗？"

"没有。"

"你本人有没有因何事被人记恨?"

"我觉得是没有。"他说话时正看到站在一旁的青木，"不，最近街坊的人倒是相当憎恨我。这是因为我不参加街道组织的夜警团，站在那里的青木先生最为恼火，甚至还说过要烧了我的房子。"

检察官瞅了瞅青木。

"岂有此理!"青木已然面红耳赤，支支吾吾地说，"你是说是老、老子放的火吗?"

"不，我并非那样说。"他冷冷地答道，"我只是说您讲过那样的话。"

"青木先生，您讲过吗?"

"讲过。那是一时冲动讲的。"

"您发现火灾时是几点?"

"刚才讲过，大概是两点十分。"

"根据火势蔓延情况来看，似乎失火后已过了二三十分钟。但您在此之前，也就是在一点五十分时穿过了这家的院子，对吧?"

"对的。"青木看似不安地答道，"难道您是说我……"

"不，现在正在调查事实。"检察官严肃地回答。他又问福岛："买过火灾保险吗?"

"买过的。房屋一万五千日元，动产七千日元，签了合计两万两千日元的保险合同。"

"家当就原封不动地放在这里吗？"

"因为没有货车，就只把随身用品带回了老家，其余的都留在这里了。"

"关于凶杀事件，有什么线索吗？"

"没有，毫无头绪。"

此时，一名刑警来到检察官身旁悄声说了些什么。

"松本先生，"检察官招呼青年记者道，"尸体解剖及其他结果出来了。这本不该告知警方以外的人员，但因要感谢您刚才提供有益于破案的建议，就把结果告诉您，请到这边来。"

检察官和松本走到房间的角落，低声交谈起来。因为我在最靠近他们之处，所以就断断续续地听到了他们的谈话。

"什么？氯酸钾中毒？哎呀！"听到松本如此说道。

据他们的讲述，桌上的点心盒中放着"最中①"，其中含有少量的吗啡。点心盒是当日下午两点左右在涩谷道玄坂一家名为青木堂的点心店买的，购买者相貌酷似岩见。但"最

① 最中，日本点心名，豆沙馅儿圆月形的食品。

中"并未被尝过，幼童是死于氯酸钾中毒。

不久，检察官就返回原来的座位上，再次开始了审问。

"青木先生，马上就到夜警的换班时间了，您却回了家。我想知道其中的缘由。"

"哦，这个嘛，"青木答道，"也没有什么特别值得一提的理由。"

"不过，您若是不说理由，将对您很不利啊。"

这个前大佐默不作答。我为他捏了一把汗。

"刚才您是说，"福岛说道，"青木先生在失火时来了我家？"

"这种事不用你来问。"检察官代为回答。此时，松本从隔壁房间抱着一些书走了出来。

"哎呀，福岛先生，听说您以前研究过药学，有不少书啊。我以前也稍有涉猎，这本山下先生的《药局法注解》①真是本好书啊。我已经几乎忘光了，看到此书才想起来。书中讲的氯酸钾中毒，我认为还真罕见。"松本对检察官说道，因为太过突然，检察官竟有些茫然不知所措。"我看了山下

---

① 此处所谓山下所著《药局法注解》，疑是对下山所著《日本药局方注解》之化用。下山顺一郎（1853—1912），日本药学家，1904 年出版《日本药局方注解》（第三版）一书。"法""方"二字日文中同音。——责编注

先生的《药局法注解》，因为书中在对氯酸钾的注解处写着量大时会致死，所以幼童是中毒身亡吧。"不过，他一边翻开书给检察官看，一边说道，"我发现了这条。"

"这里写着什么?"检察官疑惑地看向松本所指之处，那里写着：氯酸钾，将其与二氧化锰和氧化铜等金属氧化物混合并加热到260℃至270℃时，就会释放出氧气，这就是该化学品处于高温状态下成为最剧烈氧化物的原因……此外，还有将该化学品与两倍数量的蔗糖混合，在此混合物中滴入一滴强硫酸，即可引燃。

"我们最初发现失火时，就嗅到了砂糖烧焦的气味。到现场查看后，发现有个硕大的玻璃砂糖罐，被烧坏的底部留有漆黑的碳化物。所以我认为，犯人利用了氯酸钾被硫酸分解后生成高氯酸的特性。"

"原来如此。"检察官这才点了点头，"如此说来，凶手是以纵火为目的而将砂糖和氯酸钾混合，再添加了硫酸，是吧?"

"不，我认为或许不是凶手所为。这是因为杀人与放火之间有很大的时间差，且该药品的调配恐怕是在很早以前就完成了，可能大约在傍晚吧。"

"你是说……"

"也就是说，幼童之所以会死，是因为母亲大概在牛奶或某些东西中加入了砂糖。但或许砂糖中已经加入了氯酸钾，因此幼童才会中毒。"

"嗯。"检察官点了点头。

"由此，我认为本案已稍有眉目了。假设幼童因中毒而痛苦挣扎，并最终死去，见到此景的父亲先是因为震灾失去了三个孩子和房屋，如今又痛失仅存的幼子，因此可能会发狂。他为了泄愤，从背后刺杀了孩子的母亲，之后不分榻榻米和纸拉门，到处乱砍乱闹。就在此时，恰巧岩见不知为何潜入屋中。于是，二人打了起来，我想最终坂田是被岩见刺死的。纵火非岩见所为，恐怕他也没有药品方面的知识，况且那时，他也无须采用这么烦琐的方法吧。"

"那么纵火犯是谁呢？"

"可能是想把这房子烧掉的人吧。因为投了大额保险。"

"休得胡言乱语！"一直都在默默聆听的福岛突然怒吼起来，"你毫无证据，却说得我像为了骗取保费而纵火似的，简直是岂有此理！别的暂且不说，当晚我并不在家。"

"若是在家里纵火，无须用到氯酸钾吧。"

"还在鬼扯这些？当着检察官先生的面，我可不能轻易饶过你！"

检察官或许也对此青年记者的冷静从容的态度很是钦佩，并未试图阻止他。

"若你这么说，我就代检察官说明吧。哎呀，我也赞叹你那巧妙的设计。

"我在现场拾到些玻璃管的碎片和少量水银。直到刚才为止，我还没想出那是干什么用的，但听闻孩子是氯酸钾中毒而亡后，查阅《药局法注解》后才知道了真相。检察官先生，"他转向检察官，继续说道，"在氯酸钾和砂糖的混合物中加入一滴硫酸，是的，只要加入一滴硫酸，就会以迅猛之势燃烧起来。一滴硫酸，可否设法在适当的时机自动注入呢？利用水银柱，真是个令人震惊的设计。将直径一厘米的玻璃管——恰如这块碎片大小所表明的弯成 U 字形的玻璃管，封闭一端，倾斜着从另一端缓缓注入水银，将堵住的玻璃管全部用水银注满。然后再将 U 形管放正，此时封口端的水银柱会稍微下降。如果 U 形管的两端都开口，水银柱则以左右相等的高度保持静止，但因为一端被封闭，空气的压力会让水银柱保持一定的高度，左右之差约有七百六十毫米。也就是说，那等于一个标准大气压。因此，若大气压强减弱，封口端的水银柱的高度就会下降，而开口端的水银柱就会上升，这是不言自明的道理。由于昨晚两点左右，东京正处于低气压的中心区，咨询气象台后可知，下午五点左右气压为七百五十毫米汞柱，凌晨两点为七百三十毫米汞柱，即有二十毫米汞柱之差。也就是说，U 形管封口端的水银柱下降十毫米，而开口端的水银柱就会升高十毫米。那么，如果事先在开口处的水银上滴入少许硫酸，将会如何呢？到那时就会自然溢出来。福岛先生，"松本回头望向脸色铁青、一言不发的福岛，继续说，"你鬼迷心窍，为了骗取那区区数万日元的保险金，先是杀害了看家人的孩子，接着又杀害了他的母亲，最后连他的父亲也杀了。而你却试图将你那可怕的罪行嫁祸给青木先生。这真是罪上加罪。怎么样？还不直接坦白吗？"

福岛不堪一击，完全被吓呆了。

检察官对青年记者条理清晰的判断赞叹不已："哎呀，松本先生，您可真了不起啊。您这样的人如果能加入警察的行列，实属荣幸啦……那么，您怎么看岩见潜入的理由，以及带来注有毒药的点心盒的理由？"

"老实说，这点我也难以判断。"青年记者松本用干脆利落的口吻答道。

＊

自那过了两三日，报纸上报道了岩见被捕获的消息。其供述与松本所言完全一致。但有关他再次潜入福岛家的理由却只字未提。

之后，我再无机会见到松本。我又回归到原来的生活，就如每日奔赴战场般穿梭在熙熙攘攘的涩谷站，到政府机关去上班。某日，像往常一样气喘吁吁地沿着坡道往上走时，却被人叫住。一看，是松本。他微笑着说有点事要咨询，让我到附近陪他聊聊。于是，我就跟着他到了玉川电车楼上的小餐馆。

"听说岩见被抓了。"我开口说道。

"终于被抓了啊。"他应声道。

"这不正如你推测的那样吗？"我称赞他说道。

"只是歪打正着着罢了。"他满不在乎地回答，"对了，我想问的就是，那个福岛家的房子，大概是什么时候建的？"

"那个房子啊，嗯，大概是今年五月左右开始建造的，就在地震稍早前建好的。"

"在此之前是片空地吗？"

"是的，空了很久了。不过，四周筑起了坚固的石墙，入口处还有石阶。"

"啊，是这样啊。"

"和案件有什么关系吗？"

"不，有点事想参考一下而已。"

之后他便不再谈及岩见事件了，只是愉快地聊了他身为记者的各种经历。而在此过程中，他从口袋中掏出一个漂亮的烟斗，是琥珀质地，并镶嵌着金环。他一边吸着烟，一边扬扬得意地向我展示着烟斗。

和他分开回到家中，我正要换衣服，手伸到口袋中时突然碰到一个小而硬的物件，拿出一看，竟是刚才松本用过的烟斗。我设想了各种情况，但终究想不出这个烟斗是如何进入我的口袋中的。

我很是困惑，但不管怎么说，我都想着要还给松本。之后几日虽想着还他，但终究未有机会，时间就这么一天天地过去了。

某日，我收到一封很厚的封口书信。翻过来一看，寄件人是松本。我急忙拆开通读，不禁发出惊叹之声。

书信内容如下：

久未谋面，或许永不相见。

我渐渐理解了岩见庆二的怪异行为和暗号之意。因为您也对此案很感兴趣，那我就大致讲一下吧。

先从那个偷盗案说起吧。那起案件，岩见庆二应该是无罪的。因为他非但没有如此巧妙的伎俩，且从前后的情况来看，他所采取的行动似乎也能证明他无罪。如若那样，他身上的物品是怎么回事呢？您或许还记得某某大厦的"白日抢劫案"中，歹徒扮成岩见庆二之事吧。连银座商店偷窃案也是有人扮成岩见的模样所为。此歹徒看到岩见在洋货店前驻足，想要得到金袖扣，便在岩见离开后，进入那家店买了金袖扣。接下来同样购买了手表，将它们放进了岩见的口袋里。在芝口附近，岩见发现金袖扣后茫然失措，歹徒趁此间隙抽出了他装有工资和奖金的信封。接着在岩见发现手表，趁他再次吃惊时，歹徒从信封中盗走钞票，与此同时又将信封放回岩见的口袋中，迅速将偷来的钻戒扔进裤兜后离开。而后岩见被刑警抓获，才出现了店里掌柜指认的那一幕。此歹徒如果要将罪行嫁祸给岩见，但又为何半夜冒险扮成刑警将其带出拘留所呢？这恐怕是为了跟踪岩见。倘若岩见有何不轨，将盗窃之物藏到某处，在他因盗窃嫌疑被捕而后被释放之时，他肯定会心虚而去藏匿地点查看一番。这便是凶贼的目的。岩见藏了什么呢？那便是那起有名的"白日抢劫案"中丢失的那颗名贵钻石。进入商会的盗贼确实因为岩见的喊叫声一无所获地逃走了。

而当经理慌里慌张地紧握桌上的钻石，将其放入保险柜时，其中最有价值的一颗宝石掉在了地上。

经理去追贼后，岩见定是发现了那颗钻石，就起了歹心，迅速将其藏在地毯下，然后继续装死。歹徒从报纸上得知钻石遗失的消息后，或许会认为是岩见所为。因此，当歹徒获悉岩见破坏了他的计划，并夺走了那颗钻石的时候，便发誓无论如何都要拿回钻石。自然，于他而言，一定是尽力做了相关的调查，而后识破了那怪异的符号正显示了钻石的藏匿地点。不过，那些符号只是岩见单纯地用于备忘，至于地点——对于岩见来说那是个容易记住的地点。因此，即便破解了暗号，也还是不知道地点，依然无计可施。于是，此歹徒就想到了一出"苦肉计"，先借警方之手抓获岩见，再由自己冒险释放他。然而，他的计划却因岩见去品川花天酒地的意外行为被打乱。但事后来看，岩见自己也无法从藏匿地点取回钻石。

然而，歹徒却偶然知道了钻石的下落。他是通过此案得知的。从岩见潜入某户人家来看，钻石确实就藏在那户人家的家中某处，之后便比较容易了。长方形边角上的箭头符号表示石阶的一角；S. S. E 则表示东南偏南；

31 自然就是 31 尺①的意思；倒过来的丁字形表示直角；W-15 是向西 15 尺。整个的意思即从石阶角上向东南偏南方向 31 尺，再拐直角向西 15 尺。由于岩见藏钻石的时候，那块地还是空地，只有石阶已经垒好，但还是长满野草。对于这点，您也很清楚。岩见因商店偷窃案被监禁，在错失取走钻石时机的这段时间，那里建起了福岛的房子。因此，岩见出狱后便盯上了福岛家，一直在等待着机会。最终，他企图给看家人送去注入吗啡的点心，将其麻醉后，再从容地拿回钻石。于是，他靠暴风雨帮忙，潜入了福岛家。但看家人非但没有因吗啡而沉睡，岩见反倒差点被他砍伤了。那块地板之所以被撬起来，就是他寻找钻石时留下的。

可钻石后来又怎样了呢？

不瞒你说，已经被我拿走了。我想您已察觉，我就是在某某大厦白日抢劫的强盗。

请勿惊慌。此外，一来为了证明我的本领，二来为了给你留个永久的纪念，我在您上衣口袋里放入了那只琥珀烟斗。那可不是什么可疑之物，请放心使用吧。

---

① 尺，日本的长度单位。一尺约为30.3厘米。

他是杀人凶手吗

浜尾四郎

一

　　我若是你们这样的侦探小说家，或许会把接下来讲述的案件改编成一篇饶有趣味的侦探小说去发表。然而，我不过是一介律师，若写了一篇奇怪的小说，恐怕会招来世人耻笑。因此，如今就在你们面前如实地讲述吧。而最后我将读一篇不可思议的手记给你们听，该手记还不曾公开发表。当然，我身为律师，也与此案有关，因此，对于已知事实外的情况，我将不加任何想象和推测进行讲述。或许不如你们写的小说那般有趣，若果真如此，不妨就依这个案件写成一篇小说吧，因为这个事件似乎值得去这么做。

　　我先按顺序讲一下该事件的经过吧。所谓的案件，我想大家应该很清楚，那便是去年盛夏之夜，于相州 K 城发生的那起惨案。当时东京的各报纸都曾大肆报道，或许诸位都很清楚，但为了唤起大家的记忆，我就再次从头说起吧。

　　去年八月十六日的夜里，准确地说，是八月十七日的凌晨一点半左右——或许还有人记得，那日从傍晚开始东京地区就下起了大暴雨——在东京附近的热闹避暑胜地 K 城的某栋别墅里，发生了可怕的惨剧。原本 K 城从前不仅作为海水浴场和避寒地久负盛名，最近也修建了中上层人士的住所，很是繁华，尤其在夏季，几乎是东京附近人员最为聚集的地方。因为是在这片热闹地区突然发生的惨剧，所以给人们内心带来了极大的震撼。

　　惨剧的现场是名为小田清三的年轻实业家的别墅，被害人是小田家的年轻男主人清三（时年三十三岁）和他妻子道子（时年二十四岁）。一夜之间，这两人悲惨丧命。

　　本来小田家的上一辈是贸易商，积累了巨额财富，但清三中学时代丧父，之后由母亲一手养大。他生来体弱多病，所以大学中途退学，专心静养身体。当然，身为巨额资产的拥有者，一定是非常忙碌的，但主要还是委托母亲打理，而自己基本上住在 K 城的别墅里。因为富家公子的出身，又备受呵护，所以身上有着该阶层之人特有的任性，但他原本沉默寡言，不太与人争执。再加上又没有十分亲近的朋友，尽管很有钱，却可说是寂寞之人。尤其自前年末开始，之前就已很严重的肺病越发恶化，后又患上神经衰弱，和妻子一直住在 K 城，始终未曾离开东京。

妻子道子是数年前去世的知名大学教授川上先生的千金。她天生聪明，又很漂亮。或许你们之中也有人曾见过她，据传闻她去了 K 城后，被称为 K 城女王。该怎么形容她呢？身为律师的我实在无法表达，总之，她非常漂亮，且用最近的流行语来说，似乎充满了所谓性感的魅力。她在女子学校就读时就因美貌而闻名，据说见过她一面的人，皆称赞她的美貌。因此，她身边总是聚集着年轻的男性追求者。而她在父亲过世后，行动更为自由，所以围绕在她身边的年轻人——特别是男性，也在一个劲儿地增加。其中亦有年轻单身且喜爱音乐的伯爵，更有人看到她经常与伯爵漫步在银座街头。还有某位政治家的儿子，该青年爱好文学，多次与她现身剧场，羡煞众人。基于上述情况，她将来究竟会成为何人之妻，受到世人瞩目。

漂亮聪明，又是大学教授的千金，通晓音乐和文学，且交际如此广泛，品行却未曾受到过指责。因此，她是成为伯爵夫人，还是成为政治家的儿媳妇，抑或是被大实业家看中成为儿媳妇，看起来基本上都任她随心挑选。

也正因如此，大约三年前她突然和小田清三结婚时，颇令众人震惊。当然，一方是财力雄厚，而另一方家里也很有地位，还是绝世美人，也并非门不当户不对。因此，人们也并不感到意外。

男女双方在结婚前，几乎互不相识。也就是说，这段婚姻纯粹就是我国传统的相亲结婚，也难怪了解道子性格的人们会吃惊了。那么时髦的女性，为何会选择相亲结婚？人们都大惑不解。自不必说，与道子交往且很有自信的人都失望不已。

在众人的震惊中，两家却在稳步推进这桩亲事。没过多久，K城又多了一对年轻且完美的夫妻。

认识道子的众人中，有人说结婚或许并非出自她的本意，她家看似有钱，实则没钱，或是说她成了家庭的牺牲品，才嫁到了小田家。这些并非都是无稽之谈，尤其聪明的女人很会做这方面的盘算。

二

　　婚后一年左右，没有任何传闻。小田夫妇看似过着极为平稳和睦的生活。但道子依旧和众多年轻男子交往，令一些人大皱眉头。

　　过了一年左右，清三患上严重的胸膜炎，卧床半年，而后几乎退居在 K 城，开始在此与用人为伴，过着平静的夫妻生活。

　　恰在此时，传出奇怪的谣言。说道子过得很可怜。简言之，她的丈夫清三根本不爱她，又不理解她。一开口就会发病人特有的脾气，谩骂妻子，甚至最后还动手打人。据说，小田家的用人就曾多次目睹主人殴打妻子。

　　传闻道子甘愿忍受丈夫的暴行，过着隐忍的生活。道子在众人面前总是很快活，但似乎只是装出来的。于是，人们开始同情道子的遭遇。但她只会对极少数人认真讲述寂寞的夫妻生活。总之，这个传言几乎人人都耳熟能详，但同时人们也并不觉得意外。大家似乎更加确定，这是相亲结婚和图财导致的结果。不消说，人们在同情道子的同时，也开始厌恶起她丈夫，以及为了财产而牺牲女儿幸福的母亲。

　　从那以后又过了半年左右，这回又传出对道子不利的谣言。

原来，谣传中清三虽虐待妻子，却丝毫不限制妻子的自由，这点从道子自身的行为便可看出。也就是说，清三对妻子采取粗暴态度，或许是由于他完全无视妻子的存在。然而，道子的所作所为，虽然丈夫无视，社会却不会视若无睹。

道子常把家庭想作冰冷的监狱，忍受着痛苦的折磨，这让大众十分同情她，同时反倒也为她品行问题的有关传言提供不利的证据。世人开始谩骂她频繁与年轻学生等人来往之事，其中有人明确指出她和某人过从甚密。尽管如此，她似乎完全没听到这些传言般，依旧我行我素。看上去有些冷漠的丈夫清三，对这些事比道子更加漠不关心。

她的品行究竟如何，没想到竟通过那起惨剧被揭露了。

情况大抵如此。尽管外界议论纷纷，但这对不般配的夫妻依旧相安无事地生活在 K 城。那起事件前的小田家的情形大体如上所述。

去年八月十六日这一天，当日午后，K 城的小田家来了两个男性客人。两人都是小田夫妇交往了两三年的熟人。一个是名叫友田刚的 K 大大学生，二十五岁，另一个则是名叫大寺一郎的某大学的学生，二十四岁。友田是小田清三曾就读学校的学弟，也是富家子弟。恰巧当时也租住在 K 城边，因为一个人独居在外，所以便到小田家坐坐。大寺是道子父亲曾就职大学的学生，他与友田的境遇稍有不同。这是我后来才知道的，大寺的父亲曾受到道子父亲的诸多关照，据说大寺的父亲生性顽固，又是个喜欢与人打官司的人，却不谙法律诉讼，结果把在乡下仅有的一点财产全部败光，在一郎还是中学生的时候就死了。不久，母亲也离世了。亲戚帮助一郎，想着至少要把他送入大学，所以就恳求道子的娘家，这才终于让一郎来到东京上大学。因此，当时他实际上离开故乡已快三年了，受到众人照顾，并进入东京的大学就读，寄宿在郊外。因为那天恰逢暑假期间，他又和小田夫妇之前就相识，便来到 K 城游泳，打算当日往返。我在此稍作说明，虽然友田和大寺是偶然遇到，但据说他们当时都和道子非常亲密——不，是太过亲密。

当天下午，友田、大寺和道子一同去海边游泳。我方才也提到过，那天从傍晚开始就下起了猛烈的暴雨。傍晚时分，天色变得异常，两人经道子提醒，赶紧从水中上岸。

据说当天清三难得有精神。于是，在两个客人从海中上岸后，他就提议："刚好聚齐四人，我们打麻将吧。"

因为两位客人经常出入 K 城的小田家，看起来对此游戏相当熟悉，四人随即便玩起了麻将。

晚饭后——后来被调查者的证词均一致——也就是五点半左右开始用餐，三十分钟后用餐结束。吃过晚饭后，四人马上围在桌旁，就开始了"碰""吃"。当时天气已完全恶化，正是暴风雨来临之际。

我不太懂麻将，但据说这是一种很耗时的游戏。当晚说要打八圈以决出两轮胜负——按照约定就开始了。但八圈过后，风雨仍旧很大，毫无停歇的迹象，再加上正好道子大胜，而输得最惨的清三难得投入，心有不甘，便提议再打四圈，于是大家又玩了四圈，结果那晚持续打了十二圈。

据说胜负完全揭晓时已是深夜，快到十二点了。当时风停了，但雨还在下，主人夫妇不断挽留两位客人在此留宿，因为友田就住在 K 城，谢绝后便乘车回去了。但对大寺而言，火车已停止运行，天气又十分恶劣，就决定在小田家过夜。

据女佣的证词，主人说准备就寝，并要他们去休息时，刚过十二点。于是名为阿种和阿春的女佣，待主人下令后便回到了自己的房间。当时如前所述，大雨依然猛烈。

在此，我先说明一下小田家的房屋情况。这栋房子为日式建筑，二楼有主人夫妇的卧室与主人的书斋，而下面正好有两间日式客厅。书斋下方的房间就是当晚大寺留宿的地方，从此处顺着走廊走不了多远，就是女佣的房间。从厨房走到外面，还有其他的建筑物，这里便是水兵出身的男佣仁兵卫的居所。

得到主人的许可后，早已困倦的两个女佣立即回到房间，拿出寝具，不像大多数用人那般开始抱怨，而是马上进入了健康的睡眠状态。

没过多久，年纪稍长的女佣阿种突然醒了过来。原以为自己睡了很长时间，又因为觉得是自然睡醒，便按照以往的习惯，看了一下枕边主人派发的闹钟，发现才一点半左右。雨依旧下个不停。阿种刚要安心地再度入睡时，突然听到有人在喊叫。接着从二楼传来了类似拉门倒下的声音。

阿种险些叫出声来，急忙拽起棉睡衣，钻进被窝里，一时间不敢吭声。过了一会儿，战战兢兢地探出头仔细聆听外面的动静，又听到有人在呻吟。阿种再也按捺不住，拍打着一旁酣睡的阿春，将她叫醒。阿春听完阿种的描述后也是颤抖不止。无论如何，两人商量先叫醒男佣。

不过，如上所述，要叫醒男佣，就必须打开门走到另一栋建筑物。在这暴风雨侵袭的深夜，两个女人是很难完成这项任务的。于是，两人就商量沿着走廊去到附近的客房，叫醒那里的客人。

　　两人颤抖着，好不容易来到了大寺的寝室，然后在外面轻声喊了两三次大寺的名字，但没有人应答。两人不顾一切地打开拉门一看，原以为大寺会睡在这里，但床铺上只有被褥。两人进入屋内后呆若木鸡。正在此时，这间屋子上方的二楼的房间里传来了有人扑倒在地的声音。她们惊叫着跑出了房间，把男佣仁兵卫唤醒。这个血气方刚且是水兵出身的四十多岁男佣，随即拿起一根大手杖迅速前往，他鼓动两个女佣一同跑上了二楼。

　　当事人以外的人士就是在此时，才初次发现了这出惨剧。跑在最前面的仁兵卫和跟在后面战战兢兢上去的两个女佣，刚上二楼就目睹了令人毛骨悚然的可怕景象。

　　楼梯尽头是夫妻的寝室，拉门从正中间被推开——莫如说其中的一扇拉门已被撞倒了——从外面可以清楚地看到屋内的情况。房间的一处摆放着紫檀桌，桌上有个台灯，仅以五根蜡烛光程度的微光照着室内。蚊帐有两处挂钩被扯掉，向一侧无力地下垂着，而扯掉之处被压在一隅。桌子一侧放着枕头与两张床铺，道子正躺在对面左边的床铺上。不，她浑身是血，在缓慢移动。胸部以上被扒得一丝不挂，上面被腰带之类的东西反绑缠绕着，而另一端则缠绕在脖子上。而且，从道子丰满的白色乳房处流出鲜红的血，每当她微微颤动时就会滴下黏糊糊的血。

与这张床并排放置的床上，只见清三探出半个身位，将头俯卧在桌子上。此时，道子似乎已是垂死的状态，而清三则看似在承受着快要咽气时的痛苦。

若照此讲述似乎有些冗长，但仁兵卫和女佣发现的刹那，自然不到一秒。不，即便从阿种醒来，到目睹此景前，也是极其短暂的时间，这点自不必说。

见到主人那般模样的仁兵卫，赶紧跑到主人身旁，从身后将他抱起。仔细一看，只见主人的衣服上到处是血，而且不仅口中吐血，右胸处也流满了鲜血。

仁兵卫扶主人起来后，主人严肃地望着他的脸，声嘶力竭地喊道："大寺……大寺他……"

此时，垂死的道子可能听到了此叫喊，突然发出呻吟声，接着清楚地叫了一声："一郎……"

当时在场的仁兵卫和另外的两个女佣，都清楚地听到了两人说的话。夫妻俩说完没多久，几乎同时断了气。

听到喊"大寺"这个名字时，仁兵卫才开始思考大寺身在何处。他突然环顾四周，在隔壁书斋里发现一男子如雕像般站立着。自不必说，该男子就是大寺，他穿着沾满鲜血的睡衣——那睡衣像经历了格斗般走了样——他的右手握着闪闪发光之物，一言不发，宛如沉浸在冥想中一般，伫立在黑暗中。

勇敢的仁兵卫突然拿起手杖，朝大寺的右手挥打，看似凶器之物从大寺手中掉落。与此同时，仁兵卫把大寺按倒在地。大寺似乎已做好思想准备，他竟然完全不抵抗，任由仁兵卫用细带转眼将自己捆绑起来。

仁兵卫命令受到惊吓的女佣们赶紧打电话报警。如此一来，警方随即开始了行动。据当时报纸的及时报道，我相信大家已经十分了解该案的后续发展，在此就不详述了，就只讲一下我认为的一两个重点吧。

三

这是我后来才知道的事情。听闻此事的检察官向初审审判员请求强制处分①、调查死亡原因、查证现场以及收押凶器等事宜。之后，这些皆由初审审判员完成了。

因此现在我讲述的内容，既有根据调查结果获取的信息，也有当时已为世人所知的信息。关于我所得知信息的时间关联，顺序则大有不同，我们不去考虑法律层面上的顺序，来

---

① 强制处分，指为了防止嫌疑人逃亡或隐灭证据而强制性羁押嫌疑人或收存保全证物。

叙述一下当时的情形吧。

小田清三与道子的死因，自然被认定为他杀，且已明确得知犯罪所用之物为相当锋利的刀具。已查明清三倒地后周围的血迹是肺部所流出的血，致命伤为右胸部的刺伤。该伤口是穿透睡衣刺入的，此外前额有撞伤，应该是撞到了桌子上造成的伤口。也就是说，清三主要的伤口仅有一处。

如上所述，道子死得极为凄惨。她身上有三处伤口，左右胸各有一处，右脸颊还有一处轻微的割伤。致命伤为左胸部的刺伤。睡衣的腰带以上都被扒了下来，且被自己的腰带反绑着双手。也许是被捆绑之时，或在被绑后，她试图挣脱，两个手腕的皮肤都可见擦伤的痕迹，而脖子也因绑着腰带，所以皮肤有几处轻微的擦伤。

据推断，夫妻俩几乎是同时断气的。

凶手自然是大寺一郎，因为他作为现行犯被当场抓获，大概不会有错。他手持的大折刀，为小田清三平常在书斋所用之物。查证的结果，确定两名被害者的刺伤皆是此刀所致。

尽管大寺束手就擒，但到了警察局后却一言不发。大概两天都没说一句话。

不久，针对杀害小田清三夫妇的案件，检察官提起了公诉。

我之所以会担任此案的辩护律师，是因为受了大寺某贵族密友之托。原来，大寺其人生得模样俊美，加之性格温和，竟有几分女子气质。因此，尽管他出身不佳，但也与各种人交往，特别是这位贵族，或许是被他的美貌和性格所吸引，成了他忠实的拥护者。于是，在案发不久后，他便亲自来到我这里，请我务必费心辩护，因为他终归无法相信大寺是杀人凶手，基于这个原因，我也想努力为大寺辩护。

不过，我接受委托之时，检察官已提起公诉，保持沉默的大寺也彻底供认了犯罪事实，各大报纸也大肆进行了报道。这里有当时的报纸，我来读其中的一则报道吧。

◎杀害 K 城实业家小田夫妇的凶手终于供认犯罪事实

——起因竟是艳情，揭露出上流社会令人震惊的丑态——

杀害 K 城实业家小田夫妇的凶手大寺一郎（二十四岁），虽然作为现行犯被捕，但昨天之前依旧顽固地一言不发，其后在警员的严厉审讯下，终于在昨晚供认了犯罪事实。通过他的坦白，已获悉性情温和的帅气青年，转变成令人憎恶的杀人狂的真相，同时通过他的供述，没想到竟揭示了近来上流社会家庭生活极度糜烂的状况。

他犯下如此滔天大罪，其动机竟皆由风流艳情而来

——丑陋且不道德的婚外情。其实，大寺与年轻貌美的道子夫人大约一年前就发生了暧昧关系。尽管大寺与道子相识是最近两年的事，但道子的丈夫完全不爱道子，且疾病缠身，经常服药。过着寂寞家庭生活的道子，开始爱上了这个接触不多的美男子。一方面，大寺听闻道子寂寞的家庭生活后，很是同情。另一方面，在听到道子的甜言蜜语后，大寺更是彻底忘了学生的本分，立即沉溺在不道德的男欢女爱中。因丈夫不限制妻子的行动，这两人的感情变得越发浓厚，开始乐此不疲地幽会。有时是道子亲自到访大寺的公寓，有时是在东京车站约见，之后两人去往郊外。几乎是丑态尽显。根据大寺的供述，随即对其住所进行了搜查，据说当时搜到了多达百封的道子写给一郎的书信。然而，道子最近开始移情别恋，轻浮的她开始爱上了大寺的朋友友田刚（当日也去往 K 城的学生），这才酿成了此次凶案的杀机。

十六日晚，道子厚颜无耻地当着丈夫的面，将两个情人聚在一起打麻将。可以说她是以麻将为托词，随意摆布三个男人，趁机与友田约好了二人幽会之日，却不料被大寺听到，因此他十分气愤，决心无论如何都要确认道子的真实想法，当晚根本没合眼，准备伺机而动。

半夜趁道子下楼上厕所之际，大寺突然抱住她，依依不舍地硬要持续这段不道德的感情，但被如今已完全变心的道子无情拒绝，所以大寺此时起了杀意，他想要把道子的丈夫一同杀死，于是潜入夫妇的寝室，先是刺伤了清三，让他身负重伤，而对其怨恨的道子，大寺特意避开要害将她刺伤，狠狠地折磨后再慢慢弄死。云云。

这篇报道还算相对温和，大多数报道都用煽情手法描述了当晚的情形，以及道子与大寺的风流韵事，极大地满足了读者的好奇心。

但无论哪家报纸，都将道子的惨死看作是她品行不端后自作自受的结果，而对于不仅被夺走妻子，还丧命的清三抱以同情。只有一两家报纸走访了道子的娘家川上家，并告知川上遗孀见面缘由，道子的丑行虽被世人诟病，但为了金钱而牺牲女儿的母亲如今更成为众矢之的。

如上所述，委托我受理此案时，已是检察官起诉后，案件正处于初审阶段。或许大家都知道，此时已禁止与被告人会面，检察官和初审审判员就案件相关内容自然什么都没对我讲。因此，我自己和世人一样，只能从外部打探，除此之外，再无获悉事实的手段。所以在那之前，有关案件的信息，我也只能通过报纸获取，但我尽可能试着去搜寻信息。例如，我见到了友田，从他那里得知的第一件事便是小田夫妇的日常，这点与世人的传闻一样，看起来极为冷淡。问及道子之事时，友田主张他和道子绝无暧昧的关系，他说尤其是当晚与道子悄悄谈话等事，完全是报纸的虚假报道。不过，同大寺一样，道子也与友田交往甚密，这似乎是事实，且友田也未否认。不仅如此，据说友田也收到过道子的多封来信，有时道子也对他说过许多让人心动的话。有时对友田诉说丈夫的冷酷，并伸出两只胳膊，给他看新的淤青，以寻求他的同情。但友田主张两人的交往仅限于此，而关于道子与大寺的关系，友田似乎了解不多。他只是说自己曾认为大寺似乎很迷恋道子。

四

本来嫌疑人被捕后，报纸立即视他为真凶般加以报道，而世人似乎也习惯马上就囫囵吞枣地相信一切，若是碰巧无罪，世人又会立即批评官员，哄嚷着此行为是践踏人权或认为当事者被严刑拷问之类的。不过，正是这种过早将嫌疑人视为真凶的做法，才导致糟糕的结果。从我们律师的角度来说，即便是在检察官提起公诉后，也绝不应该因为他是被告，就立即断言他是犯人。因为只不过停留在检察官认为他是真凶的阶段。当然，既然检察官断定他是真凶，就必须握有足够的证据，但在公审判决前，我们认为不能断然认定谁就是真凶。因此，即便报纸的报道直指为真凶，我们也依然要持怀疑态度，因而为嫌疑人辩护往往不是什么难事。

案件尚未明朗，也无法预测会往何种方向发展，我也感到十分困惑，但总感觉在此案中，除了大寺外，似乎也找不出有其他的嫌疑人了。

案件在最终移交公审前，仍无法找到任何线索。大概在命案发生四个月后，案件终于从初审阶段进入公审阶段。而我也得知大寺一郎必须以杀害小田清三和道子的被告身份，站上公审法庭。

到目前为止，从传言中找出的事实真相，或许会令我空手而归，但大寺的犯罪就毫无疑点吗？至少我不这么认为。若如报道的那样，相信聪明的诸位也已察觉到几处疑点了。而我担任被告人的辩护律师努力发掘真相也基于此。

首先，第一个疑问。

有关杀人动机，已经进行了合理的说明，无可争辩。大寺以前曾因道子移情友田而发火，对于他的责难，道子却冷漠回应，因此大寺起了杀意。但我们清楚得知，大寺行凶时所用的刀具并非他自己的，而是被害人小田清三之物。

虽然对方是个娇弱女子，但她丈夫应该就在身旁。尽管有病在身，但也不可能静静地看着妻子被杀害。因此，我们十分清楚既然要在室内杀害道子，就必须同时对丈夫下手。而那间屋里是否有大折刀，大寺也未必知道。如此一来，大寺是赤手空拳地闯入他们的房间欲杀害两人。在正常情况下，这不是有些可疑吗？自然，大寺留宿小田家的时候，或许还未起杀意。但兴起杀意后，即便仅有五分钟的考虑时间，至少也会准备一个凶器吧。有时，一个香烟空罐都能成为凶器。更何况大寺如女子般体弱多病，所以我认为此事即便可能发生，也有许多疑点。若弄清疑点，就可以确定是否有杀人动机的问题了。即便后来发生那起惨剧，也势必对被告方较为有利。

第二个疑点是关于现场状况的思考。这也是极其重要的问题。

首先，在杀害夫妻俩时，究竟是先杀害丈夫呢，还是先杀害绑起来的妻子呢，或者就是施暴致死的常发案件？不过，在此案中，妻子不仅上半身被扒光，还被反绑着，且夫妻几乎是同时丧命。若果真如此，大寺为了报复道子，先让她赤裸上身，然后绑上双手，再弄伤她的脸部和胸部。那么在大寺杀死道子前，清三那时在做什么呢？这应该是个疑问。再者，道子自身为何没有拼命喊叫？这又作何解释呢？关于这一点，被告作何供述呢？而检察官和初审法官又会进行怎样的推论呢？

其次，说到疑点，我还想提一件事。因为这在诸位的小说中经常出现，我想反倒是你们早就考虑到了，那便是被害人清三的致命伤。事实上，致命伤是右胸部的刺伤，若从正面用刀具刺杀对方，除非凶手是左撇子，否则难以刺到右胸部。这绝非小说中的情节，而是基于事实的重要的问题。除非恰好对方的胸口刚好来到凶手伸出右手的位置，否则难以伤到他。但截至目前却不曾提过大寺是左撇子。因此，用其他的推论则更易说明此处伤口的问题。例如，两人在夺刀时误刺了清三的胸部（此时照常理而言，刀子应该握在清三的手里）。这点很关键，道子的情况暂且不论，但这是关乎杀害清三罪名是否成立的问题。而且，若杀害清三的罪名不成立，那应该会对判决产生重大影响。为什么呢？这是因为就此案的性质而言，杀一个人和杀两个人的问题是截然不同的。简单明了地说，如果大寺没有杀清三，而只杀了道子，或许大寺会被判死刑，也或许不会被判死刑。反之，若大寺杀了清三，即奸夫杀害了亲夫，即便他没有杀害道子，恐怕也会被判死刑。据说大寺供认了全部犯罪事实，那他究竟是如何供述的呢？当然，如果只是如方才介绍的报纸报道的那样，未免太过含糊不清，我盼望着能早日弄清审讯内容。

不过，在此期间我也并非无所事事，而是进行了各种推测。在此就谈一下当时我所想的情况吧。

若被告完全否认罪行，将会怎样呢？就不存在被告完全无罪的可能吗？

我在做此推断时，认为或许是可以成立的。比起实干的我，或许身为侦探小说家的你们反倒更思虑周全，但请允许我提出一个推论。

假设，小田清三就是杀害自己妻子的凶手。

我们设想一下，也许是小田清三当晚发现了妻子的不贞，也或许是事先知晓，当晚因受到某种挑衅而太过愤怒，便残忍地杀害了妻子。

假设清三以前就怀疑妻子。当晚因为两人之间的某件事，使得丈夫更加确信了妻子的不贞。而道子却丝毫不见悔改。别说悔改了，她还和两个男人不时做出可疑的举动。清三这才终于坚定了杀害妻子的想法。对于背叛自己的妻子，一击致命还不够。因此，深夜趁妻子熟睡时，突然猛扑上去，将她捆绑。为了尽可能折磨她，便刺伤她的脸部和胸部。当时听到吵闹的大寺跑进屋里。清三自然也很生大寺的气，便挥刀砍去。搏斗的结果反倒是不幸刺伤了自己。或许大家能想到这样的情况。若是如此，就道子被杀一事，大寺自然无须负法律责任，而对于清三的死，就会演变成伤害致死，或者是正当防卫，就有可能不会沦为杀人事件。虽然这听起来太像小说情节，但却是我当时认真思考之事。

然而，即便据此推测，还是有许多无法解释的疑问。首先，无论是残忍杀害，还是折磨致死，都特意选在有留宿客人的夜晚，这委实令人想不通。且大寺就睡在夫妻寝室的正下方。若是西式建筑，倒也罢了；日式建筑，在楼下有人的情况下——即便那人已然入睡，楼上的人花费大量时间实施谋杀，真的可行吗？不，有可能楼下有人本就在其计划之中。清三虽然怒火中烧，气血上涌，但那天夜里的念头仍然是把妻子慢慢折磨致死。假如他是一时冲动杀害道子，事情自应另当别论；既然他采取如此残虐的手段，则可以合理推断：大寺出现在现场一事，完全在清三的计划之内。

其次，大寺又为何在那时——道子已经被紧紧绑住、受到伤害时，才赶到现场呢？这是个问题。诚然，若他听到道子的惊叫声后赶到，或许就不难解释了。但若是如此，道子要被绑起来的时候就应该喊叫了。我方才在提出对被告有利条件时忘说了，事实上完全没有发现道子被堵住嘴的迹象。

若是如此，在此就必须考虑道子当时在做什么。

然后，照此推论，清三的死是因为两人搏斗时误伤了自己，这也是方才所述的大致想法，但我觉得这似乎也是一个值得深思的疑点。

在这种情况下，总觉得若大寺不是左撇子，就不利于行凶。而若认为是清三杀害妻子后自杀，也还是假设清三是左撇子才合理。

可是，大寺不是左撇子，清三似乎也同样不是。

照此推论，大寺无罪论的论点好不容易是成立了。

想象力丰富的各位，就我迄今说明的事实，可以就某一点进行解释，或许还能引发其他的推论。

我就不特意一一列举了，但我敢说身为侦探小说家的你们，必能想到另外一种推论。

不过，若是如此，大寺为何认罪呢？而此时更让人绝望的是两名死者临死前的那句话。

清三和道子都在临死前明确喊着"大寺""一郎"。若这是确定无疑的事实，则没有争辩的余地了。唯有一种情况除外，那就是道子在临死之际，在呼唤着自己情人的名字。总之，最为不利的是被告的供述，而最有力的证据也是被告的供述。关于此案，大寺一郎已悉数认罪。

结果，我的思绪陷入茫然：针对道子的谋杀罪姑且不论；清三的死，是否可以往伤害致死方面去争取呢？对此，我只能焦急地等待公审的最终判决。

五

等待已久的决定时刻终于来临了。如方才所述，案件终于来到公审阶段。我也正式以该案被告大寺一郎的辩护律师身份，赶紧让人送来笔录查看。当我拿到那份笔录时，心中无比雀跃。心情犹如阅读恋人的信件般，不知厌倦地从头读到尾。用似乎能穿透纸背的锐利目光，一字不落地一口气通读了整本笔录。

但结果如何呢？读完笔录的我只是感到彻底失望。很遗憾，报纸上的报道几乎没错。被告大寺一郎，无论在检察厅，还是在初审厅，均承认其罪行，而且是对两名男女犯下的杀人罪。

维系我最后一线希望的几个疑问，通过被告极其合理的供述而得到了很好的解释。若说被告的供述是胡说八道，却又未免太过热情，也太过真挚了。而且在检察官和初审法官面前，被告有必要信口开河吗？

此处有当时笔录的抄本。现在就把初审时的讯问与答辩如实地读给大家听。（原文字迹潦草，也无标点符号，为了便于理解，我改成了普通的语句，读给大家听。）

问：这么说，被告想杀道子，是因为她爱上了其他男人吗？

答：我之所以想杀道子，是因为她之前对我很热情，可变心后对我很冷淡，竟然爱上了友田。

问：被告知道道子爱着友田吗？

答：在那天之前，我还不确定。但那晚，我听到两人的谈话，这才相信了。

问：被告何时起了杀心？

答：是那日半夜。之前我内心非常烦闷，也没想杀害她。

问：说一下起了杀意前的经过吧。

答：那天我们麻将打得正起劲时，我想大概是九点半左右，友田起身上厕所，接着道子推说厨房有事，便离开了房间。我之前就感觉两人不对劲，因为当时有些担心，就站了一会儿，借口说我也上厕所，便去了室外。然后，我故意悄悄地在通往厕所的昏暗走廊处迂回走去，在拐角处，听到道子和友田在窃窃私语。我清楚地听到道子说后天六点老地方见，没太听清友田说了什么，但我感觉到当时两人正手牵着手。虽并非我亲眼所见，但我感觉如此。

问：可友田说当时或许是起身去了厕所，但声称没有与道子交谈过。这是怎么回事？

答：他完全在说谎。我记得很清楚，如果没听到他们的谈话，也就不会那么气愤了。我驻足偷听他们的谈话时，心中真是无比愤怒，已对这个世界彻底绝望了。不过，我当时还未想过要杀害道子。当晚住在楼下的客房，十二点后我才就寝，但十分遗憾，我就是睡不着。就这样在床上躺了一个小时左右。就在此时，好像有人从二楼走下来，我偷偷地向外一望，原来是道子。见她进入厕所后，我就在床上想了许多。无论如何，我都要见到她，并挽回她的心。于是，趁她走出厕所之际，我在走廊抱住她，与她交谈。我说希望她能回心转意。但移情友田的她完全不想回到我身边。最后她竟不客气地说："一直以来你还不是背着清三与我交往吗？我们俩都是通奸者吧。如此不堪的你，应该没资格管我如今爱着谁。或许我感到对不起我丈夫，但不该被你抱怨。"

　　我当然不认为自己有这样的资格，但她说话太过粗鲁，便回了她几句。没想到她竟说："你真以为我喜欢你啊？傻瓜！我委身于你，不过是在戏弄你罢了。你再这么没完没了，我现在就去把清三叫醒，快放开我！"

　　说罢，便甩开我，上了二楼。

　　无奈之下我又回到床上，不管怎么想都觉得她的行为都太过无礼。事到如今，我也没资格说什么，但道子身为人妻，却这般淫乱。见她如此，我已无法忍受，就下决心索性杀了道子，然后再自杀。实际上，一直以来我都是为道子而活，如今失去了道子，我认为已经失去了活着的意义了。

问：被告原本打算在哪里杀了道子？

答：打算在寝室杀了她。

问：被告知道她丈夫在寝室里睡觉吗？

答：知道。

问：被告认为在清三睡觉过程中就能悄悄杀了道子吗？

答：不能，我认为若杀道子，清三也自然会被惊醒的。

问：若是如此，清三起来后打算怎么办？

答：起初，我想杀了道子后，若是惊醒了清三，我就向他彻底坦白，然后再自杀，但要根据清三的态度决定是否杀他。

问：被告恨清三吗？

答：他经常折磨我心爱的女人，我当然恨他。不过，我最受不了的是，清三竟是道子的丈夫。于我而言，清三虽是道子的丈夫，但我憎恨他的存在。也许您不理解我的心情，但确实如此。

问：你想用什么凶器杀害他们呢？

答：当时找了一下，但没有找到合适的。

问：你原本打算用什么方法呢？

答：总之，那时我一门心思想杀她，并没有考虑得很周全，打算突然闯进房间后，用手掐住道子的脖子。因为清三是个病人，我想只须打昏他就能搞定。

问：描述一下杀害他们的情形吧。

答：我在室外窥探他们俩好似睡着了，便悄悄推开拉门进入寝室。然后闯入蚊帐内，骑在睡熟的道子身上，用双手一下子掐住她的脖子。就在这时，清三突然醒了，大叫："是谁？"

情况如我之前预料的一样，我想已经走投无路了，便对他说："我做了一件很对不起你的事，请你原谅，我必须向你道歉。"

　　清三从床上爬起来说道："哎呀，你不是大寺君吗？这个时间闯入他人寝室，想要干什么？"

　　我答道："其实，我想先杀了在此的道子，然后再自杀。我不知道你是怎么想的，但老实说，我和道子很早以前就有不正常的关系。道子不爱你，你不是也不爱道子吗？我才是道子真正的情人、所有者。但她却背叛了我，所以我要在此惩罚她。"

问： 在此期间，道子在默默听着吗？

答： 起初她睁开眼后，好像惊讶不已，但听我说完，她就大骂我是大骗子，说我在撒谎。不过，她并没有喊人，也没有大叫。道子只是努力向丈夫解释。

问： 接着讲述事件经过吧。

答： 如果清三能稍微听一听我说的话，或许我就不会杀害他了。我不过是向清三坦白那些实情而已，然而他却根本听不下去。不知何时他从抽屉里还是桌上抓起一把刀，突然向我砍来。在我看来，那张脸像恶魔一样。我一怒之下握紧拳头击打他的头。他应声倒地，头部又狠狠地撞到了桌子，倒下的同时，似乎也流了很多血，立即晕了过去。在混乱的过程中，蚊帐的挂钩也被从上面扯了下来，我一口气把它移开。清三一倒下，道子就惊叫着跑到丈夫身边，想要照料他。我一下子抓住道子的头发，抓起清三手中的刀，对道子说："再叫，就杀了你。"但道子似乎叫得更大声了，我突然朝她的脸砍去。道子发出惊叫的同时，当场昏倒在地。望着自己一直以来深爱的女人，穿着睡衣且脸部受伤倒在那里，我突然觉得很残忍。因为就这样一下子杀了她的话，还不能令人满意，所以就想着折磨死她。幸好她只是晕了过去，我迅速抽出腰带，将道子反绑上。然后避开要害，在她右边乳房处捅了一刀。我当时没考虑自身的危险，但若是有人来，我就杀死道子后再自杀。

道子因为疼痛苏醒过来时，我怕她喊叫，就用膝盖压住她的脸。然后在她无法自由动弹且痛苦挣扎时，对她进行了各种咒骂。道子似乎在此过程中很痛苦，不久清三便恢复了意识，似乎在挣扎，我就狠心朝着道子心脏的地方刺了一刀，把她杀死了。

清三恢复意识后想要爬起来，我把他按在膝下，往胸口刺了一刀。

就在此时，楼下传来脚步声，我赶紧起身犹豫着是否用刀自杀。见清三还未断气，又试着爬起来。而此时男佣迅速赶到，将他抱起……

大寺一郎在预审法庭上的讲述内容大致如此。更何况这是在检察官面前所述之词。

初审法官还大致审问了友田刚、仁兵卫、阿种和阿春。友田的供述正如前面法官提到的，他断然否认了与道子之间的肉体关系，而且也否认了当晚与道子窃窃私语之事，但承认了两人间的书信往来之事。

而对于仁兵卫、阿种和阿春，当然以详细询问现场情况为主。

法官尤其重点盘问的是清三夫妇临死前的那句话。对此，仁兵卫做出下述回答：

当我抱起主人时，正如我刚才所述，他似乎快要死了，我反复叫着"主人、主人"，他微微睁开眼，突然用令人意想不到的大声叫道："大寺……大寺他……"

因为声音很大，所以不会听错。我想当时主人似乎觉得我能领会他的意思，才想告诉我什么。

主人说完后，原本已死去般的夫人也说了什么。后来，阿种和我急忙赶到她身边，夫人睁开眼看着我，说了一句："……一郎……"

这个声音虽然微弱，但还是听得很清楚。因此，夫人似乎不是在拼命地叫喊，而像是对某个赶来的人讲话，我觉得绝不是单纯呼唤一郎的名字那么简单。

阿种也是同样的供述。

诚如诸位所知，很遗憾，我大体想知道的事项都已明确，让丈夫承担责任的推论也全无指望。

可以说，至此我的疑问几乎都消失了。更糟糕的是，为了证实被告的供述，从住所发现了大量道子写给他的信。尽管这些信件中未写两人感情之事，但道子与大寺通奸的事实是惨剧发生的原因，那些信件虽然不能提供直接证据，但作为所谓的间接证据，毫无疑问则很有说服力。

结束初审后，作为辩护律师，我被允许与被告初次会面。见到被告后，首先被他的俊秀的外貌所震惊，心想怪不得道子那样的美女会选择他作为情人，这丝毫不奇怪。虽然他被收容在监狱里，但看起来很健康，浑身洋溢着朝气和青春气息。我本来就对帅气的青年心存好感，如今见到大寺，感触更深。尽管之前存在种种事实，但我感觉这个男人不可能犯下如此的滔天大罪。身为法律专家，绝不能以貌取人。但不知为何，我就是对他有好感。

　　我先是告知了受某贵族所委托之事，并极力劝说他为了委托人也不要说毫无意义的谎话，还告诉他我对他很有好感，请他为了我也务必讲实话。只要在法律允许的范围内，我会试着尽可能详细地听取案件情况。

　　他扬起美丽的眉毛，对我和那位贵族表达了深深的谢意，同时也奉劝我不要对案件有任何期待。之后又讲述了许多伤心事，因为他对一切情况早有心理准备，所以请我们放心，还说他即使不光彩地死去，也已经没有为此悲伤的父母了。

　　我至今还记得，见他最后一面的那天下着小雨。他那美丽的双眼不时望着天空，落寞地说："因为我做好了心理准备，请放心。我呀，已经放弃了。"

　　说罢便向我告别。离开后，我被一种难以名状的寂寞侵袭，故意没有乘车，独自走在雨中，踏上归途。

　　奇怪的是，即便如此，我也没有放弃希望。我利用机会见了友田刚、仁兵卫等人，询问了案件的诸多情况。但结果还是一无所获，白白浪费了时间，现在只有等公审时被告的陈述了。

诚然，大寺在检察官和初审法官面前都坦白了罪行，但还有公审。且在我国的法律中，公审是一切的中心。或许被告基于某种原因，之前才会认罪。所以，在最后的公审阶段，有可能彻底推翻之前的供述，进行不同的陈述。当然，社会上也经常有类似案例，想必诸位也时常听闻吧。

因此，虽然他似乎有些执拗，但我还是对此次公审抱有一丝希望。我相信诸位能充分理解作为辩护律师的艰难处境。

终于开始了公审。有关此次公审的情况，因为报纸也都大肆报道过，想必诸位已经熟知了，就不在此详述了。

我唯一的希望落了空，因为被告在此也坦率地供认了罪行。不，他不仅认罪，对于这段不伦之恋，他以因不伦之恋而糜烂的心和青春的纯情，在热情和泪水中讲述了他与道子的关系，倾诉了对道子的苦恋，用饱满的热情感动了整个公审庭的人。当然也让许多人皱起了眉头，他们对于那不可饶恕的罪行及动机，肯定是不抱好感的。不过，我相信能体会年轻人恋爱时心情的某些人，或许会对这个可怜的年轻人抱有些许同情。

他真愚蠢——如此愚蠢——不仅供认了全部罪行，还表达了对道子的恨意。若道子起死回生，对被告说同样的话，恐怕大寺也会流露出残忍杀害她十次，不，杀她百次的语气。

换言之，被告对于杀害道子一事，当然还有对清三下手之事，似乎看不出有丝毫悔意。

原以为被告会极力为自己辩护，但在公审庭上却毫无顾忌地——借用当时检察官的总结发言中的说法，即厚颜无耻的态度——陈述了上述事实，因此身为辩护律师的我，可谓遭遇了古今少有的悲惨处境。

不过，我还是尽了最大的努力。我申请务必传唤友田刚、仁兵卫、阿种和阿春出席公审庭作证。

我那徒劳的努力，如今都寄托在对临死二人最后一句话的解释上。结果没多久，就只对仁兵卫展开了询问，结果自然十分不利，仁兵卫不过是重复在初审庭说过的话而已。

我得到审判长的许可后，询问证人是否认为道子在呼唤情人的名字，但仁兵卫坚持主张夫人是在向自己求助。

我把主要力量集中在道子不叫"大寺"而叫"一郎"上，从仁兵卫口中得知道子平常就称呼大寺为一郎，因此这一疑点无法再深究下去了。

已经找不出任何疑点了，所有的证词都表明大寺一郎是杀人犯，且最无法撼动的证据就是被告自己的供述。

如上所述，我本想着被告或许在公审庭上翻供，可结果却如之前叙述的一样。我没有当过警察、检察官或法官，自然对法制单位的内情知之甚少。但社会上流传说警察有时会强行逼供，且行为相当粗暴。不过，即便我处于反对立场，但仍相信在检察庭和初审庭上，被告会受到合法的对待。更何况公审庭上被告的处境已是众人皆知。因此，本案的被告不会被逼供，唯有此事是极其明确的。

我当然十分清楚，被告有时会故意做假口供。或许诸位也知道，多为以下几种情况。

第一，是为了出名。

人这种动物，总是喜欢哗众取宠，为了震惊世人，扬名天下，有时会供认自己犯下的骇人听闻的大案。但他们不会赌上性命，结果是最后在公审庭上否认罪行，或是到公审时再翻供。对此，我十分了解。

像这样的罪犯，多是犯下了极其微不足道的罪行。如若不然，就是犯下重大命案的人，已做好了无所谓的思想准备。大寺一郎看起来没有其他犯罪行为，而他又受过良好的教育，还不至于沽名钓誉。因此，无论如何也看不出他是这类人。

第二，有些人犯了滔天大罪，为了隐瞒那些罪行而承认其他较轻的罪行。如此一来，他们就会因为较轻的罪行而被关进监狱，以逃避对其重大罪行的追诉。在此种情况下，试图隐瞒的罪行自然比其坦白的罪行重得多。但大寺一郎如今供认的罪行为重大罪行，所以难以想象他通过这种方法隐藏其他的罪行。

第三，这是侦探小说——尤其是法国侦探小说中经常出现的情节，即另有自己深爱的人才是真凶，所以就牺牲自己，为对方承担罪责。实际上，我认为此种情况多见于女人。大寺一郎又如何呢？此案表明其他人不曾闯入小田家，而仁兵卫和其他两个女佣又不可能是真凶。即使大寺爱上了其中一个女佣，也无法掩盖她的罪行，所以这也是不可能的。根本无法想象他在包庇哪个犯人，也无法认为他在维护心爱女人的名声。不，别说维护了，正如前面所述，他毫不客气地彻底坦白了深爱已婚女性之事，犹如鞭子抽打在她尸体上。

照此想来，必须承认大寺一郎没理由提供假口供。且再度回想的话，他所说之事都极有道理，也不能认为他疯了。（关于这一点，法院毫无疏漏，已对他进行了精神鉴定。）

公审毫无波澜地进行，并终于结束了。检察官当即做了总结发言，这种情况几乎所有人都能预想到，结论必然是极为严厉的。检察官先陈述了案件极其明了的事实，接着大声斥责被告的厚颜无耻，虽犯下如此大罪，却不知有愧于天地。而且请求在法律许可范围内处以极刑。面对检察官的这份总结发言，我的辩论显得苍白无力。原本我就不认为自己有雄辩之才，但也从来没有过当时那般境况悲惨的辩护。我只能从年轻人犯罪这一点上，提出些许主张。我指出被告还年轻，只是被一时的愤怒所驱使。

在此期间，被告始终保持着美丽的面容，依旧静默地听着检察官的总结发言和我的辩护。

终于到了宣判的这一天。

不用多说，大寺被判了死刑。审判长颠倒了判决书的顺序，开始读事实和理由时，我就已经知道了结果。外貌帅气的被告毫不惊讶地听着判决书的内容。

宣判死刑后，我仍做了最后的努力，建议他上诉，但被告断然拒绝。而大家或许都已知道了，终于在今年春天的某一天，大寺一郎被执行了死刑，他在绞首台上结束了年轻的生命。

我要讲的案件就是如此。

但在他死后，我却意外地获取了他在狱中写的手记。这可以看作是他的遗书。至于通过何种方法获得，因为并非是重点，在此就不做解释了。

我一拿到他的手记，就从头到尾屏息通读。可怕的遗书。迄今我还不曾给任何人看，现在就向你们公布吧。或许被告自己也希望公之于世。如果没有这封遗书，我刚才说的一切都将毫无意义。

到底是狱中手记，不同时期会有不同感悟。手记中之所以出现"我""俺""自己"等不同称谓，我认为是因为大寺当时的心情有所不同。

六

如预期所料。

终于宣判了死刑。毫不知情的辩护律师还在不断劝我上诉。但如今的我怎么还会有上诉的心情？若要上诉，我起初就会如实说出真相了，就不可能在警察局那么拼命思考，说出这弥天大谎了。

如今，审判结束了，我不知道何时会失去生命。

俺舍弃生命，舍弃名誉，可又能得到什么？可恶至极却又可爱至极的道子，啊，就是道子！令人想念的道子。为了这段恋情，俺赌上了俺的命。我的生命，我的一切！都是为了你。

你此生戏弄了我。没错，你肆无忌惮地拨弄俺这颗年轻的心，令俺陷入热恋中，且任由你摆布。

然而，变成死尸的你，是个多么无力、多么可怜的女人啊。

从那丰满美丽的肉体被紧紧捆绑、挣扎而死的瞬间开始，你就完全属于俺了。是的，世间的每个人都相信你是属于俺的。只要此案留在人们的脑海里，或许你的名字就会永远与俺的名字一同被提及。

诚然，或许你的躯体长眠在丈夫身边。但是你，那个真正的你却与俺同在。你背叛了丈夫与俺同在。不贞的妻子，通奸者！这个烙印将永远刻在你的额头上，永远与俺一同在地狱受苦。啊，多么高兴啊。

如今，这个世上失去了可憎又可爱的你，俺又该如何生活下去。如此只能行尸走肉般聊度余生吧。而你和你的丈夫患了同样的病，并不健康。即便活在世上，也可预见未来。

如今俺失去了你，而俺也不想活了，这真是不可思议。可俺用这样的死法，却能得到更多。在蒙受巨大不光彩的同时，还想得到更期盼的东西。生前不曾碰过你的一根手指，但死后你将永远属于自己！

对了，同时我也要向世上那些一本正经的法律专家——其中也包括那位设法想救俺，但徒劳的可怜律师——揭示他们仰仗的坚不可摧的法律，其实是脆弱不堪的。

张嘴闭嘴就是找证据，没有证据就无法惩罚不法之徒。而他们只要一看到类似证据之物，就可以自信地杀许多人。但他们也同样落入了俺这完美剧本之中。

法律专家们，现在俺就说出事情的真相。

你们宣判无罪男子死刑。俺完全无罪。

为何俺会供认罪行呢？

首先是为了永远得到爱她胜过俺自己生命的美丽女人，而俺生前却不曾碰过她一根手指头。其次，为了复仇，让她永生烙下无法抹去的污点。这个令人憎恶的妖妇曾玩弄俺纯真的心。再次，为了利用法律，断送毫无意义的生命。而最后，这样做是为了让你们知道，你们的自信应该多大程度建立在证据之上。

俺的父亲仅仅因为要不回一百日元，就愤慨而死。其实他是被一个坏人所骗。尽管如此，因为对方精通法律，只能认输。赌气出门的父亲声称若不能把钱从坏人那儿要回来，就让那家伙接受法律的制裁，可最终却被对方起诉诬告。父亲难以忍受，这不是一百日元或一千日元的问题，而他曾如此相信法律。他坚信执法者不会有错，但结果又怎样呢？他如上帝般信奉的执法人员，却因证据不足而对其不予理睬。最终，以不起诉收场，但父亲反因诬告罪而受到了严格的审问。曾经相信法律的父亲自然痛苦不堪。他实在无法承受这一不光彩的罪名。

啊，即便俺身在铁窗之中，依然能清晰地回忆起当时父亲日渐消沉的模样。

父亲因这个问题日渐衰弱，最终病逝。临终前他大声叫喊着，让留下的母亲永远诅咒法律。

啊，俺忘不了那句话：诅咒法律，诅咒法律伪善的标语。俺也诅咒法律，只要这世上存在法律，俺便诅咒它。人们说法律为正义而存在，是正义的伙伴，然而，又有多少法律被不法之徒所利用，他们如此强有力、蛮横地屡次利用法律，来解决不法行为。

俺的时间不多了，俺必须尽快写完这篇手记。话不多说，还是赶紧说一下事实经过吧。

初见道子，正好在三年前的某个秋日。俺刚从故乡的中学毕业，母亲也在诅咒社会的过程中随父亲离开了人世。在叔叔的照顾下，俺来到东京念书。叔叔恰好受到过道子的大学教授父亲的关照，出于这层关系，到东京不久后便带俺去道子家拜访。

俺从初见川上母女时，就喜欢上了道子。比起那个趾高气扬的母亲，她是多么平易近人啊。道子无论如何都要出门迎接刚离开乡下不久的俺。

当然，那时道子还未婚。

若世间有一见钟情的爱情，恐怕俺就是如此。可以说俺只见她一眼，只和她说了一句话，自那瞬间开始，俺便被道子迷倒。

为了再次见到与俺亲切交谈的道子，俺租下公寓后也经常到访她家。那个秋天以后，一个来自乡下的年轻人似乎只为她而活。

随着交往的深入，我发现有众多追求者围绕在她身边。在与我同校的学生中，也有不少家伙专程来看她。面对这些男子，道子丝毫未感到为难，在与每个人的交往中都发挥着巧妙的交际技巧。因此，我完全不知道她对谁最有好感。而愚蠢的俺竟过于相信她母亲，自以为道子也对俺很有好感。

道子绝不说真话，或许她对谁都如此，除了与大家聊音乐、文学和戏剧外，还教我们玩桥牌和麻将，她看上去乐在其中。

那期间俺暗恋着道子。俺还年轻，不，如今也还年轻。但俺认识道子时更年轻，可以说还很幼稚。那时的俺以年轻人纯真的心，用生命去爱她，这也并不令人意外。而仔细想来，道子之所以让俺如此着迷，可以说她的态度负有很大的责任。

俺也承认，在众多的男性追求者中，俺并没有自信会被选中，成为她的丈夫。但作为恋爱中的人的常态，一方面非常谦虚谨慎，另一方面内心又总是期待着奇迹发生。因此，俺在听闻道子与小田清三结婚时，并没有感到很奇怪，但还是犹如被戏耍般痛苦不堪。啊，如今俺还记得，她结婚的那晚（虽然俺被邀请参加了婚礼，但却不敢正视新娘打扮的她），俺没有安身之处，只是漫无目的地游荡在广阔的东京街头，到处喝酒。最后终于醉倒在浅草某个小巷里脏兮兮的房屋前，度过了凄惨的一夜。如今想想都觉得可怕。

成为小田夫人的道子，仍旧与俺见面。起初，俺认为断然不会见她的，但她特意寄信来，俺的决心也开始动摇了，道子就像梦中之人，尽管和她见面只会加深痛苦，但也一起度过了些许快乐时光。

道子明显对俺表现出好感，是在她结婚后的事了。她频繁寄来书信，尽管信上没太涉及感情一事，但对于

有爱慕之意的敏感年轻人来说，某种普通书信比单纯写
满甜言蜜语的书信更加充满力量，或者更令人印象深刻。
道子尤为擅长写这种书信。愚笨的俺连睡觉时也不离身
旁，仔细地爱抚这些书信。她特别擅长写P.S[①]，仅仅两
三行的P.S中，巧妙地寄托了她的千言万语。因此，以
至于到最后比起正文，俺总是先读这部分。

大约从去年底开始，每回她离开K城，都必到俺这
里，把俺约出来，同去银座漫步。在途中，俺们绝不明
确谈论核心问题。于是，俺独自想着与已婚的道子相恋，
怀着年轻人特有的多愁善感，以为彼此用沉默来达到心
灵相通。

如今想来，简直是装腔作势。俺找来袖珍版的《少
年维特之烦恼》一书，经常捧在怀中，因为刚学德语，
还不可能读懂，但时常翻看，唉声叹气。

啊，当时的维特如今也势必会诅咒歌德吧。

某个黄昏，俺们漫步在东京的某条街道，道子突然
对俺说："我，真的喜欢像一郎你这样的人。真的很喜
欢。能成为你这样的人的太太，该有多幸福啊！"

---

① P.S，指 postscript。意为附言、后记。常写在信件的最后，补充一些原本
想在正文中提及却忘记的内容。

啊，太迟了，为何不早点对俺说？即使俺再愚蠢——愚蠢地听上千万遍——也还是会如此理解她的话，如此在心中呐喊。但是，她那漫不经心或极为巧妙的话语，却很自然地铭刻在了年轻人的心中。

有时还发生这样的事。

去某位朋友家打桥牌的时候，道子也加入其中，傍晚五点左右她突然说："我要回去了。"便想要离席。

刚好那时俺也想回家，因此就向那位朋友告辞，准备起身。道子一听到俺说的话，就望着俺说道：

"我，可以带一郎一起回去，但今天人太多了，还是算了吧！"

当着众人的面说出这样的话，顿时俺面红耳赤，只能保持沉默。况且俺原本不想坐道子的汽车一同离去。

不过，道子的这句话，究竟是玩笑，还是认真的，俺终究还是搞不懂。

她开始与俺认真交谈，大约是在命案发生的半年前。

回想起去年初冬某晚的谈话，当时是甜蜜，可如今却是痛苦与极度的不快。

那天，道子说来了东京，突然打电话叫俺去银座碰面。俺们看完电影后，来到某咖啡馆的二楼喝红茶。或许是被那日电影中冷清的家庭景象所触动，抑或是以此为契机勾起了某种思绪，道子对俺说：

"一郎，我看起来幸福吗？"

"这个嘛……"

因为这种情况下，俺不能盛气凌人地讲话，只是难于回答，于是她用媚眼望着俺继续说道："我，不幸福，是真的。因为清三他总是欺负我。我丈夫不爱我。"

俺原来就听闻清三好像不爱道子，但还是第一次听她说起。

"可清三先生并不是特别爱玩，也没有其他的女人，不是挺好的吗？"

俺好不容易说出这些安慰的话。

"哎呀，女人并不是只要这样就会满足的。唉，一郎，如果你是我丈夫，也打算这样对我吗？"

俺感到心仿佛被点燃，心脏在剧烈地跳动。据说在古时的斯巴达①有个盗窃野兽的年轻人，他为了掩盖偷盗的耻辱，紧紧地把野兽抱在胸前，忍受着自己胸口被咬破的痛苦。此时，俺似乎正在亲身体会着那种苦恼。

———————————————

① 斯巴达，古希腊城邦之一，后占领整个希腊。

"这个嘛……"

说罢，俺默默地注视着她的脸。俺只是喜欢恋爱的烦恼罢了，愚蠢的男人！

俺灼热的目光刚一投向她，就突然与她眼神交会。于是，道子又用娇媚的眼神望着俺说："你看！"

俺还没有缓过神来，她突然用力挽起左臂上的衣袖，露出丰满的手臂，伸到俺的面前，顿时散发出浓郁的香气，让俺感到一阵眩晕。就在这时，俺看到了她高高举起的上臂上有个像被烙印般扭曲的淤青。

俺们沉默了片刻。

"清三先生，这么欺负你吗？"

俺刚不假思索地说罢，就伸出右手轻抚着道子那丰满的手臂。她也没有挣脱，只是默默地低着头。

啊，真是恶魔啊。如此神圣的女人，为何你要如此虐待她？你身为她的丈夫——不，不，你连下人都不如。

俺诅咒清三，谩骂他，诅咒她的婚姻。

虽然俺没有将这些诅咒与谩骂的话说出口，但俺太兴奋了，毫不客气地大胆说出清三的事。

她只是默默点头，最后只说了一句：

"不过，这种事我只告诉了你，所以别说出去啊！"

道子啊！你才更应该被诅咒，俺一想到你曾向许多男人都展示过这种技巧，就觉得全身的血液在逆流。

从那时起，俺便下定决心要与虐待她的恶魔斗争。无论发生什么，俺都要为她而战。俺简直成了她的奴隶，啊，那个愚蠢的俺！

清三让道子自由行动，也绝非出于真心。据说道子为了和俺等交往，也吃了不少苦头。若是如此，清三也是有嫉妒心的。只是因为他那冰冷的自尊心，才没有向道子挑明。既然知道了真相，俺也想与道子采取同样的行动，故意在清三面前说些令他不高兴的话。俺为故意惹他不高兴而感到愉悦。就这样，从去年春天开始，为了让清三不好受，俺多次出现在他面前。

八月十六日！那个受诅咒的日子，那天也明显看出清三有些不高兴。

俺不太清楚道子对友田这个男人的态度。不过，清三对友田表现得比对俺更亲近，由此可见，或许友田并不如俺和道子走得那么近。

不过，像清三这样的男人，说不定大多会采取截然相反的态度，所以俺也不好下定论。

那天，俺并没有被邀请，只是正巧有空，便去他家玩。刚好巧遇友田，于是傍晚大家就打起了麻将。

在此游戏期间，俺一直沉浸在喜悦与感伤的情绪中。俺面对我的恋人，但与有夫之妇彼此相爱，却又无可奈何，仅能一起以游戏为乐。

因为暴风雨的关系，心想反正回不去了，所以俺就专心地打起了麻将，体味着恋爱的喜悦与痛苦。

玩到第八圈还未分出胜负。轮到"西风"时，道子终于反败为胜。

不，与其说道子赢了，倒不如说是让她赢的。当时，"西风"时是清三坐庄。俺是清三的上家，正好是道子的对家。但转了四回下来，道子抛出了"四万"和"五万"。接着又打出了"一筒""三筒"，然后打出"门风"。此时，该翻牌的都已翻了，道子的牌虽未翻，但"条子"还一个未扔，谁都清楚道子想要"条子"牌的清一色。而另外三人却难以听牌。尤其清三见状后，身为庄家很是着急，似乎想尽快和牌，但却不愿轻易听牌，且他又是道子的上家，所以紧握"条子"不放，和牌变得越发困难。这时轮到道子自摸了。她把十四张牌全部立起来码齐，思考片刻后，突然扔出一张"七条"来。

"还有啊。"

　　清三小声嘀咕着，看样子半是惊恐、半是提醒其他两个人。

　　友田过后又轮到了俺。不知是幸运还是不幸，俺竟抓到了难以求到的"边三条"，所以俺只须丢掉一个孤立的"八条"，便是"一、四、七筒"的绝佳平和听牌了。

　　即便通常情况下，扔掉"七条"看似听牌之际，打出"八条"也是很危险的。更何况对手是清一色且门前清的牌，所以难以适用一般的和牌原则。如今俺手握的"八条"，必须视作绝对危险的牌。

　　但对手是俺深爱的道子，庄家是令人厌恶的清三，且自己有三次听牌的机会。俺心想既然如此，俺就打给你，便突然打出"八条"。果然，道子以清一色和了。俺永远忘不了当时清三不高兴的神情。如此一来，道子就获得了绝对的胜利，但十分不愉快的清三并不想停下来，于是俺们决定再打四圈。

　　但这轮让清三更加不愉快了。

　　那是最需要"北风"牌的时候，当时还是清三坐庄，俺依旧是他的上家，俺的对家这回是友田。一直手气不好的俺，或许是受到幸运女神的眷顾，看了一下发的牌，实在是好牌。

不觉已过两回，清三打了俺的连风的"北风"。俺则碰，接着又碰了友田打出的"发财"，然后又碰了友田的"九万"。因此就这样，全部的"幺九"牌和全部的"万"字都包牌了。

此时，俺的牌只差"四、七万"和两单吊，似乎也不会有人打出"万"字牌，毕竟会有单独输钱的风险，因此俺只好自摸和牌。

就在此时，俺上家的道子不知怎么弄错了，在俺面前打出两张牌。这两张都是"东"。原本这也是包牌。道子忙说："哎呀，被看到了啊！"便想把牌立起来，可清三望着俺说："啊，是不是在那里？那不是单吊'东'嘛。"

然后自己也将一个"东"拿在手中。他的"东"是门风，苦于难以舍弃。如此一来，道子感觉没什么危险了，便说："既然看见了，我就丢了。"看似毫无意义的打法，则是从两张"东"中丢出一张。接下来是俺的自摸。但结果会如何呢？此时竟自摸到最后一个"东"。俺迅速从单吊"东"改为听牌，打出"七万"。清三也许没注意到牌的变化，也可能是即便注意到了，也没想到俺竟然能抓到最后的"东"，于是他相信绝对安全，便打出手里难以处理的那个"东"，俺毫不客气地和了。这就变成了清三一人输钱。

此时，清三明显露出不悦之色，对俺说："你为何在道子丢牌的时候不和？是不想让道子一人输钱吗？"

俺表示只是刚好抓到"东"而已，结果让清三一人输钱，可清三似乎根本不相信俺的说法。

"还是头一回见到这种包牌。"

他发泄着不满，就在这样的气氛下打完了麻将。可能是听到了清三的话，道子望着俺露出了微笑。她或许也认为俺起初故意没和她的牌。

就这样，在如此怪异的气氛下，暴风雨的夜晚夜已渐深。

俺被安排到楼下的一个卧室休息。

虽然见过清三多次，但从没有像今天这样，清楚地、随意地说出让他不高兴的话，也没有像今天这样让他训斥过。不仅内心痛苦，同时又感到一种难以言喻的不安。

长此以往，最终俺会落得什么下场？爱上有夫之妇又该如何收场？仿佛有人在耳边窃窃私语。

七

　　清三和道子就睡在俺寝室的楼上。俺不曾与道子在同一屋檐下过夜。这晚是第一次。

　　自己赌上生命去深爱的女人，却是别人的妻子。他们夫妻俩如今正同房睡在自己寝室的楼上。越是这么想着，就越是难以入睡。

　　起初是因为在海边游泳游累了，不知不觉中有了睡意，但想起种种事情后，意识就越发清醒，怎么也睡不着了。外面风停了，但雨依然在下个不停。

　　俺带着青年特有的感伤情绪，想着虽与道子相爱，却无能为力的现实状况。再次想起少年维特，沉浸在既愉快又悲伤的情绪中。但不知何时起思绪又回到了现实世界中。于是就想到那个有着美丽、丰腴身体的女人，竟和一个既不懂爱也不理解自己的男人一起睡在自己寝室的上面房间里，顿时深切地感受到一种无法言喻的不悦。俺又在心里诅咒清三，诅咒清三的存在。对细微的声音变得越发敏感，各种肮脏的想法在脑海中掠过。雨依然下个不停。

　　从远处房间内传来女佣的鼾声。俺突然感到想要大声喊叫，就像在海里游泳时那般，俺奋力滑动手脚，想让身体翻滚起来。转瞬间又不知不觉地陷入到既浪漫又梦幻的悲伤氛围之中，只是不停地落泪。

在如此错综复杂的情结中，再加上白天的疲劳，自己仿佛只是游荡在天地间般，昏睡了一个多小时。

突然，耳边响起某个声音。虽然是极其微弱的声音，但自己的耳朵很敏感，明确地告诉俺那是人声。

俺坐起身来，全神贯注地听着，声音再次传来。声音极其微弱，听起来像是人的呻吟声。确实是从二楼传来的！

俺感到身体在发颤。

突然想起幼时在家乡时，某个漆黑的夜晚，俺住在村里的叔叔家，从叔叔夫妻的房间里传出响声。俺被他们可耻的行为吓得发抖，连忙盖上被子钻进被窝里。

过了一会儿，俺又探出头来，这回又听到了某种声音。于是俺这次从床上爬起，仔细聆听上面的动静，就在此时开始感到有些异样。

那与自己幼时听到的人声明显不同。不，在聆听的过程中，更察觉情况完全不同。

清三确实在骂着什么。声音极为微弱，但似乎带着愤怒。

俺屏住呼吸竖起耳朵仔细聆听，在此过程中，突然听到俺的名字"大寺"。又过了一会儿，好像听到了道子的呻吟声。

已经确信无疑，清三果然怀疑俺和道子的关系了，至少道子是因为俺的事才备受折磨。俺悄悄地，却又迅速地站起身来。此时俺犹如一名骑士，准备去营救被恶魔折磨的公主，俺悄悄地离开房间上了二楼。

站在夫妻的寝室外窥探屋内的动静，这种行为无疑是极其龌龊的。但可以说，俺当时已把一切都神圣化了。俺不认为自己有何罪过，俺是要去救一个痛苦的女人。是的，俺就是这么想的，所以才会毫无顾忌地想要一探究竟。

虽是夏天，面对走廊的卧室拉门还是关着的。不过瞅了一下，似乎能从边上看到房间里。俺迅速地悄悄靠近，把眼睛贴在门上，望向房内。

正好从此处可以清楚地看见台灯。在台灯的照射下，通过白色蚊帐清晰可见清三已彻底从床上爬起，前蹲在地。他正自言自语似的对道子说："你这个东西，果然还是爱大寺啊。"

俺不顾被发现的风险，略微拉开那扇拉门，然后就看到清三蹲在前方。刹那间，我差点大叫一声。

看，俺心爱的道子竟裸露着上半身，双手被紧紧地绑在身后，躺在那里。而且，可以看到清三每次提到"大寺"时都会苛责道子，道子则发出微弱的呻吟声。

俺再也无法忍受了。道子为了俺竟忍受着那样的痛苦！俺实在看不下去，想突然踢开拉门闯进去。但为了清楚地听到道子是如何回答丈夫的，俺停下了脚步。

但是，一瞬间看到清三手里发光的东西时，俺就无法忍受了。

"你怎么不回答啊？"

清三一边说着，一边把手举到道子的脸颊上，俺清楚地看到他手里有把刀。同时传来好似道子的声音："啊，好痛！"

她的声音虽小，但充满力量。俺已经踢开拉门，闯入了室内。里面的人自然很是吃惊。

"你要做什么？"

就在俺喊叫着闯入的同时，受惊吓的清三大叫"谁，是谁"，随即站起身来。俺奋力闯入时好像撞到了蚊帐，吊绳被扯掉了，蚊帐无力地垂了下来，但俺和清三似乎都不知不觉地把它推到一旁。

　　道子被绑住，躺在一旁。清三和俺都呆呆地站在那，互相怒视着对方。整个气氛陷入了可怕的沉默。清三似乎总算从震惊中恢复过来，右手拿着刀，站在那狠狠地瞪着俺。

　　啊，在那瞬间，俺仿佛坠入了地狱。这奇怪的沉默刚被打破，在场三人的生命犹如受到永远的诅咒。

　　终于，道子打破了这沉默：

　　"一郎，你真是个傻瓜。真的是，哈哈哈哈。"

　　双手被捆绑，受尽百般折磨的道子，竟突然说出这句奇怪的话，让俺天翻地覆！啊，道子刚才的那句话！如今的笑声！

　　犹如闪电在我头上闪过，俺仿佛被雷击中，如石头般僵在了那里。

　　脑浆似乎在摇摆晃动，眩晕让人无法忍耐，俺只能一动不动地蹲在那里。

　　俺如今在狱中回顾当时的情形，希望尽可能详细地想起当时的状况。

　　在那一瞬间，种种感觉同时袭来，几乎难以形容，但现在冷静下来回想起当时的情形，一个个事情的真相都清晰地浮现出来。

道子的那句话对俺来说已经足够。足够说明一切。

俺至今都没有想到这一点，是何其愚蠢啊。那就是清三和道子平常的性生活，他们在此所做的一切不过是一场变态的性狂欢罢了。清三不喜欢俺虽为事实，但在经常那样狂欢的两人之间，仍需要合乎情理的配角。于是俺在不知不觉间就充当了这个戏中一个重要的角色。丈夫怀疑妻子，为了让她坦白，就演出了一场拷问大戏，丈夫从中得到满足，妻子又乐于被拷问。

俺被一种痛不欲生的羞愧感触动，当场蹲在了那里。

不过，道子的那句话搅得俺天翻地覆，更引发了巨大的悲剧。

诚然，清三肯定是利用俺来满足自己的欲望。但是，清三果真没有怀疑道子和俺的关系吗？

不，可以说他十分怀疑。当场就证实了这一点。

看，面对俺的突然出现，道子付之一笑，而清三又该如何理解呢？

他不理睬蹲在那里的侵入者，却突然走到道子的身边，在一旁坐下，呼吸急促地严厉追问道："为何大寺会来这里？"

　　清三现在被自己说的台词刺激到了。"原以为是在演戏，但或许就是事实，实际上道子爱着大寺，通过这出戏来满足她的双重受虐心理。"俺想清三当时定是这么想的。不，此时他认真的表情看起来像是完全相信了此事。

　　他见道子默不作声，便继续说："喂，你这个东西，真和大寺厮混在一起了吗？"

　　如果当时道子能清楚看出清三内心的紧张状态，或许就不会发生那起悲剧了。

　　但道子太过轻率，没有注意到这些。

　　她就像经常在戏中扮演的那样，极为轻率地答道："是啊，或许就是那样吧。"听到这句话的清三，表情复杂得难以形容。

　　下一瞬间就发生了恐怖之事。

　　愤怒声与悲鸣声同时爆发出来。俺大吃一惊，想要阻止清三时，他已刺向道子的右胸。道子这才意识到对方是来真的，她发出惨叫，拼命挣扎着，在她喊出"你这个魔鬼"之前，刀子就已经刺进了她的心脏，而俺也来不及阻止。

　　俺企图阻止清三，可他却是一副恶魔般的神情，想要砍向俺。突然，他似乎很痛苦地大叫一声，挠起了胸口。然后缓缓地倒在自己床上，发出痛苦的呻吟声，且突然咳出血来，与此同时整个人向前倾，彻底地倒了下去。俺吓了一跳，想从后面将他扶起，虽然那流满鲜血的恐怖嘴巴曾对俺万般诅咒。仔细一看，只见他右手好像举着一把刀，倒下的时候，似乎被刀刺进了胸口，右胸处鲜血涌出，刀和衣服缠在一起，插在身体上。

俺完全不知所措。一切已无法收场，俺突然拔出那把刀，清三当场倒下（就在此时，他上半身撞到了桌子上，头部受了伤），俺则立即下定决心用那把刀自杀。

但就在那时，用人从楼下跑了上来，所以俺就有些犹豫。接着，俺当场清楚地听到清三喊了俺的名字，随后道子也喊了俺的名字。

听到后，俺就想不能这样默默死去。没错，俺一定要报复这个彻底玩弄俺的女人，以及那个草率认定俺们有无耻的通奸行为的丈夫。反正俺也要死了，便当场束手就擒。

这就是当晚的真实情况。

八

俺决定复仇。是的，道子玩弄了俺，她所谓的丈夫不爱她，被欺负了很苦恼，都是怎么一回事？还给俺看那片淤青！啊，恶魔！俺当时还很同情她。但这一切都是欺骗。除俺之外，道子还戏弄了许多年轻人。果然，你在丈夫面前遵守妇道，但你却玩弄了那么多男人的心，难道这可以被宽恕吗？

好吧，在俺自己下地狱时，一定要拉你一同下去。

被处死刑的俺固然不光彩，但被编派出通奸等风流韵事，结果被杀害的你更加不光彩。而那个死前还诅咒俺的清三，不仅失去了妻子，自己也被杀害，也很不光彩。俺一个来自乡下的年轻人，敢以自己的名誉毁灭你们这些社会知名人士的名誉。

俺被捕后一整天什么都没说，思考着该按照怎样的程序坦白。俺苦思冥想后决定在报复小田夫妇的同时，也报复法律。

其结果如何？你看，那个表情严肃的法官以俺与道子长期通奸为由，判处俺死刑，并发公文昭告天下。从此，道子就完全属于俺了，就连判决书中也强调她永远属于俺。

这是俺在警察局想到的一部小说——借由恶魔的灵魂所创作的小说，法律已证实它的确是事实。

俺得到了道子那美丽的肉体。

虽然代价就是要夺取俺那毫无价值的生命，但却又是何等的廉价啊。

不需要生命的人们啊，把你们的灵魂卖给恶魔吧。若是如此，你们就无所不能了。

正义啊，多少鲜血因你之名而流淌。

法律专家们啊，你们如今只有两条路，相信俺的手记，或是不信。若选择相信，或许会感到你们白费了力气。你们掉进了俺的陷阱，将一个完全无辜的人处以死刑。你们应该感到羞愧吧。若不相信这篇手记，又正中下怀。你们利用法律，给一个贞淑女子——因为她已经死了，无法为自己辩护——永远刻上了奸妇这一超越死刑的烙印。俺耻笑你们——发自内心。

啊，道子啊！俺深爱的道子啊！

你已属于俺，你是俺的恋人……

道子！不过……

其实你还是很寂寞吧，清三真的不爱你吧？即使你们夫妻在性方面和谐，但在精神层面也一定不和谐吧，所以你才会对俺讲那么多吧。

若是如此，那俺的复仇就太过残忍了……

道子！你是真的爱俺吧？告诉俺，快告诉俺，俺就要死了。

啊，对了，你最后唤俺的名字？一郎，俺知道你并不是在呼唤俺。尽管有人以为那是你在呼喊情人的名字，但俺知道不是这样的。

俺知道，道子！道子！你当时知道你究竟在说什么。你刚听到清三在喊"大寺……大寺他……"，于是竭尽最后的力气回答说："不……不是一郎……"

我听见了，我听见了，我全身心听到了你说的话。

周围的人听漏了前后的话，且只是听到了俺的名字。

若是如此，俺让你也爱着俺。啊，若是如此……啊，若是如此……

恶魔啊，来吧，恶魔，用你的翅膀拥抱俺吧，来将俺胸口残留的人血都悉数吸尽吧！

俺憎恨女人，憎恨道子，因为她对丈夫是忠诚的。

她根本不爱俺。恶魔啊，恶魔啊，快来吧！来把俺的灵魂从俺胸口带走吧。俺将永远留在你的身旁。

道子……道子去世时都说她不喜欢俺。那对可憎的夫妻……将受到诅咒。

法律啊，将受到诅咒。

女人啊，将受到诅咒。

啊，纵使最后尚有疑虑……或许……

道子，你还是俺的……

九

这篇手记到此结束。向恶魔发起召唤的他，看起来终究还是一个人，看得出来也许之后没能续写下去，手记到此戛然而止，纸上还能看到些许的泪痕。

关于这篇手记，我不做任何评论，只是任由你们推测与想象。我们应该相信他这番诚挚的表达吗，还是应该作为荒唐无稽的牢骚将之遗忘？我不打算多说些什么。

不过有一点，恐怕那个可怜的青年在临死之前都很在意，那便是道子是不是真的很寂寞，她真的爱大寺一郎吗，还是她和丈夫感情和睦，完全是戏弄大寺而已？我感觉他想弄清楚。

对于道子而言，她应该既不爱丈夫，也不爱大寺一郎，只是玩弄他们而已。这在变态性欲者中很常见，有些人肉体上有受虐倾向，但精神上却往往相反。

可以想象到，道子因为财产被迫结婚，虽然身体上任凭丈夫虐待，但精神上有可能截然相反。

若是如此，道子在心里玩弄着丈夫，同时也玩弄着大寺。就这样，她同时戏弄着两个男人。

若果真如此，是她亲自煽动了丈夫的嫉妒之心，才丢掉了性命。

不过，纯真青年大寺似乎没想到如此复杂的情况。

他只考虑以下两种情况：道子真的爱她丈夫吗，还是真心爱着他？当然，这也完全可以理解。

无论如何，我都要为这场惨剧的牺牲者们祈福。

我当然不会忘记，为那个也许是冤死的俊俏青年祈祷。

另外，为了可能背负着莫须有的污名而长眠于地下的道子，我要时刻留心，让她的墓地上鲜花不断。

新月

木木高太郎

一、斐子的婚姻

因为某法律案件，我成了代理人。在与对方交涉的过程中，我十分钦佩他的人品，这在我漫长的律师生涯中仅此一例。

而且，当时的案件已经进展到汇总杀人证据后的起诉阶段，虽然最终案件有了结果，但在此后的五年里，在其中重要的一点上，就连最了解案情的相关人员——我本人都无法理解，直到细田圭之助先生去世后才完全明白其中的一切，所以在此试着记录下案件概况。

正好是距今大约十年前的事了。某日一个二十七八岁的青年和他的父亲到访我的法律事务所。他们没有介绍信，我一问才知道，他们没有熟识的律师，再加上我刚因为某案件而博得好名声，这才来我这儿的。

"其实是赔偿金的问题，因为我女儿斐子在丈夫家意外死亡，我想索要赔偿金。"

"是因为意外死亡索要赔偿金吗？"

"是的，虽说是意外死亡，但我们认为她是被杀害的。"

"被杀害的？您是说您女儿是被她丈夫杀害的？"

"是的。要说证据，倒是有的——不过，事到如今，人死也不能复生，只要对方乖乖拿出赔偿金，我们就不打算以杀人罪起诉他。"

"不过，杀人可事关重大啊，因为都构成刑事案件了——您究竟想要多少赔偿金呢？"

"嗯，我想要五万日元左右吧。"

当时的五万日元可是一笔巨款。即便正式嫁入夫家不久后便意外死亡，但仅仅因为女儿死亡就问夫家索要五万日元是很难成功的。若对方没有杀人嫌疑，是无法索要赔偿金的，即便上了法庭，也不可能获得其中的五分之一。这样的判例应该也不存在。

先不管我是否受理此案的委托，总之先听了事情的原委。其大致内容如下：

委托人的女儿名为斐子，今年二十四岁。两年前，她正式嫁给了一个名叫细田圭之助的人，细田圭之助先生如今五十五岁了，所以也就是当时二十二岁的女孩嫁给了五十三岁的男人，一听便可知道这是不自然的婚姻。然而，细田圭之助先生是位实业家，又是富豪，而斐子所在的早川家则相对拮据，大概是约定好贴补家用，才有的这桩婚事。因此，这段婚姻被认为是斐子做出了牺牲。我当时也是如此理解的，但之后调查发现有很大的出入。

斐子自然是初婚，但细田先生呢？当然是再婚。前妻大约五年前已过世，长女夭折，长子当时二十一岁，还是高中生，第二个女儿二十岁，前一年嫁给了同为实业家的某先生的长子。除此之外，还有十八岁的女儿、十六岁的儿子，他是四个孩子的父亲。

据说细田先生并无再婚之意，只要有个妾室便可。细田先生的一个佣人偶然知道了早川家，正巧那时为了挽救早川家的家产，他先是请求细田先生把钱借给早川家，为了解决连利息都付不起的状况，就提出了这桩婚事。

当然，起初斐子自不必说，她的兄长们对此要求都十分愤慨，因此这件事自然就不了了之了。这或许并非是细田先生提出的要求。但过了一两个月，斐子有机会见到了细田先生。在大约见过两面后，斐子提出可以认真考虑之前的婚事，这让父母和兄长们大吃一惊。据说听闻此事的细田先生也吃了一惊。

就这样，斐子嫁入了细田家，而细田先生也没预想到会娶如此年轻的女子做自己的第二任妻子，他不知道是否应该称之为恋爱，但关于斐子主动提出想要结婚的心意，于细田先生的晚年而言，或许已化为不可名状的爱情种子。细田先生对斐子的爱意是有目共睹的。

那么，案件是如何发生的呢？据斐子的父亲与哥哥对我的讲述，斐子在嫁给细田先生前有个男朋友。这个男朋友是斐子哥哥的朋友，名叫物集达男，当时是个二十五岁的青年。

"物集是我在学校时的朋友，他经常来我家玩，而且也认识妹妹。因为他们之间往来的书信还留在我家中，两人的恋爱关系应该是不会错的。斐子嫁给细田后，物集无法排遣苦闷的心情，终于给斐子寄了信件。细田先生看到信后应该是非常气愤。看来是因为嫉妒和对妹妹的不信任，才起了杀意，蓄意谋杀了我妹妹。"斐子哥哥如此说道。

那斐子的死亡情况究竟如何呢？

二、湖上之死

细田先生与斐子结婚已经两年了。那年夏天，两人住在箱根的富士屋宾馆。

"哎，老公，你带泳衣了吧。"

"嗯，每人各带了两件吧。"

"我们穿上泳衣去泳池吧。"

细田先生有些犹豫，但在斐子的央求下，两人穿着泳衣，披着奢华的浴衣，一同去往宾馆的温泉泳池。

细田先生看到斐子在广阔的泳池中突然游起漂亮的拔手泳①，不由得大吃一惊。与此同时，一种好感在他的心中油然而生。

"游得真好啊！斐子。"

"你也来游吧。"

细田先生之所以犹豫，大概是因为自己不会游泳。

"哦，我不会游泳。"

---

① 日本自古以来的游泳法，划水手臂由后向前返回时抬出水面，代之以腿打水的游泳方法。

"为什么?"

"你问为什么,是因为我年轻时很穷,没游过泳。"

"哎呀,那初中和高中的时候也没游过吗?"

"嗯,承蒙他人照顾,才好不容易大学毕业。"

"那你光顾着学习了吧。"

"嗯。"

斐子咯咯地笑得很愉快:"你如孩子般诚实啊。"

"嗯,我当时并不富裕。"

听闻当时的情况,我也是感同身受。细田先生这个人,虽是位豁达的实业界的"勇士",但要说到自己不知道的事情,他就像个孩子,似乎会崇拜任何人。

"斐子,你是什么时候开始游得那么好的?"

"哎呀,我可曾是女子学校游泳部的选手啊。"

"不过,你父亲还让你上女子学校啊。"

"你也真是对什么事都感叹不已啊。"

"嗯。"

"我先失陪,去游泳啦。"斐子轻快地游了一会儿,突然感到有些疲倦,便停了下来。或许是运动过量,她脸色逐渐显得苍白。

"你瞧,你瞧,累了吧。回房间去躺一下吧。"细田先生轻轻地抱起斐子，咯噔咯噔地跑向房间。回到房间后，就让斐子躺在床上，从上俯视着她那苍白的脸。

"我啊，心脏瓣膜有些毛病，所以医生禁止我游泳。不过，我想游——"

"是吗？难怪我觉得你是太过劳累了。那就不要再游了。"

"不，我都已经痊愈了。"

的确，斐子的脸色泛红，立即从床上爬了起来。

接下来的两三天，两人待在屋里看书。斐子对于细田能捧着厚厚的外文书，连续读上好几个小时感到很惊讶。

"哎，去湖边吧。我想坐小船。"

"嗯。"细田先生有些犹豫。斐子领会了其中之意。

"你不会划船吗？"

"嗯，我真的不擅长水上项目。而且，你再游泳就麻烦了。"

"哎呀，真讨厌。心脏出状况一年也就一次。因为两三天前出现过状况了，这一次保证没问题。"

"是吗？"

对于自身的经验，细田先生是个颇为谨慎的人，但却很相信他人的经验。

他最终被说服，答应了斐子的请求。于是两人午后离开宾馆，走上湖畔。

"给宾馆打个电话，今晚就住这里吧。"

"嗯。"

两人决定住在湖畔宾馆，吃过晚饭后，乘坐小船来到湖上。

"我几乎不做无把握之事。尤其不和别人一起做，但不可思议的是，我却和你一起做了。"

"没关系啦，我有把握。"

"嗯，或许如此。或许是信赖你的自信心。"

"可是，迄今为止那么长时间里，你好像一点都不信赖别人的自信心啊。"

"这么说来，确实如此啊。"

"你很有自信啊，根本不相信别人。"

"或许如此吧。不过，可能还是有些区别。也就是说，我可能是怕和别人一起殉情。"

"那么，你是说可以和我殉情了？"

"是这么一回事。"

斐子又愉快地咯咯笑了起来。"那么，那件事就没问题了吧。"

"那件事?"

"嗯，你看，就是物集的事啊。"

细田先生有些吃惊。她是如何知道自己看过物集的信件的呢——其实在他亲手交给斐子前，在这封责备斐子不诚实的信件中，他看出物集似乎与斐子有过交往。若是密封，或许自己就不看了。但封得不够牢固，想着就看一眼，在摆弄的过程中封缄就脱落了。

细田先生勃然大怒。他憎恨那个青年，但并不憎恨斐子。莫如说他坚定地认为不能把斐子交给他人。

"物集? 他是你哥哥的朋友，和你也很亲近吧。"

"曾经是很亲近。不过，我并不觉得像你想得那么亲近。"

"是吗?"

"没有嫉妒的价值。"

"是吗?"

湖面没有月光。细田先生在斐子的讲解下划起了船桨，逐渐熟练起来。

"我可以入水吗?"

"哎呀，没带泳衣，就不要游了吧。且这里的湖水那么凉。算了，算了——"

"就游一会儿不要紧吧。这里离岸边又远，还是夜里，所以也不需要泳衣吧。"

说话间，斐子已经脱掉了内裤。随后便赤身裸体倏地站在黑暗的湖面上的小船中。

"真是好身材啊，好漂亮的轮廓啊！"就在细田心中发出感叹的瞬间，斐子扑通一声跳进湖中，小船受到作用力冲击后迅速倾斜，似要倾覆。细田先生吃了一惊，待他好不容易恢复平静后，斐子已经游到了很远的地方。

"请尽量坐小船追赶吧。"湖中的女人高声叫喊着。

"好。"尽管细田大声回应，但小船却无法如愿快速行进。

"喂，喂，不要去那里。往这边游——"

"不用担心——啊，真是美好的夜晚啊，就是太冷了。"

远处依稀传来几个年轻人分别乘着小船的声音。"还有别的小船，快上来！"细田先生一边看着游近自己的白皙的女人身体，一边说道。女人扬起苍白的脸游向小船。接着，她又朝着岸边游去，细田先生则望向女人及湖心方向。

月亮从山端处露出。在那最初的光芒映衬下，就在细田先生认为看到斐子脸的瞬间，她的表情突然变得异常恐怖。细田先生记得当时他隐约感觉到斐子是在岸边或山上看到了什么才大惊失色的。转瞬间，可怕的事情发生了。斐子潜入了水中。虽说她头发已剪短，但湖中毕竟不比温泉泳池中。泳池里，泳帽牢牢地戴在头上，潜水亦属正常；而此时潜入湖中，在细田看来，只觉异常至极。

细田先生的直觉是斐子溺水了。他本能地想要发出声音。此时，斐子的脸稍稍向另一个方向浮动，然后又发出微弱的声音，超着那个方向游了一会儿。

"不是那边，是这里!"细田先生话音未落，斐子再次沉入水中。细田先生心中恐惧万分，便大声喊叫了起来。那时是他一生中唯一一次大喊救命。听到呼救声后，学生们乘坐的三只小船聚集而来。但此时已不知道斐子沉到了哪里。

翌日午后，通过大规模搜索，在距离认定溺水位置五百米远的湖底，发现了斐子的尸体。

细田先生自然要接受检察官的盘问。不过，细田先生既不会游泳，也不会划船，而斐子两者都会，曾经为斐子诊断过的医生也证实了她的确患有心脏瓣膜的慢性疾病。这些证据都表明斐子的意外死亡并无问题。

但如今距事发已过了两个月，斐子的父亲和哥哥来我这里拿出了新证据。据他们所述，斐子游向小船时，小船似乎要远离她而逃走。她想要抓住船浆，但却被推开。因为恰巧月亮出现，所以在岸边可以望见当时的情景。而有人目睹了这一切。

三、调查

我出于自身的职业性质，决定接受斐子父亲与哥哥的委托，向细田先生提出了第一次交涉。交涉主旨如下：首先，斐子父亲因为女儿之死十分悲伤；其次，早川家通过与细田家结亲，社会信用得到提升，生活也有所改善，此时陡遭丧女之事，对一家则是沉重打击。不知细田先生可否看在以上两点的分上，加以同情，略表抚慰之意。当然，早川家虽请律师，但绝不是来索取赔偿金云云；单纯为此事自行沟通颇难为情，才委托我跑这一趟。细田先生很爽快地接受了提议的主要内容，接着就回复说，请我与他的顾问律师冈崎先生交涉。

因为和冈崎律师曾见过面，我便直接去见他。"我把所有的内情都告诉你，但那也是看在你我的关系上。咱们能不能开诚布公地商量下，尽快把此事解决呢？"我率先发话，陈述了他杀的嫌疑。

"是吗？我不相信。即便细田先生再怎么嫉妒，都不可能心生杀意。都是过去的事情了，又并非是斐子现在不贞，而且他也知道在年龄如此悬殊的婚姻中，自己是没有立场忌恨的，能看出来他很爱斐子。我认为这就是极其单纯的案件。你调查过证据吗？"

"调查过。在同一天的同一时刻，名为物集的青年就在最近的岸边，他在月亮升起的瞬间目睹了后面发生的事。当晚他和朋友一同住在湖畔宾馆，也有证据表明那个时间他独自在附近散步——除此之外，还有时间证据，真不可思议。"

我故意以商谈的形式把此事说给冈崎律师听："你究竟怎么看？你是相信他杀吗？"

"不，我是不大相信的。只是倘若将此事扩大化，恐怕会给细田先生带来麻烦。总之，我想应该能找出妥协点。而造成如此结果的确凿证据已出现——例如斐子本人寄给物集的信件，斐子寄给哥哥的信件等，若要强行关联，多少牵强附会的证据都能收罗齐。"

"嗯，我反倒认为收罗齐证据就很可疑——好了，总之细田先生可以出钱，所以协议尽快解决吧。"

冈崎律师听到五万日元后，大吃一惊："喂，不是就值五千或一万日元吗？这是找茬？"

"你说成找茬案件有些过分了啊。如果是一万日元，你有信心解决吗？"

"有啊。"冈崎律师很容易地说服了我。

我告诉斐子的父亲和哥哥交涉结果，无论怎么说，他们都无法接受。随着时间的推移，他们似乎相信了此案件为他杀，而我终于见到了名为物集的青年。

我详细检查了物集这个青年所持有的与斐子往来的书信等物，但随着调查的深入，我总感觉他与斐子的关系并没有那么深。

"据说你们俩见过多次，因为你经常出入他们家，无论想见几次都能见到吧。我所说的是，你们经常背着他人见面吗?"我就这样以话套话地与之交谈。

在见了四五面后，我接触到了他们俩见面时交换的记号。斐子所在的二楼可以看到隔着一条昏暗街道的空地。想要见面时，物集会站在空地上用香烟的火光划出一个大的 ⁒ 符号。斐子看见后就会举起手。物集也看得到这个举动。据说举起右手就表示十分钟以内出来，而左手则表示大约三十分钟后让他再过来。

"原来如此，关系很亲密啊。但是，有人知道你们用这种方式约会吗?"

"没有。"

"那作为证据就有些难办了。"

"不过，我在那时的日记中都有记录。相当详细——"

"我想看看日记。"我若无其事地要求，随后又有了新的发现。日记内容没有问题，是当时写的，但我注意到的是下列事项。

湖面没有月光。若在昏暗的岸边剧烈舞动香烟的火光，虽说距离岸边有些远，但或许能看到。是否能看到，实地验证后便可确认。

那么，斐子把脸转向岸边的时候，如果突然看到昔日恋人的暗夜信号，恐怕会很吃惊吧，而且这是她得到关系亲密、善良且深爱自己的丈夫后，努力想要忘记的昔日的暗夜信号。是不是仅是因为吃惊而心脏病发作呢？这也要和医生确认后才能知道。

如此一来，策划杀人的就不是细田先生，而是物集了。随着调查的深入，我开始相信这一切都与他伪造证据有关。无论是物集给已婚的斐子寄去信件，还是偶然在同一湖畔，即便暂且不论旅馆，但同一晚和朋友两人入住，抑或当晚比赛绕湖边四分之一周，并做了记录，这些证据都十分可疑。

"那么，我还有件事想问你。你当时不确定是否是斐子的裸体女子开始溺水——说起来你看到船上之人使她溺水的时候，为何不大声喊叫呢？或者你就没尝试救她吗？"

物集沉默片刻。然而，看得出来他的回答是经过思考后，说出的："这是因为我和朋友进行绕湖四分之一周比赛要花几个小时，因此必须尽早在标记的白桦树上刻上名字后回来。"

我目不转睛地注视着物集的表情，然后平静地提出第二个问题："那么，我还想问一个问题。翻阅这本日记上的这一日期处，还有之后的日期处，你并没有写当晚的经历。像你这样如此详细记录日记的人，竟然没有写。就算你不能断定是不是斐子，但那日你经历了那么大的事件，且之后想来那看起来像是小船上的人在蓄意杀人，而你却目睹了当时的情况，为何没有记录呢？"

物集的脸色变得苍白，没有做出回应。

我平静地说道："怎么样，你和斐子小姐的父兄商量一下，劝他们接受一万日元，别要求更多了。律师虽然支持委托人，但也不是明知不占理还硬要支持。希望你能考虑一下。当然，我的意思不是不支持，只是希望他们接受一万这个数字。"

物集默不作声。

"怎么样，站在你的立场上，把事情想开了，你也不希望拿昔日恋人的事情做文章，对吧？"

因为我的这句话，物集点了点头。

四、事件的解决

我给冈崎律师回复说，我方当事人答应一万日元了解此事，他高兴地表示，自己也会耐心地劝说细田先生。

第二天，冈崎律师就寄来了细田先生也答应此解决方案的回复，接着在第三天就完成了金钱的授受，事件有了着落。

如果事件就此彻底解决，恐怕我也没机会见到这位细田先生了。但几天后，细田先生通过冈崎律师提出说想和我见面。

我在冈崎律师的带领下去了细田先生的家。细田先生身材魁梧且有些肥胖，含蓄的说话声中充满了男性魅力。或许是因为他有着长期奋斗的背景，也可能是因为受教育程度高，说话很和气，但掷地有声。

我仅仅是听那说话的口吻，便喜欢上了细田先生，我就在想是不是他的声音吸引了年轻的斐子呢。我不认为斐子是被迫结婚的。

细田先生将白色的纸包起来的包裹放在冈崎律师和我的面前，接着便说："这里有四万日元。请你交给对方。当我听闻他们恶意指责我是杀人凶手时，原本打算一分钱都不出，但出于对你们俩的礼貌，我乐意拿出一万日元。但到了第四天，我的心境发生了很大的变化。因此作为符合我心意的赠予，我想把这些钱给他们。"

我有些吃惊，决定收下这笔钱："您所谓的心境变化是怎么一回事呢？我可以问问吗？"

"需要把此事也告诉对方吗？"

"不，我不是这个意思。不过，我只是认为，如果我能理解，今后与您交往也会更加顺利。"

"是吗？那么，就请您先听一听吧。或许您会更加不理解了——您觉得即便这样也没关系吗？"

"愿闻其详。"

我在细田先生面前变得像个青年。

"那我就说了，出于和物集君及斐子父兄完全不同的想法，我开始怀疑或许是我杀了斐子。"

如此说完，细田先生陷入了沉默。然后过了一会儿又接着说道："或许特别是你们俩采取这样的解决方式，才让我如此想的。"

我离开了细田家，却丝毫没有理解他的意思。这是一种杀人的自白。从我们的职业来讲，一旦因他人的坦白而明白某件事，就会从根本上改变自己对相关事件的看法，但在此情况下，我完全没考虑到这种问题，我只是觉得像细田先生这样生活阅历丰富的人，让我有些费解——而总有一天我会明白的。

我单纯地以为，或许我到了和细田先生一样的年纪，就会理解了。

然后，我开始和细田先生交往大约五年后，他去世了。

细田先生死后五六个月，他的长子说想见我。我去见他的时候，他说了这样的话："在父亲留下的文字中，有一篇像小说。这是唯一一件可能与我继母有关的东西。考虑到那时发生的事件，我就想着让您看看。"

他交给我的就是以下的稿件。正如其长子所说，这篇短小的作品像小说一样，并附上了"新月"这一标题。

我虽然不懂文学，却觉得这是一篇十分合适的小品①。

五、梦之小品

——A 和年轻姑娘结婚了。她很年轻，只比长子大一岁，A 自己都得辩解一下，好歹继母是年长的那方。

A 疯狂地爱着年轻的妻子。虽然年龄差距悬殊，她却欣

---

① 文学、音乐中的短小作品，亦指绘画、雕塑等的小规模的作品。

然成为自己的妻子，所以在结婚前一定是经历了不少感情挫折。但 A 知道她成为自己的妻子后深爱着自己，所以对此并不介意。

果不其然，婚后还不到一年，有个叫 B 的青年给妻子寄来两三封信。A 很在意那些信，他希望妻子早日销毁那些信，心中不免有些介怀。

一个偶然的机会，A 读了那些信。

真可恶！A 本不想在意年龄，却不成想自己竟然如此在意，他对自己感到厌恶。

某个夜晚，A 和妻子一起散步，突然心血来潮，两个人就走进了近郊的电影院。

两人突然进入漆黑的放映室，在二楼后方的人群中观看。在此过程中，他们逐渐适应了黑暗的环境，发现只有前面的三四排有人，总的来说还算比较空。A 和妻子都对电影本身不感兴趣。然而，他们还是并排坐在众人后面的座位上，目不转睛地看着银幕。

在 A 的心中，只是充满了对年轻妻子的怜爱。

A 突然望向妻子，发现她并没有看银幕，而是被其他的东西所吸引。

他起初并没有介意，不久后发现妻子原来是被自己面前的少年（青年）所吸引。

那少年专注地看着电影。虽然只能看到他的背影和一部分侧脸，但在 A 看来，那是个讨人喜欢的少年（青年）。他年龄可能还不到二十岁，但却具有男性的纯真、淳朴与高贵。

A 知道妻子已经完全被那个少年所吸引，但他觉得这也合理，年轻人被年轻人吸引。不过，A 完全了解妻子的心思。妻子绝非不爱他。不，这是毫无疑问的事实。

A 想起八十五岁的歌德爱上十九岁的女孩，写下了惜春之诗。[①] 他也理解妻子的心情，也爱上了那少年。

"喂，回去吧。"

妻子有些犹豫，"就要演完了，还是结束后再出去吧。"

"嗯。"

妻子虽然嘴上这么说，但她就像知道理解自己的 A 的心声一般，注视着那个少年。

电影结束了。即便如此，妻子还是有些犹豫。A 意识到自己也有些犹豫。两人想看那少年面容的心情是一样的。

就在这时，少年似乎感受到了妻子的心思，突然望向这边。

---

① 作者误，歌德享年 83 岁。此处疑为歌德 74 岁时，恋慕 19 岁少女乌尔莉克，创作出《玛丽恩巴德悲歌》一事。——责编注。

"啊！"

A大吃一惊。与此同时妻子也发出惊呼声。

那少年竟然与A在少年时代的长相完全相同。A认为那就是自己，不禁有些吃惊。而且，看啊，那少年是个盲人。

A这时突然醒了过来。啊，原来是在做梦——妻子正一无所知地睡在同一个房间里。

A没把这个梦告诉妻子。之后就睡不着了，便一大早独自起身去了书房。结果，出乎意料的是清晨有客人来访。

来客是A过世长女的乳母，如今已成老妪了。

"孩子也算出息了，所以我过来告诉您一声。"

老妪的孩子是个男孩，应该和A的长女同年，所以也二十四岁。卢沟桥事变时被日军召集，却突然战死了。

老妪在A的面前哭了起来，或许这是她唯一的安慰了。A也任由她哭泣。

"不过，这下就不用再担心了。确实可以放心了。他活着的时候，我总是担心得不得了，真是太不可思议啦。"

"是吗？"

"我之前也有过类似的感觉，只是不曾提及——"

"是什么时候？"

"那是小姐去世的那天，就是喝着我奶水长大的大小姐去世的那天。"

老妪说着，又流下泪来。A 完全能理解她的意思。

而当 A 扪心自问时，才发现——自己是因为想到娇妻才理解老妪的话。此事在 A 的心中酝酿出一种近似狼狈的情绪，久久无法褪去。

六、心理层面的解答

我读到那篇文章才回想起细田先生五年前说的那句话——"或许我才是杀人凶手"，而我也终于理解了他。